KB107515

오늘부터 다르게 살기로 했다

생각이 현실이 되는 마법의 주문

오늘부터 다르게 살기로 했다

제이크 듀시 지음 · 하창수 옮김

연금술사

꿈을 이루려면

어떻게 해야 할까요?

.

일단 종이에 쓰고, 꿈을 현실로 만드세요.

잭 캔필드

세상이 시작된 때부터 수십억의 사람들이 의미 있는 삶을 꿈꾸어 왔다. 세상을 바꾸려고, 그것이 아니면 적어도 자신의 세상만이라도 바꾸기 위해서다. 우리들 대부분은 꿈을 꾼다. 그런데도 우리 중 몇 명만이 그 꿈을 이룬다. 많은 사람이 꿈을 이루기는커녕 꿈을 가지고 살아가는 방법조차 알지 못한다.

꿈을 이루며 살아가는 능력이 어디에서 오는지는 엄청난 미스터리다. 어떤 사람들은 너무도 능숙하고 열정이 넘치는데, 다른 이들은 왜 지극히 평범한 존재로 살아가며 숨 막히도록 단조로운 일상에서 벗어나지 못하는 걸까?

이 책은 바로 이 질문에 답하기 위해 쓰였다.

이에 더해 다음과 같은 질문들도 포함한다. 어떻게 하면 의미 있는 삶을 살 수 있을까? 어떻게 하면 보다 성공적이고 자신감 넘치며 충만한 존재가 될 수 있을까? 세상에서 가장 성공적이고 행복하며 영향력을 가진 사람들이 공통으로 하는 행동은 무엇일까? 인간의 역사가 말하는 공통적인 태도, 습관, 신념, 전략은 무엇일까? 어떻게 하면 더 즐겁게 살아갈 수 있을까?

이 책에는 꿈을 이룬 사람들이 공통으로 가지고 있는 원리와 신념, 그리고 20세기와 21세기의 가장 위대한 인물들에게 힘이 되어준 이야기들이 담겨 있다. 이는 자신을 둘러싸고 있는 세계만이 아니라 내면세계를 성장시키는 데도 활용될 수 있다. 또한 삶에서 더욱 깊은 의미를 발견하는 데도 도움을 줄 것이다.

지금 어떤 시도를 했는데 실패했을 수도 있다. 또한 원하는 것을 얻지 못해 어려움을 겪고 있거나 육체적 질병이 앞길을 막고 있을 수도 있다. 만일 그렇다면 이 책에 나오는 이야기들이 그 장애물들을 뛰어넘는 그 방법을 하나씩 알려주는 실제적 사례가 되어 줄 것이다.

만약 "난 내가 살고 싶은 인생을 살 수 없을 거야"라거나 "나는 세상을 바꾸지 못해"라는 생각을 하고 있다면, 자신에게 다음과 같은 질문을 던져보기 바란다.

"내가 아니면, 도대체 누가 할 수 있을까?"

학력이나 나이는 능력을 발휘하는 것과 아무런 관련이 없다는 이야기는 자주 들었을 것이다. 이건 중요한 사실이다. '애플' 창립자 스티브 잡스의 이름은 대학 학적부에 적혀 있지 않지만, 이 책에 나와 있는 이 원리들을 활용해 자신의 과학기술적 발명으로 인류의 역사를 바꾸어놓았다. 이 원리들을 활용해 역사상 가장 큰 기업 가운데 하나인 버진Virgin그룹을 창립한 리처드 브랜슨은 아예 고등학교 학적부에서조차 찾을 수 없다. 어떤 학위도 가지고 있지 않은 말콤 엑스는 인류의 역사를 새로 쓸 힘과 노하우를 발견하기 위해 이 책에 언급된 원리들을 사용했으며, 이를 통해 인종 간의 평등을 더 높은 차원에서 이루어냈다. 또한 마케도니아의 조그만 마을에서 보통 수준의 교육조차 받지 못했던 테레사 수녀는 이 원리들을 고스란히 실천했고, 서구 세계의 의식을 바꾸어놓았다.

이 책에서 그동안 미처 몰랐던 수많은 이야기를 새로이 알게 될 것이고 그들로부터 교훈을 얻게 될 것이다. 또한 이 책에서 배운 지식을 활용한다면 목적을 가진 삶, 헌신하는 삶, 성취로 충만한 삶이 가능해질 것이다.

화가들과 깊은 관련을 가진 'drawing(그림, 그리기)'이란 단어는 비전과 상상력, 독창성, 헌신, 인내 등을 요구하는 창조적 행위다. 이 단어는 삶을 향해 나아가는 데 필요한 요소들에 대한 완벽한 메타포다. 우리는 매일 최선을 다하기 위해 화가들의 기법을 활용할 필요가 있다. 화가는 자신의 내면으로부터 끊임없이 비전이나 아이디어를 보고 읽고 찾아내려 한다. 그리고 상상 속의 그것들을 실제의 화면에 구현하는 작업을 해낸다. 이는 자신의 고유한 창의력을 통해 진정한 삶을 살고자 하는 사람들에게서 발견되는 것과 동일한 기법이다.

이러한 일이 우리 안에서 일어나고 있다는 사실을 어떻게 알 수 있을까? 아마 이 책을 덮기 전에 자신만의 고유한 답을 얻게 될 것이다.

제이크 듀시

2013년, 로스앤젤레스에서 열린 기금 마련 행사를 진행하고 있었다. 표는 매진되었고, 행사장은 사람들로 가득 찼다. 제이크는 누군가로부터 내가 거기서 사회를 보게 될 거라는 얘기를 듣고는 나를 만나기 위해 마지막 시간대 표 한 장을 구입했다. 그는 갓 스무 살이었고, 첫 책 『바람 속으로*Into the Wind*』를 막 출간했는데, 나에게 영감을 받았다고 했다. 그는 내게 책을 주려고 자동차로 두 시간 반이나 달려왔다. 하지만 나를 만나기에는 사람들이 너무 많았다.

그날 밤이 꽤 깊어서야 식사를 하기 위해 자리에 앉았다. 그때 제이크가 내게로 다가와 자기소개를 했다.

"안녕하세요, 선생님. 제이크 듀시라고 합니다. 이 책은 제가 쓴 책인데, 선생님께서 많은 영감을 주셨습니다."

"오, 그래요. 내가 어떤 영감을 주었나요?"

"선생님의 책 『성공의 원리*The Success Principles*』에는 이런 내용이 있습니다. 누군가 '안 돼'라고 하면 '그럼 그다음은요?' 하고 말하라. 제가 사람들로부터 귀가 아프도록 들은 소리는 책을 쓰기엔 너무 어리다는 거였어요. 출판 에이전트 분들은 책을 내려면 경험이 더 필요하다고 했습니다. 그때마다 전 계속 '그렇다면 저는 무얼 해야 하나요?' 하고 물었습니다. 그리고 지금 저는 선생님 앞에 서 있어요. 제 책을 들고요."

제이크에게서 삶의 싱그러운 향기가 뿜어져 나왔고, 그의 진가를 발견하는 데는 오랜 시간이 걸리지 않았다.

나는 그를 반갑게 맞이하면서 옆에 앉아 있던 아내에게 소개했다. 제이크는 선 채로 아내와 정답게 얘기를 주고받았다. 놀랍게도 제이크의 어머니와 아내는 고등학교 동문이었다. 그런데 더 우연의 일치인 것은, 기금 마련 행사 티켓이 완판되었음에도 내 왼쪽에 자리 하나가 비어 있었다는 사실이었다. 음식이 하나둘 나오며 식탁이 차려지고 난 뒤, 제이크에게 내 옆자리에 앉아 같이 식사를 하자고 권했다. 그는 당시 너무 흥분되어 그 자리가 비어 있다는 것도 못 봤다고 한다!

기회란 어떤 것일까? 빈자리가 하나도 없는 다섯 시간짜리 행사에서, 공교롭게도 마침 내 옆자리의 손님이 일찍 자리를 떴고, 그 사실을 모르는 종업원들이 모든 자리에 음식을 세팅하는 그 순간, 제이크가 내 테이블로 와서 자신을 소개한 것이다. 이런 일이 일어날 수 있는 확률은 얼마나 될까? 너무도 완벽하게 우리를 연결해 주는 기회가 주어진다는 게 가능한 일일까?

나는 가능하다고 믿는다. 제이크가 그렇게 믿고 있었기 때문이다. 그는 '어떻게' 해야 나를 만날 수 있을지에 대해선 전혀 알 수 없었다고 고백했다. 그가 알고 있었던 건 단 하나, 우리가 친구가 되리란 것 뿐이었다.

그로부터 몇 달 뒤, 그를 내 생일파티에 초대했다. 그날 저녁 그가 물었다.

"선생님, 인생에서 자신의 꿈을 이루려면 어떻게 해야 할까요?"

"일단 종이에 쓰고, 꿈을 현실로 만드세요."

그는 좀 더 자세한 설명을 듣고 싶어 하는 듯했다.

"제이크, 당신은 자신이 간절히 원하는 것은 무엇이든 성취할 수 있는 능력을 가지고 있어요. 그렇지 않다면 처음부터 그런 간절한 마음을 품지도 않았을 겁니다."

생일파티로부터 다시 몇 달이 지난 뒤, 제이크로부터 한 통의 편지를 받았다. 편지에는 내가 한 말을 실천하고 있으며, 새로운 책『오늘부터 다르게 살기로 했다(원제: *The Purpose Principles*)』가 펭귄출판사에서 나오게 될 거라고 적혀 있었다. 책의 제목은 우리가 나눈 대화와 내가 쓴『성공의 원리(원제: *The Success Principles*)』에서 영감을 받은 것이라고 했다.

나이가 들어가면서 깨달은 것이 하나 있다. 내게는 젊은 사람들에게 저마다 최상의 비전을 가지고 살아갈 수 있도록 영감과 힘을 실어주는 열정이 있다는 것이다. 이것은『성공의 원리』를 출간하고 난 뒤 개최한 여러 세미나들을 통해 새삼 확인한 사실이다. '성공의 원리'들 중 하나는 "자신이 원하는 것이 무엇인지를 찾으라"는 것이다.

제이크가 이 책에서 말하고자 하는 것 역시 다르지 않다. 꿈은 손에 닿지 않은 먼 곳에 있지 않다는 것, 두려움과 불신이 우리의 걸음을 멈추도록 내버려두어선 안 된다는 것, 그리고 자신감을 갖고 뭔가 다르게 살아가려는 열정은 나이와는 아무런 상관이 없다는 것이다. 이 원리들을 삶에 적용하겠다고 결심하고 그 결정을 실천하는 일만으로도, 매일매일을 생산적이고 의미 있게 살아갈 수 있다!

제이크는 나를 멘토나 롤모델로 삼는 듯하지만, 그 또한 내 삶에 영감을 불어넣는 사람이다. 제이크는 영감으로 가득한, 스스로 빛을 발하는 존재다. 무한한 가능성을 유감없이 발휘하는 방향으로 자신의 삶이 나아가게 하기 때문이다. 이 사실은 그 자신만이 아니라 타인에게도 꿈을 이루며 살도록 일깨워준다. 나는 이 책이 많은 사람이 저마다의 꿈을 실현하는 삶을 살게 하고, 보다 공정한 사회, 따뜻한 마음이 가득한 세계를 이루는 데 기여할 거라고 확신한다.

잭 캔필드
『영혼을 위한 닭고기 수프』 저자

_차 례_

I

스스로
살아갈 수 있는
단 하나의 힘

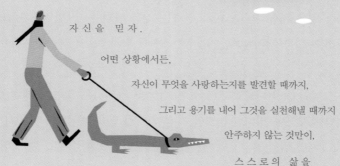

자신을 믿자.

어떤 상황에서든,

자신이 무엇을 사랑하는지를 발견할 때까지,

그리고 용기를 내어 그것을 실천해낼 때까지

안주하지 않는 것만이,

스스로의 삶을

살아갈 수 있는 유일한 길이다!

시력을 잃는 것보다 더 나쁜 것은
볼 수는 있지만 비전이 없는 것이다.

– 헬렌 켈러

"고맙다는 인사를 드리고 싶습니다."

백발에 말끔한 정장 차림을 한 노신사가 말했다.

"이런 일은 처음입니다. 내가 원하는 것을 안다는 것 말입니다. 내가 진정으로 무엇을 원하는지를 나 자신에게 처음으로 물어봤으니까요 ……."

나는 남자를 바라보았다. 고상한 정장을 차려입은 그는 경제적으로 넉넉해 보였다. 명석한 눈빛이 가슴에 담긴 말을 대신하고 있었다.

"돈도 제법 벌었습니다. 하지만 그저 보통의 인생이었어요. 내가 한 거라곤 하나같이 다른 사람들이 원했던 일들뿐이었습니다. 예순한 살이 된 지금에서야 깨달았어요. 내가 인생에서 뭘 원하는지!"

나는 충격을 받았다. 하루 종일 진행되는 워크숍 마지막 날이었다. 워크숍에서 나는 참가자들이 각자의 비전을 명확하게 파악하고 그 비전을 성취할 수 있는 계획을 세우도록 도와주고 있었다. 어떻게든 되겠지 하는 막연한 생각이 아니라, 진정으로 원하는 것이 무엇인지 반드시 찾아야 한다고 생각했다. 스물한 살짜리 대학 중퇴생이었던 내가 그곳에 있었던 단 하나의 이유였다. 그런 내 앞에 나보다 나이가 세 배는 많아 보이는 남자가 서 있었고, 그동안 자신은 인생에서 원하는 게 무언지 결코 알지 못했으며 경제 사정이 좋은 것과 상관없이 그 자신의 생활 방식으로는 도무지 충만함을 느낄 수 없었다고 고백하고 있었다. 그 남자를 가장 괴롭힌 건 혼자만의 시간이 없다는 거였다.

비전이란 말에는 일정 부분 비현실적 요소가 들어 있다. 그래서인지 흔히 다음과 같은 질문들을 놓치게 된다. 마틴 루터 킹, 마하트마 간디, 스티브 잡스, 로자 파크스, 에이브러햄 링컨 등과 같이 위대하다고 생각하는 사람들은 어떻게 자신의 일들을 성취해냈을까? 그 사람들에겐 어떤 공통점이 있을까? 그들이 그토록 위대한 사람이 된 시점은 언제일까? 인류의 역사를 바꿀 만한 능력은 어디서 온 걸까? 그들은 왜 세상을 바꾸려 했을까?

이런 질문들에 대한 답을 찾기 위해 깊이 생각하기보다는 그저 아이들에게 위인들의 성공담을 들려줄 뿐이다. 그리고 그 이야기들은 그들을 희귀한 슈퍼맨의 혈통을 이어받은 사람들로 만들어 버린다. 즉 그들은 특별한 재능을 타고난 사람들이 되는 것이다. 그런데 그들

외에 아리스토텔레스, 플라톤, 알베르트 아인슈타인, 마크 트웨인, 마야 안젤루Maya Angelou(미국의 시인이며 배우) 같은 사람들의 이야기는 다르다. 그들이 우리와 다를 바 없는 세상에서 살아갔다는 사실이다. 그렇지 않은가? 몸을 따뜻하게 데워주는 태양이 아닌 다른 태양이 그들만을 비추었을 리가 없지 않은가. 그런데 그들은 그들만의 고유한 독특함을 가지고 있었고, 실제로 우리와는 달랐다. 하지만 모두가 각자의 고유한 방식을 가진다는 건 이상한 일이 아니며, 그들만이 특별해야 할 하등의 이유가 없다.

한 가지 사실만 제외한다면 그들과 우리가 진짜 다른 건 아무것도 없다. 그 한 가지 예외는, 그들은 자신들이 원하는 것이 무엇인지를 정확히 알고 있었다는 사실이다. 이 명백한 인식을 그들은 자신의 삶에 적용했고, 그것이 그들을 보통의 인생에서 전설적인 인물로 만들었다. 우리는 화려한 조명이 현란하게 비추는 할리우드의 레드 카펫에 넋을 빼앗길 것이 아니라, 그들이 의미 있고 가치로운 삶을 어떻게 살아가는지에 주목해야 한다. 제일 먼저 주목해야 할 것은 바로 비전이다. 다시 말해서 자신이 무엇을 원하는지를 깨닫는 것이다.

그들은 꿈도 없이 하고 싶지 않은 일을 하면서 살아가기엔 인생이 너무도 짧다는 사실을 알고 있었다. 자신이 사랑하는 것이 무엇인지 찾지 못한다면, 매일 비전을 향해 나아가지 못한다면, 그 삶에는 답이 없다. 언젠가는 잠에서 깨어났을 때, 원하는 일을 할 시간이 더 이상 없다는 사실과 마주하게 될 것이다. 위대한 사람들이 위대하게 된 이유는 바로 이러한 진리를 무엇보다 먼저 인식했고, 할 수 있을 때 자신이 사랑한 것을 행했다는 것이다.

지구의 공기를 마시며 사는 모든 사람은 각각 하나의 행성과 같다. 우리들 각자는 인력에 의해 서로를 끌어당긴다. 여자든 남자든 세상을 바꾸어 온 사람들은 알고 있었다. 자신의 삶으로 끌어당기고 싶은 것을 명확하게 결정하고 자신의 궤도에 있는 운명을 알게 된다면, 의미 있는 삶의 위성들이 밤하늘에 환히 떠오를 것임을. 하지만 그전에 자신이 간절히 원하는 것이 무엇인지를 알아야만 한다.

자신의 인생에서 무엇을 원하는지를 인식하고 비전을 직시하며 어떤 대가를 치르더라도 부정적인 장애물들을 돌파해 나가는 것이다. 이것은 신비주의 비법 같은 것이 아니다. 모든 위대한 사람들은 남자든 여자든 스스로 원하는 것을 찾아냈고, 그런 다음 치열한 노력 끝에 그것을 이루어냈다.

인구의 97퍼센트가 가진 문제는 자신이 무엇을 원하는지를 모른다는 사실이다. 혹은 무얼 원하는지에 대해 생각조차 하지 않는다. 그들은 어떤 것에 대한 결핍, 욕구, 그리고 막연한 생각들을 무의식적으로 자신의 궤도 안으로 끌어들일 뿐이다. 이때 그들을 사로잡는 것은 온갖 매체들이 전하는 인기 트렌드와 일시적인 유행이다. 스스로 선택하는 것이 아니라 주어지는 것을 그저 받아들인다. 사람들이 매일매일 아무런 의식 없이 자신의 삶으로 끌어들이는 것들은, 그리고 그것들에 둘러싸여 있는 사람들은, 또한 그들의 경험에 동반되는 모든 것은, 스스로의 선택이 아니라 거의 자동적으로 형성된다. 결국 그들은 어느 날 이렇게 말할 것이다.

"지금 뭘 하고 있는 거지? 아! 내가 원한 삶은 이런 것이 아닌데!"

내가 만났던 신사도 그랬다. 워크숍에 참가하면서 뭔가를 느끼기 시작하기 전까지 그는 분명히 그랬다. 그동안 가지고 있던 것은 자신이 원한 게 아니었다는 자각이 일어나던 그날, 그는 다른 많은 것을 원하게 되었다. 하지만 안타깝게도 대부분은 우리가 지금 하는 것이 원하는 것이 아니란 사실을 자각하지 못한다. 우리는 예쁘고 맛있고 즐겁고 환각을 일으키는 것에 마냥 정신을 빼앗긴다. 왜 그런 것들에 달려가고 있는지를 생각할 시간조차 없을 정도로 빠져들어 있다. 너무도 산만해서 자신의 고유한 느낌을 가질 수조차 없다.

사람들은 자주 "내 느낌을 말하면 ……"이라고 한다. 우리가 길을 잃어버린 지점이 바로 이곳이란 사실을 이해할 수 있겠는가? 우리는 어떻게 느끼는지에 대해 오래도록 고심해 왔다. 원하는 것이 무엇인지를 생각만 할 뿐, 인생에 가장 큰 흥미와 의미를 주는 것들에 대한 자신의 느낌에 따라 행동하지 않는다.

사람들이 스티브 잡스를 미쳤다고 생각하는 이유가 바로 여기에 있다. 그가 해야 한다고 여겼던 것을 중단하고, 해야만 한다고 느낀 것을 행하기 시작했을 때, 모든 사람이 이렇게 말했다.

"대체 무슨 생각을 하는 거야? 대학은 계속 다녀야지!"

하지만 그는 그렇게 생각하지 않았다. 그는 느꼈다. 운명과 목적이 부르는, 우리들 모두가 가지고 있는 내면의 소리에 응답했다. 사람들은 라이트 형제가 비행기를 만들 거라고 했을 때 의심했었다. 하지만 라이트 형제는 할 수 있다고 느꼈고, 그렇게 했다.

이것은 대단히 흥미로운 사실이다. 우리는 현실을 매우 심사숙고한다. 무엇이 좋고 나쁜지, 무엇이 옳고 그른지, 무엇이 현명하고 우둔한지, 무엇이 안전하고 위험한지, 무엇이 정상이고 비정상인지, 무엇이

가능하고 불가능한지를. 하지만 가장 중요한 것이 무엇인지에 대해서는 결코 깊이 생각하지 않는다. 대신, 모든 것에 일정한 경계를 만들어놓고는, 거기서 살아가야 할 삶의 방식을 결정한다.

그런데 살아가야 할 삶의 방식을 어떻게 다른 누군가가 말해 줄 수 있을까? 우리가 아닌 다른 사람이 사용하는 시간을 결정해 준다는 일이 과연 가능할까? 이것이 가능하려면 우리가 선택할 능력을 자의적으로 포기할 때뿐이다. 하지만 전설 속의 어떤 이도, 선지자나 영웅 가운데 그 누구도, 그렇게 한 사람은 없다. 그들은 자신의 운명을 스스로 결정하는 권리를 포기하지 않았다. "자신의 인생을 살라!"라는 옛 격언의 의미는 단순하다. 자신의 삶을 살라는 것이다. "엄마의 인생을 살라!"는 것도, "아빠의 인생을 살라!"는 것도, "저스틴 비버와 같은 인생을 살라!"는 것도, "모든 사람이 살아야 한다고 말하는 인생을 살라!"는 것도, "가장 편하고 가장 정상적인 삶을 살라!"는 것도, "학교 선생님이 올바르고 지혜롭고 안전하다고 말해 준 인생을 살라!"는 것도 아니다. "자신의 인생을 살라!"는 것은 다른 누구의 삶도 아닌 자신의 삶을 살라는 것이다.

이렇게 하기 위해 원하는 삶, '나의 인생'이라는 말을 만들어낼 수 있는 그 삶을 향해 첫 걸음을 떼어야 한다. 그런데 종종 머릿속에 다음과 같은 말을 떠올린다.

"사람들이 날 보고 미쳤다고 하지 않을까?"

이런 말이 떠오를 때 마음을 설득하기 위해 다음과 같이 말할 필요가 있다.

"사람들이 나를 이상하게 생각해도 상관없다. 나 스스로를 낯설게 느끼기보다는 남들 눈에 이상하게 보이는 편이 더 낫다!"

자신을 믿자. 어떤 상황에서든, 자신이 무엇을 사랑하는지를 발견할 때까지, 그리고 용기를 내어 그것을 실천해낼 때까지 안주하지 않는 것만이, 스스로의 삶을 살아갈 수 있는 유일한 길이다!

문학 작품에서 가장 많이 인용되는 문구 중 하나는 셰익스피어가 쓴 "죽느냐 사느냐, 그것이 문제로다"라는 말이다. 이 문장에서 '문제'라는 단어를 '선택'으로 바꾸고 싶다. 우리가 해야 하는 건 둘 중 하나를 선택하는 일이다. 자신이 원하는 사람이 되고 진정으로 하고 싶은 것을 하는 길을 택하든가, 그렇지 않던가이다. 만약 사랑하는 것을 추구하는 길을 선택한다면 삶은 우리가 생각하는 일반적인 경험, 일상, 사건들 이상의 뭔가가 될 것이다.

원하는 게 무엇인지를 알게 될 때, 무엇을 할지 혹은 무엇을 하지 말아야 할지를 알게 된다. 앞서 거론한 위인들은 그들이 원하는 것이 아니면 어떤 것도 하지 않았다. 그리고 그들이 역사를 바꾼 이유였다. 이것이 바로 그들의 삶을 알아야 하는 이유다.

사회적으로 명성을 가진 사람들이 평범한 사람들과 달랐던 단 한 가지는 그들은 자신들이 원하는 것이 무엇인지를 알았다는 것, 그래서 비전과 나아갈 방향을 가지고 있었다. 그들은 자신들의 머릿속에서 들려오는 다음과 같은 안일한 소리에 정신을 빼앗기지 않았다.

"지금 알람을 끄고 15분만 더 자자. 그런 다음에 일어나서 일을 시작해도 아무 문제없어!"

우리를 침대 밖으로 끌어내는 목소리가 있기는 하다. 하지만 솔직히 생각해 보자. 그것이 진실로 원하는 목소리인가? 천만에!

하지만 이 목소리는 월요일 아침 6시에서 9시 사이에 심근경색을 가장 많이 일으키는 원인이기도 하다. 꿈을 좇고 남을 도우려는 일에 대한 흥분이 침대 밖으로 끌어내는 것이 아니라, 스트레스와 걱정과 두려움과 권태가 침대 밖으로 끌어내기 때문이다. 진정으로 하고 싶은 일이 아닌 거의 모든 일을, 거의 모든 사람이 하고 있다.

인생의 의미와 목적을 찾기 위해서는 나아갈 방향과 비전과 꿈을 만들어내야 한다. 자신이 원하는 것이 무엇인지를 알아야 한다는 말이다. 이렇게 하기 위해 우선, 자신에게 "꿈은 나와 상관없어. 꿈은 그저 꿈일 뿐이야. 좀 더 현명해져야 해"라는 말을 더 이상 하지 말아야 한다. 꿈꾸기를 멈추고 꿈을 좇는 일을 멈춘다면, 삶도 멈출 것이다. 아무리 원한다 해도 결국 성공을 이뤄내지 못할 것이다. 이에 반해 사랑하는 일을 한다면 성공이 찾아올 것이다. 자신의 삶은 오직 하나뿐인데, 사랑하는 일을 하지 못한다면 그 삶에 무슨 의미가 있겠는가?

백만 달러짜리 질문

질문을 하려고 한다. 종종 이를 '백만 달러짜리 질문'이라고 부르곤 하지만, 답을 알게 됐을 때 펼쳐지게 될 가능성들을 생각한다면 값이 얼마나 뛰어오를지는 장담할 수 없다. 질문을 던지기 전에 부탁이 있다. "모르겠어"라든가 "상관없어"라는 투로 대답을 회피하는 태도를 취하지 말아달라는 것이다. 질문은 다음 두 가지다.

1_ 원하는 것은 무엇입니까?
2_ 올 한 해가 성공적이고 만족스러우려면 무엇을 해야 할까요?

더 깊은 얘기로 들어가기 전에 이 질문들에 다음과 같이 대답할 사람이 많을 것이다.

"내가 원하는 게 뭔지, 그딴 거 난 몰라! 그때그때 마주치는 거, 난 그냥 그런 걸 원해!"

삶에서 무엇을 원하는지 말해 보라고 하면 많은 사람이 모르겠다고 한다. 우리가 원하는 게 무엇인지를 알지 못하는 악순환의 덫에 걸려 있다. 이 덫에서 빠져나오지 못하는 이유는 자신이 하고 싶고, 해야 하는 것을 생각하는 것이 아니라 다른 사람들이 바라고, 해야 한다고 생각하는 것에 주목하기 때문이다.

삶이 우리에게 "원하는 게 무엇인지 자신에게 말해 보라"고 요구한다고 확신한다. 그렇지 않다면 삶은 무의미하기 때문이다. 삶은 오직 기다리며 물을 뿐이다.

"당신에게 어떻게 해주었으면 좋겠습니까?"

하지만 정작 우리는 삶이 우리에게 어떻게 해주면 좋겠는지를 알지 못한다. 그래서 이렇게 말한다.

"그걸 잘 모르겠단 말이야 …… 근데 그게 무슨 상관이지? …… 뭐든 상관없지 않나?"

무엇이든 상관없다면, 굳이 지금 여기에 있을 필요도 없지 않은가.

자, 다시 한 번 묻는다.

올 한 해가 성공적이고 만족스러우려면 무엇을 해야 할까요?

쉬운 일이 아니라고 말하지 말자! 쉬운 일이라는 것을 인정하자. 실제로 쉬운 일이다. 그러나 문제는 '하기 쉬운 일'은 '하지 않는다'는 사실이다. 예를 들어 워크숍에 참가한 열네 살짜리 흑인 아이가 발언대로 나와 자신의 생각을 말하는 일은 분명 쉽지 않다. 오히려 앞에 나서지 않는 일이 쉽다.

나는 오레곤 주 포틀랜드에 있는, 35세에서 60세 사이인 사람들로 꽉 들어차 있는 룸에서 위와 똑같은 질문을 했다.

"올 한 해가 성공적이고 만족스러우려면 무엇을 해야 할까요?"

그러자 조그만 소년이 자리에서 벌떡 일어났다. 자신의 생각을 공유하고 싶다며 다음과 같이 말했다.

"그 질문에 저는 이렇게 대답하고 싶어요. '나는 책을 한 권 쓰고 싶다' 저는 글을 쓰는 게 너무 좋아요."

방 안은 일시에 침묵으로 가득 찼다. 나는 전율을 느꼈다. 어쩌면 내가 할 수 있는 일보다 이 소년이 사람들에게 더 많은 도움을 줄 수 있을지도 모른다는 생각이 들었다. 소년이 말을 이어갔다.

"주위 사람들은 늘 제게 원했어요. 어떤 사람이 되라거나, 어떤 일들을 하기를 원했죠. 그렇지만 전 제가 원하는 걸 찾고 싶었어요. 그래서 생각했죠. '나를 기쁘게 하는 게 뭐니?'라고 나에게 물으면, 무엇을 원하는지 답을 찾을 수 있을 거라 생각했어요."

발언대에 선 소년은 그곳에 모인 사람들에게 그들이 살고 있는 세계를 명확히 알게 해주었다. 우리가 살고 있는 세계는 자신이 원하는 것을 자신이 아닌 다른 사람들이 선택해 주고 있었다. 여기서 벗어나는 해결책은, 이 똑똑한 소년이 충고한 대로, 자신을 기쁘게 하는 일을 하는 것이다!

"그렇다면, 나를 기분 좋게 하는 일은 무엇인가?"

'~라면 어떻게 될까 게임'을 해보자.

"나를 제지하는 게 아무것도 없다면 어떻게 될까?"

"정답이 '난 몰라'라든가 '너무 많아서 고를 수가 없어'라는 것밖에 없다면 어떻게 될까?"

"실패란 한낱 관념일 뿐이라는 사실을 알게 된다면 어떻게 될까?"

"밑천이 없다는 게 결코 장애물이 될 수 없다는 걸 인식한다면 어떻게 될까?"

올 한 해가 성공적이고 만족스러우려면 무엇을 해야 할까? 종이 한 장을 가져다가 이 질문에 대한 답을 한두 문장으로 써 보자. 너무 많은 생각을 하지 말자. 그저 느껴 보자.

무언가를 진정으로 알 수 있는 유일한 방법은 거기에 자신을 대입해 보는 것이다. 그렇게 하기 위해서는 미래로 시간여행을 떠나야만 한다. 지금 일어나고 있다는 상상을 하면서 꿈을 이루며 살아가는 것이 어떤 기분인지를 느껴 보자.

도움이 되는 일이라면 지금 당장 꿈에서 깨어나 실행에 옮겨 보자. 그런 다음 현실로 돌아와 그것을 묘사해 보자. 놀랍도록 아름답지 않았던가? 분명히 그랬을 것이다!

원하는 것을 종이에 쓰는 일은 성공과 만족을 일구어내는 첫 단계다. 나는 가장 성공한 작가 중 한 사람인 『영혼을 위한 닭고기 수프 *Chicken Soup for the Soul*』 시리즈의 저자 잭 캔필드로부터 이 연습 방법을 배웠다.

깨달음에 이르는 순간

세상살이는 놀이동산의 놀이기구 타기와 같다.
강한 척하던 우리는 무엇을 탈 것인지 선택하는 순간
사뭇 진지해진다.
하지만 걱정할 필요 없다. 그냥 타면 된다.

— 빌 힉스

수많은 사람이 흠집 하나 없는 완벽한 삶을 원한다. 하지만 대부분의 사람이 바라는 훌륭한 삶이란 실제로는 온갖 실수와 굴욕에 의해 찜찜해진 삶이다. 아무리 우아한 사람이라도 이따금은 코도 후비고 벌거벗고 춤을 추기도 한다. 완벽한 삶을 찾는 많은 사람은 삶을 수학 시험처럼 여기며, 정말로 진지하지 못하면 낙제점을 받거나 상위권에 오를 수 없을 거라고 생각한다. 하지만 삶은 자동차 열쇠를 손에 쥐고 있으면서 어디다 두었는지를 찾는 것과 비슷하다. 우리는 삶을 찾아 세상을 온통 뒤지며 엄청난 시간을 허비하지만, 삶의 목적을 달성시켜 주는 열쇠는 자신의 손에 쥐어져 있다. 요컨대 삶이 실제로 이미 손 안에 들어 있는데도 불구하고 필사적으로 삶을 찾아 헤매며 시간을 낭비한다.

생각은 놀이동산과 같다. 이걸 타보라 저걸 타보라 외치는 수천 개의 목소리가 자신의 머릿속에 들어 있다. 반드시 타야 할 것들을 알려주고, 봐야 할 것과 어떻게 봐야 하는지도 알려주고, 하게 될 소감까지 들려준다. 그곳에서 대부분의 사람은 티켓을 구입하고 탈것에 오르라고 말한다. 하지만 티켓을 구입하지 않는다면 어떻게 되는지, 완벽한 삶을 위해 해야 한다고 생각하는 그 어떤 것들도 하지 않는다면 무슨 일이 일어날 것인지를 생각해 본 적이 있는가?

우리는 지나치게 긴장할 필요가 없는 일인데도 모든 것을 제대로 해야 한다는 강박에 싸여 스트레스에 짓눌린 채 수많은 시간을 보내고 있다. 하지만 심각한 일을 지나치게 심각하지 않게 받아들일 때 훨씬 큰 성과를 낼 수 있다. 호스피스 간호사 브로니 웨어가 쓴 책 『내가 원하는 삶을 살았더라면(원제: The Top Five Regrets of the Dying)』에는 그녀가 목격한, 환자들이 죽기 전에 일반적으로 하는 후회들이 기록되어 있다. 그녀가 담당한 환자들이 가장 빈번하게 털어놓는 후회들 중 하나는 "더 행복하게 살 수 있었는데 ……"라는 것이다.

우리는 종종 자신을 더 행복하게 살도록 내버려두지 않는다. 얼마나 죽음과 가까이 있는지를 잊어버리기 때문이다. 삶을 즐기기보다는 사람들의 눈에 좋게 보이거나 멋지게 이뤄내는 것이 더 중요하다고 생각한다. 세미나에 참석한 한 남자는 이 사실을 아주 잘 보여주었다.

"여러분, 모두 손가락을 콧구멍에다 넣고 미소를 지어 보세요!"

세미나 마지막 날 단체사진을 찍으면서 내가 한 말이다. 그런데 단한 사람, 데이비드만이 그렇게 할 수 없다고 했다.

강도 높은 프로그램들을 집중적으로 실시한 하루였다. 그 일들을 막 끝낸 뒤였고, 나는 지나치게 긴장된 상태에서 벗어나 목표에 대한 스트레스를 털어내고 가벼운 마음으로 귀가하기를 바랐다. 하지만 이 50대 중년 남자는 그렇게 할 수 없었다. 그렇게 하는 게 너무도 바보 같은 짓이라고 생각한 거였다. 하지만 세미나실의 나머지 수강생 서른 명이 일제히 그의 이름을 연호하자 그는 마침내 굴복했다. 홍당무처럼 빨개져 있던 그의 얼굴이 황금빛으로 변하며 굳었던 마음도 풀어졌다.

우리가 제대로 일을 처리하기 위해 얼마나 힘들게 노력하고 얼마나 많은 스트레스를 받으며 삶을 허비하는지를 생각하면 흥미롭다. 하지만 남자든 여자든 자신이 어떤 일을 하고 있는지를 제대로 아는 사람은 없다. 모든 건 그저 하나의 생각에 지나지 않는다. 우리가 만들어낸 '인기 있다'와 '멋지다'라는 단어가 바로 여기에 해당한다. 이런 단어의 의미는 어떻게 옷을 입어야 하는지와 어떤 상표의 옷을 입어야 하는지에 대해 우리가 만들어놓은 생각들과 연결되어 있다. 이런 식으로 점점 굳어지면 우리가 만들어낸 생각은 모든 행동들이 일치하도록 우리를 몰아간다.

하지만 일치시킨다는 건 별 가치가 없는 일이다. 세계를 바꾸는 데 공헌한 위대한 사람들을 보자. 스티브 잡스, 알베르트 아인슈타인, 짐

모리슨, 랠프 왈도 에머슨, 리처드 브랜슨. 그들은 인류의 의식에 커다 란 영향을 끼쳤을 뿐 아니라 정말로, 정말로 '이상한' 사람들이었다. 그들은 보통이 되기 위해 노력하지 않았던, 그들 자신이었던, 자신의 원대한 상상력을 따랐던 사람들이었다. 그들은 바닥 모를 깊은 물에 빠졌을 때, 주위에 아무도 없이 완전히 혼자라는 걸 알았을 때조차 혼비백산하지 않았다.

언젠가 친구가 들려준 이야기가 있다. 그는 수영에는 젬병이었다. 스스로를 '수영 불가'라고 부를 정도였다. 어느 날 그는 가족들과 몇 몇 친구들과 어울려 보트를 타고 카탈리나 해안으로 갔다. 그들은 선 착장에 보트를 정박한 뒤, 아이들에겐 해변에서 수영을 하며 놀도록 했다. 곧이어 그는 아이들과 뒤섞였다. 아이들과 뒤섞인 지 얼마 되지 않아 그는 물에 빠져 허우적거리기 시작했다. 그는 팔을 휘저으며 "도 와줘요! 도와줘요!"라고 외쳐댔다. 그가 외치는 소리는 점점 커졌지 만 돌아온 건 아이들의 웃음소리밖에 없었다. 보트에 앉아 있던 친 구들도 웃음을 터뜨리기는 마찬가지였다. 그렇게 몇 분이 흘렀고, 그 는 여전히 비명을 질러댔다. 하지만 아무도 그에게 오지 않았다. 힘이 점점 빠져나간 그는 물속으로 가라앉기 시작했다. 그때, 근처의 보트 에 타고 있던 누군가가 부력튜브를 매달고 물로 뛰어들어 그에게로 헤엄쳐왔다. 거칠게 팔을 허우적거리던 그는 그 사람이 닿기 직전에 바닥으로 가라앉았고, 이렇게 죽는구나 하고 생각했단다.

잠시 뒤 그의 고개가 저절로 물 밖으로 솟아올랐다. 곧 어깨도 드 러나고, 마침내 가슴까지 올라왔다. 그는 어색한 미소를 띤 채로 서 있었다. 물은 겨우 가슴 높이밖에 되지 않았다. 온종일이라도 서 있을 수 있었다. 하지만 너무 당황한 나머지 자신이 그렇게 할 수 있다는 사실을 자각하지 못한 것이다.

친구가 처했던 이 상황이야말로 우리들 대부분이 어떻게 살아가고 있는지를 말해주는 완벽한 사례라고 생각한다. 빠진 물이 실제보다 더 깊을 거라고 믿으며 살아가고 있는 것이다. 그 결과 삶은 늘 걱정과 스트레스와 두려움 속에 놓여 있다. 몸에 힘을 잔뜩 주고, 이를 꽉 물고, 발을 말뚝처럼 땅바닥에 묻어놓은 채 여차하면 전투를 치를 준비를 하고 있다. 미래란 결코 끝나지 않는 전쟁이라는 식의 삶을 살고 있는 것이다. 자신을 느슨하게 풀어놓고 웃음의 대상으로 삼는 법을 배울 필요가 있다. 우리가 빠진 물은 그다지 깊지 않기 때문이다!

만약 자신에게 "지금 이 상황이 50년 뒤의 내 인생을 결정짓는 상황인가?"라고 자문할 수만 있다면, 우리는 삶을 더욱 즐기게 될 것이다. 이 물음에 대한 보통의 답은 "그런 상황이 아니다"이다. "그런 상황이다"라고 답하고 싶은 생각이 들 때도 있지만, 그런 경우는 지극히 이례적이다. 우리는 스스로에게 너무도 엄격해서 가벼워지는 순간이 깨달음에 이르는 순간이라는 사실을 곧잘 잊어버린다.

사람들은 "어떻게 하면 삶에 대해 덜 심각할 수 있을까요? 어떻게 하면 스트레스를 줄일 수 있을까요?"라고 묻곤 한다. 출발하기에 가장 좋은 지점은 지금 당장 죽을 수도 있다는 사실을 기억하는 것이다. 지금 당장 죽을 수도 있다는 사실을 외면해선 안 된다. 결국 이 사실을 받아들였던 날을, 그래서 내 삶이 온통 바뀌어 버렸던 날을 기억하고 있다. 대학 1년생이었고, 햇볕 쏟아지는 캠퍼스 벤치에 앉아 생각했다.

"지금 이 순간, 모든 게 너무도 좋아. 영원히 지속되는 건 아무것도 없어. 이 값진 시간을 온통 심각함에 빠져 허비해야 할 이유가 뭐지?"

심각함에 온통 빠져 있을 이유가 없다는 사실을 알아버린 바로 그날, 나는 삶을 너무 심각하게 생각하는 일을 멈추었다.

마음이 시키는 일

기억하라. 죽은 물고기는 물길을 따라 떠내려가지만,
살아 있는 물고기는 물길을 거슬러 헤엄친다는 것을.

ㅡW. C. 필즈

많은 사람이 인생에 대한 가장 지혜로운 어록 하나를 잊은 채 살아간다.

"기회가 오지 않는다면, 가서 잡아라."

이 말을 처음 했던 사람이 누구인지 알 수 없지만 마음에 새겨야 할 말임은 분명하다. 우리는 매일 엄청난 기회들을 잃으며 살아간다. 그것을 잡을 수 있었던 많은 사람이 비웃음을 당할까봐, 실패할까봐, 혹은 안락한 공간으로부터 쫓겨날까봐 겁이 나서 기회를 잡지 못한 것이다. 적절한 기회는 바로 적절한 순간이 왔을 때 더 이상 기다리지 않기를, 기다림을 그만두기를 기다리고 있다. 하지만 많은 사람이 삶을 진정으로 맛보지 못한다. 우리는 지금 당장의 안락함 때문에 자신의 존재를 제한한다. 그동안 어떤 방법으로 해왔다는 것이 앞으로도 계속 그 방법을 행해야 한다는 것을 의미하는 건 아니다.

세상은 낯선 것을 두려워하지 않는 개척자들, 실패를 두려워하지 않는 기업가들, 진보를 두려워하지 않는 사색가들, 자신의 꿈을 현실로 옮기는 일을 두려워하지 않는 몽상가들처럼 위험을 감수하는 사람들에 의해 만들어진다. 문화적 조건은 안락한 공간에 머물면 큰 위험을 피하게 되고, 안심하고 고급스러운 안전을 유지하게 된다고 믿게 만든다. 하지만 살아 있는 동안 안전한 것은 단 하나도 없다. 하는 일도, 살아가는 인생도, 심지어 인간이라는 존재 자체도 전혀 안전하지 않다. 과학도 우리가 누구이고 왜 여기에 있는지와 같은, 존재가 가진 소중한 면모들을 명료하게 설명해 주지 못한다.

대체 위험을 무릅쓰지 않고 어떻게 더 똑똑해지고, 안락해지고, 안전해질 수 있겠는가? 꿈을 가지고 있긴 하지만 겁에 질려서 행동으로 옮기지 못하고 있다면, 이 질문에 답하는 건 더 중요한 일이다. 자신이 만들어놓은 구실과 변명을 붙든 채로 평생을 두려움에 떨며 살아가는 것보다 더 지독한 일이 어디 있겠는가? 너무도 위험한 짓이라는 생각 때문에 희망조차 없이 사는 것만큼 위험한 일이 또 있을까? 편하고 안전한 곳에 존재하기 위해 지금 원하는 것을 포기하며 살아가는 일만큼 우리를 위험에 빠뜨리는 것이 또 있을까?

없다.

위험이란 위험을 무릅쓰지 않고는 결코 극복될 수 없다. 또한 삶의 목적이 의미 있고 모험 가득하며 즐겁게 사는 것이라면, 희망하는 것을 행동으로 옮기고 과감히 도전하며 모험을 찾아 떠나는 일 말고 대체 무엇을 할 수 있겠는가? 살아간다는 것은 그 자체로 위험한 일이다. 잠시 뒤 길을 건널 때 버스가 달려와 칠 수도 있다. 이 일을 당하지 않으려고 지금부터 평생 동안 집 안에 머물러 있어야 할까? 그렇지 않을 것이다. 초콜릿이 녹아서 옷에 묻을 수 있다. 이게 겁이 나서 초콜릿을 먹을 때마다 머리에서 발끝까지 온통 비닐로 감싸야 할까?

수많은 사람이 은퇴했을 때 충분한 노후연금을 보장해 준다는 사실만으로 전혀 사랑하지 않는 일을 평생에 걸쳐 하며 살아갔고, 지금도 그렇게 살아간다. 하지만 경제가 붕괴될 수도 있고, 기업이 부도가 날 수도 있고, 연금을 받기 전에 세상을 떠나 버릴 수도 있다. 이렇게 사는 대신, 사랑하는 일을 할 수 있다. 사랑하지 않는 일을 하며 살기에 삶은 너무도 짧지 않은가!

더 큰 위험을 감수하는 것이 평범한 일보다 어쩌면 더 좋은 일이다. 그냥 더 좋은 일 정도가 아니라 가장 좋은 일일 수도 있다. 누구나 추천하는 평범한 일을 해도 될 때는 그것이 우연하게도 좋아하는 일일 때에만 그렇다. 관습적으로 해야 할 일이라고 해서 무조건 그 일을 해야 하는 건 아니다.

행복은 자신만의 방식으로 살아간다는 것을 의미한다. 그렇다고 해서 모든 것이 완벽하고 안락하지는 않다. 자신만의 방식으로 살아간다는 것은 자신의 힘으로 도약하고, 자신의 인생을 만들어 나가는 최선의 방법을 스스로 결정하는 것을 의미한다. 할 수 있는 가장 멋진 일이란 다른 누구도 아닌 자신이 해야 한다고 느끼는 일이지, 관습적으로 해야 한다고 규정해놓은 일이 아니다. 그렇다. 위험을 무릅쓴다는 것은 미지에 발을 들이고, 뭔가 다른 일을 행하고, 느낌을 따라가며, 변화를 만들고, 두려움과 직면하며, 실패할 수도 있지만 뭔가 새로운 일에 도전하는 것이다. 불확실함이 주는 스릴을 만끽할 수 있는 바로 그곳이 삶의 기쁨이 샘솟는 곳이다.

불행하게도 뭔가를 결정할 때 자신에게 이렇게 묻는다.

"이러다 최악의 상황이 일어날 수도 있지 않을까?"

이때 상상하는 것은 가능한 결과들 혹은 재난들뿐이다. 새로운 뭔가를 시도할 때 실패의 시나리오를 그리게 된다. 혹은, 몹시 화를 내는 누군가를, 일자리를 잃었을 때를, 난처한 지경에 빠진 우리를, "안 돼"라고 말하는 사람을 …… 이런 식의 부정적인 상황들을 머릿속에 떠올린다. 우리는 오직 부정적인 일에만 집중하는 경향이 있다. 모든 것이 잘못되면 어떻게 하나, 모든 것이 날아가 버리면 어떻게 하지 따위를 걱정한다. 이런 식의 생각은 결국 어떤 시도도 할 수 없게 만든다.

토머스 에디슨이 전구를 발명하기 전에 얼마나 끔찍한 실패를, 문자 그대로 수천 번이나 겪었는지를 우리는 잊고 있다. 스티브 잡스가 자신이 창업한 회사에서 쫓겨나는 신세가 됐었다는 사실 또한 잊고 있다. 마이클 조던이 경기를 승리로 이끌 수 있는 기회에서 슛을 성공시키지 못해 동료들에게 실망감을 안겨 준 경기가 얼마나 많았는지 아는가? 역사상 가장 성공한 베스트셀러 중의 하나인 『영혼을 위한 닭고기 수프』시리즈를 출간한 잭 캔필드가 첫 책을 내기 위해 무려

144군데 출판사로부터 퇴짜를 맞았다는 사실을 아는가?

오프라 윈프리가 처음으로 맡은 오락 프로그램에서 잘리면서 방송에는 소질이 없으니 포기하라는 말을 들었다는 사실을 우리는 잊어버린 것 같다. 세계에서 가장 큰 파도를 탄 서퍼 레어드 해밀턴이 목숨을 앗아갈지도 모르는 거대한 파도와 맞설 때마다 두려움을 이겨냈던 사람들을 상기했다는 사실 또한 잊고 있다. 위험과 두려움에 대해 대담을 나누는 자리에서 실제로 그는 이렇게 말했다.

"삶이란 할 수 없는 것을 행하는 것입니다. 이 사실을 아는 사람이 더 많아진다면, 불가능한 일을 이룰 수 있을 것이고 모든 위험한 일들이 정복될 것입니다."

모든 위대한 예술가, 운동선수, 작가, 뮤지션, 기업계의 거물 가운데 기념비적 성취를 이루어내기 전에 위험을 무릅쓰고 도전하지 않은 사람이 단 하나도 없다는 사실을 기억해야 한다. 그들이 모험을 감행한 것은 오직 자신이 있어야 할 그곳에 있기 위해서였다. 사회적으로 존경받는 사람들은, 그리고 존경하는 대부분의 사람은 한 사람의 예외도 없이 안전과 안정과 안락을 기꺼이 위험에 내맡긴 채 진정으로 성취하고자 하는 것을 얻기 위해 노력했다.

인류가 지구상에 모습을 드러낸 이후로 영웅들이 우리에게 보여준 것은 위험을 감수하는 모습이었다. 위험을 감수하는 것은 모든 위대한 성취와 인류에 대한 공헌을 여는 열쇠였으며, 모든 목적 지향적 인간, 깊은 감동을 준 인간, 성공적이며 성실한 인간이 지닌 능력이었다. 미디어와 책을 통해 영감을 주고 존경을 받는 사람은 안전한 것,

보편적인 것, 일시적 유행과 트렌드, 두려움, 그리고 '안락'이라는 덧없는 환상을 뒤로 하고 앞으로 걸어 나간 사람들이었다. 그들은 이런 행위들을 통해 역사에 한 획을 그었다. 용기와 위험을 감수하는 것은 사람들로 하여금 잘못될 수 있음에도 불구하고 그렇게 행동하도록 만든다.

용기 있는 사람들의 일화는, 하고 싶은 뭔가가 있지만 하지 못하고 있다면, 혹은 재능을 가지고 있지만 (어떤 이유에서든) 그 재능을 사용할 수 없다면 견디지 못하는 모습을 보여준다. 사실, 뭔가를 해야 하는데 하지 못하는 것이 훨씬 더 위험한 일이다. 그것은 희망과 정신과 즐거움과 열정을 질식시키는 일이기 때문이다. 만약 도약하려 하지 않고 좋아하는 걸 하지 않는다면, 이것은 인생의 목표를 스스로 손상시키는 일이다.

영화배우로 엄청난 성공을 거둔 브래드 피트가 대학을 그만두기로 결정했을 때 자신의 삶에 어떤 일이 일어날지를 알고 있었다고 생각하는가? 그가 학교를 뛰쳐나와 연기를 하고 싶다는 열망을 좇아 미주리에서 남캘리포니아로 과감히 떠난 것은 졸업을 불과 두 주일 남겨놓았을 때였다. 로스앤젤레스로 갔을 때는 주머니가 완전히 비어버려서 패스트푸드 가게에서 마스코트 일을 하기도 했다. 그는 공과금을 내고 자신의 꿈도 좇기 위해 닭 인형을 뒤집어쓰고 있어야만 했다. 안락한 생활을 하기 위한 것만이 목적이었다면 그는 결코 로스앤젤레스로 가지는 않았을 것이다. 그가 그런 위험 요소를 감수하지 않는다면 삶의 모든 것을 위험에 빠뜨리게 된다는 사실을 알고 있었기 때문이다. 그는 마음이 인도하는 모험이야말로 생생한 의미를 지닌 삶으로 자신을 이끌어가며, 안락과 안전보다 더 위대한 뭔가를 살아가는 기회와 모험과 의미, 스릴과 목적을 제공한다는 사실을 알고 있었다.

또 다른 사례는 명예의 전당에 헌액된 흑인 프로야구 선수 제키 로빈슨이다. 그는 자신이 사랑하는 일을 하기 위해 삶 자체를 위험에 빠뜨림으로써 수많은 흑인에게 야구를 할 수 있는 기회를 제공했다. 그가 바꾼 것은 프로 스포츠의 역사만이 아니었다. 인류의 역사 또한 바꾸어놓았다. 인종차별이 극에 달했던 미국에서 야구배트를 들고 타석에 들어서는 일은 엄청난 용기를 가져야 할 정도로 힘든 일이었다.

상대팀 선수와 감독을 포함해, 관중석의 모든 사람이 퍼붓는 인종차별적인 욕설 속에는 제키의 목숨을 대놓고 위협하는 소리도 있었다. 자신이 사랑하는 일을 하고 삶에서 해야 할 가치가 있다고 느끼는 일을 하는 것이 자신의 생명을 위협하는 일일 때, 그것을 기꺼이 한다는 것은 여간 위험한 선택이 아닐 수 없다. 하지만 제키 로빈슨은 그런 위험에 굴하지 않고 당당히 타석으로 걸어갔으며, 용감하게 자신이 해야 할 일을 함으로써 흑인들이 프로야구 선수가 될 수 있도록 길을 만들었다.

앞의 사례들이 가능했다는 것은, 많은 사람이 "어떤 삶을 살아야 하는가"라고 물을 때, "삶이 다 그렇지, 다를 게 뭐가 있어"라는 답보다 마음이 시키는 일을 함으로써 삶에서 더 많은 것을 얻을 수 있음을 증명하고 있다.

지금 이 순간 많은 사람이 다음과 같이 묻기 시작할 것이다.

"결과가 기대에 못 미쳐서 마음만 아프면 어쩌지?", "내가 만약 실패해서 모멸감을 느끼고, 두려워지고, 자신감이 바닥나 버리면 어떻게 하지?"

만약 꿈이 이루어지지 않는다면 좀 더 준비해서 다시 도전해 보자. 충분한 시간을 두고 마음이 시키는 대로 좇아가다 보면 무엇을 할지를 알게 될 것이다.

마음을 따른다는 것은 자신이 느끼는 즐거움을 좇는 것을 의미한다. 살다 보면 실내에서 나긋나긋 춤을 출 때도 있지만 이따금은 광란과 불가능으로 가득한 페스티벌에서 미친 듯 춤을 출 수도 있다. 이 때문에 두렵기도 하고 충격을 받기도 하지만, 이것이야말로 즐거운 존재로 살아가는 일이다. 이런 경험을 하게 되면, 인생의 예정된 행로가 갑자기 바뀌는 것이 그다지 불가능한 일도, 그다지 겁나는 일도 아니란 것을 알게 될 것이다.

어느 영화배우의 선택

> 자아실현을 하는 사람은 결과나 성과, 혹은 좌절보다는
> 자신이 하는 일의 과정에 초점을 맞춘다.
>
> – 에이브러햄 매슬로

자신이 세계의 언론들이 주목하는 거대 스포츠 산업에서 대중들

의 이목을 집중시키는 스타라고 상상해 보자. 세계에서 가장 큰 기업들을 스폰서로 두고 있고, 자신의 종목에서 가장 큰 규모의 시합들 몇몇에서 우승을 했다. 또한 자신이 벌 수 있으리라고 예상한 것보다 더 많은 돈을 벌어들이고 있다. 그런데 어느 날, 충분히 가졌다는 생각을 하게 된다. 모두의 주목을 받던 경력의 정점에서 떠난다. 심판과 동료들, 언론과 팬들, 그리고 경쟁자들이, 머리칼을 쓸어넘기며 자신의 퇴장을 지켜본다.

이 결정은 맨 처음 꿈을 좇기 시작한 날에 내려졌다. 자신은 기억하고 있다. 경기를 하는 동안에, 길을 잃는 과정 속에, 그리고 사랑하는 것에 진정으로 몰두하는 여정 안에 가슴 뛰는 삶이 존재했었다는 사실을. 열정에 빠져 길을 잃어버리는 것은, 다른 사람들 눈에 성공한 사람으로 보이든 보이지 않든, 삶에 의미를 부여해 준다. 하지만 카메라가 자신의 일거수일투족을 따라가는 동안에는, 어떻게 즐기고 시도하고 승리를 얻는가 보다는 순위가 어떻게 되는지에 사람들이 몰두하는 동안에는, 그들의 시선으로부터 벗어나는 건 불가능하다. 그러고 나서 그동안 순위에 대한 관심이 점점 줄어들고 있었다는 사실을 자각하게 될 것이고, 처음 이 길을 선택했을 때 순위 따위를 전혀 생각하지 않았던 자신을 만나게 될 것이다. 자신을 기쁘게 하는 것은 최고가 된다거나 우승컵을 들어 올리는 것이 아니라 행복을 느끼는 것이었다. 결국, 이 사실을 떠올리고 나서 모든 것으로부터 떠나 한 해 동안 문명의 외곽지대로 들어가 텐트를 치고 살게 된다.

이것은 픽션이 아니라, 파도타기에서 세계적 신화를 만들어낸 선수 중 하나인 로브 마차도Rob Machado의 실제 이야기다. 많은 사람이 어떻게 하면 더 많은 관심과 물질과 보상과 돈과 명예를 얻을 수 있을지에 초점을 맞추고 있는 동안 마차도는 다른 뭔가를, 즉 의미를 더 원했다.

소파에 앉아 얘기를 나누는 동안 마차도는 더 이상 시합에 나서지 않겠다고 결정했을 때를 회상했다.

"당시 두 가지 제안이 있었습니다. 하나는, 엄청난 돈벌이가 될 가능성이 있는 게임에 참가해 달라는 거였어요. 대회에 참가하게 되면 시합을 벌여야 할 거고, 시합을 하는 이상 이겨야 하겠죠. 뻔했어요. 또 이 대회 저 대회를 돌아다니며 시합을 하고, 이기려고 혈안이 되겠죠. 다른 하나는, 헐리Hurley(아일랜드 풋볼) 쪽에서 들어온 계약이었어요. 그 사람들은 뭔가 다른 걸 갖고 있었습니다. 그들은 이렇게 말했어요. '우린 당신을 좋아한다. 당신은 멋지다. 우린 당신이 사랑하고 자신을 즐겁게 하는 걸 하길 원한다. 과정만 즐겨라. 결과는 잊어버려라.' 헐리와 계약을 했어요. 액수는 적었지만, 결정은 간단했습니다."

당시 그는 자신에게 다음과 같은 말을 할 수도 있었다.

"뭐 하는 거야. 넌 스포트라이트를 받을 필요가 있어. 돈도 많이 벌잖아. 그러니 확실한 보장이 있는 이 바닥에 머물도록 해. 네가 계속 스타로 대접받을 수 있는 곳에 있어야지."

하지만 그는 그렇게 하지 않았다. 대신 이렇게 말했다.

"내가 이 세상에 온 건 내가 사랑하고, 즐겁고, 남들을 도울 수 있고, 인생에서 의미를 발견하는 일을 하기 위해서야. 그러니 내가 먼저 해야 할 일이면 그게 무엇이든 그것부터 할 거야."

그게 바로 헐리를 택한 이유였다.

인류가 만약 결과만을, 자신에게 이익이 되는 것만을 좇지 않고 삶의 의미를 발견하는 과정을 더 중요하게 생각했다면 지금과는 전혀 다른 역사를 가지고 있을 것이다. 만약 우리가 사랑하고 매일매일 충만하게 하는 일을 하며 살아가는 것을 삶의 목적으로 삼았더라면, 인류 역사상 우울지수가 이렇게나 높게 나타나는 시대를 살고 있지는 않을 것이다. 하지만 이런 자각에 이르지 못한 많은 사람은 꿈의 진정한 본질을 따라가는 대신 마차도가 한 선택들을 저울질한다. 그들은 이렇게 묻는다.

"어떤 사람들은 왜 눈앞에 닥친 명예를 포기하는 걸까? 거액이 든 가방을 탁자 위에다 두고 나오는 이유는 무엇일까?"

소파에 조용히 앉아 마차도의 말에 귀를 기울이는 동안 나는 가장 좋아하는 사상가 중 한 사람인 에이브러햄 매슬로가 한 일을 떠올렸다. 그는 개인적인 능력을 가장 높은 수준에서 발휘한다고 생각되는 사람들을 가리키는 용어 하나를 만들어냈다. 그는 그들을 '자아실현가self-actualizer'라고 불렀다. 자신이 가진 능력을 높은 수준에서 발휘하는 사람과 그렇지 못한 사람을 가르는 특질은 결과보다는 과정에 집중한다는 것이다. 자아실현가들이 어떤 일을 하는 것은 그 일을 사랑하기 때문이다. 그들이 초점을 맞추는 것은 그들이 얻게 될 결과(성공이나 스타가 되는 것)가 아니라 길을 잃어버릴 정도로 빠져들어가는 열정의 여정이다.

마차도는 자신이 거머쥔 트로피와 위업보다는 인생에는 더 큰 무엇이 있다고 느꼈다. 그는 이러한 것들이 결국은 그저 사라지고야 말 흥분의 절정일 뿐이라는 사실을 알고 있었다.

자아실현가가 되려면, 창조에 초점을 맞추어야 한다. 결과나 성적이 당신의 삶을 조종하게 내버려두어선 안 된다. 최선을 다할 수 있는 것을 하는 데만 에너지를 써야 한다. 그밖의 다른 모든 것은 진정한 기쁨을 조각조각 흩어지게 할 뿐이다.

하지만 불행하게도 우리는 로브 마차도의 경우와는 정반대의 시나리오를 너무도 자주 듣는다. 오직 결과만을 얻어내려다 자신이 가진 모든 것을, 심지어 건강과 행복까지도 잃어버린 유명인들의 이야기를 알고 있다. 그들은 다른 사람들보다 더 우월해지기 위해, 돈을 더 벌기 위해 분투한다. 그들은 열정을 쏟은 뒤에 얻게 되는 결과에 의해 완전히 분열돼 버리고, 결국 열정 그 자체에 대한 흥미조차 완전히 잃어버린다.

우리가 지나치게 결과와 성취와 기대감에 사로잡히게 되면 압박감이 생겨나게 되며, 의미를 느끼는 데 방해를 받게 된다.

적어도 자신의 잠재력을 최대한 발휘하기를 원하는 사람들에게 만족은 결과가 아니라 과정에서 얻어진다. 명예와 돈과 인기란 살아가는 과정에서 한순간에 일어났다가 사라지는 것이란 사실을 잘 알고 있다. 목표한 결과를 기다리는 것보다는 일을 하는 과정에서 더 큰 즐거움을 느끼고, 그럴 때 우리가 가진 목표는 새롭게 정비된다.

첫 책을 출간하는 과정에서 내가 얼마나 즐거웠는지 생생하게 기억한다. 책을 쓰는 게 너무도 좋았다. 모든 순간을 진정으로 즐겼다. 하지만 나는 진짜 즐거움은 책이 출간되었을 때 찾아올 거라고 생각했다. 그리고 마침내 그날이 왔다. 나는 기억한다. 인터넷 아마존 서점 여행섹션의 순위 목록에 내 책이 올라가 있던 모습을. 내가 좋아하는 책들 맨 앞에 내 책『바람 속으로』가 놓여 있었다. 내 앞에 있는 것은 인기를 끌고 있던 베스트셀러『먹고 기도하고 사랑하라*Eat, Pray, Love*』하나뿐이었다. 나는 더없이 행복했다. 밤새도록 화면을 보고 또 보았다. 나는 속으로 중얼거렸다.

"와우! 정말 멋지다!"

그러나 그런 느낌은 오래 지속되지 않았다. 다음 날 세 번 연속으로 강연이 이어졌고, 내가 이룬 성과에 대해 생각할 시간이 없었다. 내 이야기를 들려주는 데 머물러 있어야만 했기 때문이다. 호텔 침대에 누운 채로, '이게 뭐지? 내가 이룬 것에 대한 자부심이 이렇게 짧게 끝나버려도 되는 거야?' 하고 생각하며 밤을 지새웠다.

그때까지 내가 집중한 것은 두 가지였다. 새로운 쓸 거리를 만드는 것과 강연을 통해 사람들에게 영감을 불어넣어 주는 것. 그런데 그날 그것은 내가 이룬 성공으로, '정말 대단해.『먹고 기도하고 사랑하라』 뒤에 내 책이 있어!'라는 생각으로 바뀌어 버린 것이다. 그리고 그날 깨달았다. 긍정적인 결과를 이룬다는 것도 중요하고 목표를 성취하는 것도 즐거운 일이다. 하지만 그런 건 결국 목적을 달성하는 수단에 불과함을 알게 되었다. 처음 출발했던 그곳으로 돌아가려는 우리를 가로막을 뿐 아니라 사랑하는 것을 행하고 우리가 가진 재능들을 다른 사람들과 공유하는 것을 방해한다는 사실을.

성취들, 좋은 결과들, 긍정적인 성과들은 우리가 잘하고 있다는 걸 나타내는 커다란 지표가 된다. 하지만 그뿐이다. 그것들은 행복의 근원이라고 할 수는 없다. 외부적인 것이기 때문이다. 그날 밤, 나는 로브 마차도처럼 목적 지향적인 삶을 살고 싶다면 순위 따위와 외부적 조건에 바탕을 두어서는 결코 그런 삶을 살아갈 수 없다는 사실을 깨달았다. 이제부터라도 달라져야 했다. 나는 하고 싶은 것을 하고 있는지, 그것을 바탕으로 살아가고 있는지를 판단할 필요가 있었다. 나는 사랑하는 일을 하는 데 시간을 쓰고 있다는 것을, 그리고 결과 지향적 목표에 매달려 있지 않다는 것을 확실히 할 필요가 있었다.

특정한 성과를 얻는 일에만 몰두하는 것은 즐거움을 주고 개성을 확보하도록 허용하지 않는다. 내가 책을 쓴 것은 사람들에게 영감을 주고 싶어서였다. 하지만 나는 사람들에게 영감을 불어넣는 일보다는 베스트셀러 1위를 차지하는 일에 더 몰두해 있었다. 만약 자신의 가치와 목적을 외면해 버린다면 우리는 어디에 의지해야 하는 것일까? 어디에도 없다.

시나리오 작가이며 '록키'라는 전설적인 영화로 아카데미 작품상을 받았던 배우 실베스터 스탤론을 알 것이다. 하지만 대부분의 사람이 그에 대해 알고 있는 건 배우로서 승승장구한 시절의 이야기들이다. 그 이야기에는 순탄치 못했던 시절이 빠져 있다. 그의 꿈은 자신이 직접 쓴 시나리오로 만들어진 영화에 출연해 사람들에게 감동을 선사하는 것이었다. 그는 혼신의 힘을 다해 수많은 시나리오를 썼다. 하지만 문제는 그 많은 시나리오들 가운데 단 한 편도 영화사에 팔수 없었다는 거였다. 그의 통장은 바닥을 드러냈고, 아내는 다른 일을 구하지 않으면 떠나겠다고 위협했다. 하지만 실베스터 스탤론은 포기하지 않았다. 시나리오를 쓰는 일을 너무도 사랑했기 때문이다.

그 일은 그에게 살아 있음을 느끼게 해주었다. 긍정적인 결과를 얻어내지 못했다는 것 때문에 그 일을 쉽게 던져 버릴 수는 없었다. 그는 자신의 꿈과 타협할 수 없었다.

결국 그의 아내는 떠났다. 당시 그는 완전히 파산해서 가진 거라곤 개 한 마리뿐이었다. 주머니가 비어서 개도 그도 제대로 배를 채울 수가 없었다. 어느 날 그는 개를 데리고 동네 술집으로 향했다. 거기서 자신의 개를 50달러에 팔았다. 그날이 인생에서 최악의 날이었노라고, 훗날 실베스터 스탤론은 고백했다. 하지만 그는 결과를 만들어내야 한다고 매달리지도 않았고, 120센티미터짜리 자신의 '친구'를 떠나보내는 일에도 연연하지 않았다. 대신 이런 희생이 무엇을 의미하는지를 자각했다. 자신이 사랑하는 것을 지치지 말고 진정으로 추구해야 한다는 것을.

그리고 얼마 후에 실베스터 스탤론은 '록키'에 대한 영감을 끌어내 단 하루 만에 시나리오를 완성했다. 그는 어마어마한 일이 벌어질 거라고 직감했다. 그의 꿈은 메이저 영화사가 자신의 영화를 제작하고 자신이 거기에 출연하는 거였다. 그는 이것이 그에게 의미와 목적을 가져다주는 여행이 될 거라고 느꼈다. 그리고 그는 작업을 마친 지 얼마 지나지 않아서 한 메이저 영화사로부터 10만 달러에 시나리오를 사겠다는 제안을 받았다.

지금까지의 이야기를 한 편의 짧은 시나리오로 만들어 봅시다: 당신은 파산한 작가이며 배우다. 아내는 막 떠났고, 주머니는 텅 비었으며, 결국 개마저 팔아치워야 했다. 그러지 않고는 둘 다 굶어죽을 판이었다. 하지만 아직 당신은 꿈을 좇아가고 있다. 뭔가 그럴 듯한 결과를 얻어야 함에도 불구하고 말이다. 그리고 그때, 마침내, 작품을 10만 달러에 사겠다는 영화사가 나타난다. 하지만 여기엔 한 가지 조건이 있다. 작품을 구매한 영화사는 당신에게 주연을 맡기지도, 어떠한 배역도 주지 않을 거라고 한다. 이제 어떻게 할 텐가?

꿈을 향해 살아가는 대부분의 사람이 공통적으로 가지고 있는 한 가지는, 꿈을 실현해나갈 때 절대 그 꿈과 타협하지 않는다는 것이다. "노No"라는 얘기를 계속 들을 때조차, 혹은 삶이 그들이 처음 가졌던 비전과 다른 상황들을 들이밀 때조차, 결코 포기하지 않는다. 그들은 자신이 사랑하는 일을 하는 그 과정에 여전히 놓여 있으며 오직 그 여정만을 보고 있을 뿐이다. 그러니 결과가 어떻게 되든 자신이 원하고 사랑하는 것에 흔들림이 없다. 그런 점에서 실베스터 스탤론이 영화사의 제안을 거절한 것은 그리 놀랄 일이 아니다.

한 주가 지난 뒤 영화사에서 다시 찾아와 20만 달러를 제안했다. 실베스터 스탤론이 물었다.

"록키 역은 제가 하는 거죠?"

그들은 다시 "노"라고 말했다. 그는 다시 거절했다. 거절은 이후로도 계속되었다. 그들이 100만 달러를 제안했을 때도 이 파산한 예술가는 금액 따위에 연연하지 않았다. 협상이 진행되던 마지막 주, 영화사 사람들이 다시 그에게 전화를 걸어 5만 달러와 주연을 제안했다. 그는 흥분에 휩싸여 껑충껑충 뛰었고, 제안을 받아들였다. 그가 아카데미상(작품상)을 수상하고 후보(남우주연상)에 오르는 데는 오랜 시간이 걸리지 않았다. 나머지 얘기는 우리가 알고 있는 그대로다.

그는 자신이 사랑하는 일을 행하는 과정과 비전을 추구해 나가는 여정을 선택했고, 사랑하지 않는 것에 눈을 돌리지 않았고, 결과에 연연하지 않았으며, 사랑하는 일로부터 자신을 밀어내려는 환경들에 굴복하지 않았다.

명심하자! 우리도 실베스터 스탤론이나 로브 마차도와 크게 다르지 않다.

생각해 보자. 사랑하는 일을 하고 즐거움을 느끼며 살아가려는 자신을 끊임없이 가로막는 부정적인 마음은 내면보다 외부로부터 더 많은 에너지를 받아왔다는 사실을. 이유는 간단하다. 자신의 행복보다 결과에, 그래서 생겨나는 욕망에 온통 매달려 있기 때문이다. 삶을 가로막는 장애물을 뛰어넘고 열정이 부끄럽지 않도록 하는 과정은 바로 자신의 삶에 의미를 부여해 주는 그 무엇이 된다.

2

지금
이대로
좋은가?

상상해 온 삶을 살아가고자 하는 이유

열 가지를 써 보도록 하자.

그리고 가장 강력한 이유에 밑줄을 긋도록 하자.

거기에 모든 것을 쏟아붓도록 하자.

이 연습을 활용하자!

"경기장에서 나가! 안 그럼 죽여 버릴 테니까.
이 빌어먹을 깜둥이야!"

– 제키 로빈슨을 향한 누군가의 야유

그런 소리가 처음은 아니었다. 피부색과 관련된 야유는 제키 로빈슨이 메이저 리그의 인종 장벽을 부수는 동안 매일 있었다. 자신이 싸우는 이유가 미국 시민으로서의 평등권을 위해서라는 사실을 인지하지 못했다면 제키 로빈슨은 메이저 리그에서 뛴 최초의 흑인이 될 수 없었을 것이다. 그런 목표가 있었기에 그는 생명보다 더 큰 뭔가를 끌어내는 엄청난 동기를 가질 수 있었다. 그는 미국의 역사를 바꾸어놓았다. 인간은 어딘가에 소속되기를 몹시 원하므로, 기존 규칙은 많은 경우에 제약과 비판이 되어 인류의 진보를 가로막는다.

그럼에도 불구하고 제키 로빈슨은 매몰차게 거부당하고 잔혹하게 위협받고 끊임없는 냉대에 시달리면서도 어떻게 자신을 계속 지켜 나갈 수 있었을까? 그는 지금 하는 일이 자신의 삶에서 가장 중요하다는 사실을 알고 있었기 때문이다. 그는 이 일을 왜 하고 싶어 하는지도 알고 있었다. 또한 소수의 사람만이 자신의 행동을 받아들일지언정, 이 희망이 절대 묵살되어서는 안 된다는 것도 알고 있었다.

헤아릴 수 없이 많은 사람의 삶을 더 나은 방향으로 이끌어 갈 수 있었던 제키 로빈슨의 행동은 "타인의 삶에 영향을 주는 일보다 더 중요한 일은 없다"라는 신념에서 나왔다. 이런 인생관은 그에게 동기를 부여하고 살아가는 힘이 되었다. 만약 타인의 삶에 영향을 미치지 못하는 인생은 아무런 의미가 없다는 로빈슨의 말을 믿는다면, 이제 우리는 무엇을 해야 할까?

다른 사람들의 인생에 커다란 영향을 미칠 수 있는 기회를 포착했을 때 제키 로빈슨은 포기하지 않았다. 이건 미스터리한 사건이 아니다. 그가 어떻게 이 엄청난 힘을 거역할 수 있겠는가? 그가 거역할 수 없었던 바로 그 믿음이 세상을 변화시켰다.

원하는 것을 얻지 못하는 이유

대부분의 사람은 자신이 원하는 것을 얻지도 못하고, 원하는 것이 무엇인지에 대해 생각만 한다. 원하는 것을 가지지 못하고 실패하는 데에는 수많은 이유가 있다. 어쩌면 그 이유가 왜 이 일을 하는지 알지 못하기 때문은 아닐까?

자신을 빠져들게 하는 무엇가가 전혀 없는 상태에서 뭔가를 한다는 건 대단히 어려운 일이다. 마음은 에너지와 충동을 포함해 거의 모든 느낌을 자신에게 가져다주는 능력을 갖고 있다. 하지만 어떤 일을 왜 하는지를 모른다면 마음도 이 능력을 발휘할 수가 없다. 권태에 빠진 자신을 침대에서 일으켜 세우거나, 침대로 가고 싶은 마음을 말리거나, 혹은 이 정도면 됐다는 생각이 들 때 다시 행동을 취하도록 영감을 불어넣는 강한 충동과 동기가 없다면, 원하는 것을 만들어낼 연료는 마음에 공급되지 않는다. 뭘 원하는지 잘 알고 있다 해도 말이다.

운명은 나태하고 권태로운 삶을 살거나 대단히 바쁜 삶을 사는 것, 둘 중 하나다. 그다지 많은 일을 한다는 느낌이 들지 않을 때 동기를 부여해야 할 필요가 있는 이유다. 다시 말해, 단지 인생을 어떻게 살아가고 싶은지 알고 있다고 해서 무조건 그렇게 살아가게 되는 건 아니다. 실제로 대부분은 그렇게 되지 않는다. 그런 생각이 일어나더라도 흔히 포기해 버린다.

사람들은 자신의 꿈을 행동으로 옮기지 않는다. 호감을 가진 사람에게조차 이런 말은 쉽게 입 밖에 내지 않는다. 이유는 간단하다. 마음이 불편하고 괜히 비판받고 싶지 않은 것이다. 그렇기 때문에 동기를 부여하는 일을 해야 한다. 일찍 일어나야 할 이유가 없는데 왜 그러겠는가?

해야만 하는 이유를 알고 있다면 몸과 마음은 거의 모든 것을 만들어내거나 실행할 수 있다. 삶의 조건들은 살아가면서 생겨나는 정서적인 것에 바탕을 두기 때문에 풍부한 적응력을 갖고 있다. 어머니들이 매일 아침 아이들을 스쿨버스에 태울 수 있는 것은 사랑 때문이다.

영감을 불러일으키는 이유들이 매일 아침 우리를 침대에서 일으켜 세운다면, 그 이유들은 삶에 즐거움과 자신감과 감사하는 마음을 만들어낸다. 우리가 원하는 이유를 분명하게 안다면 더 확실하게 집중할 수 있다. 이유를 안다는 것은 자신에게 그 일을 일어나게 하는 심리적 동기를 부여한다.

무엇을 해야 할지 몰라 종일 어수선한 행동만 하고 있다면 두려움과 스트레스, 난감함만 생겨날 뿐이다. 우리는 삶이 던져 주는 것에 종속된다고 믿는다. 하지만 그런 삶은 우리가 원하는 삶을 만들 수 없다는 믿음의 감옥에 갇혀 살아가는 것과 같다. 만약 뭔가를 원하는 이유를, 혹은 어떤 방식으로 살아가기를 원하는 이유를 안다면, 열정을 끌어내 그것을 얻는 데 방해가 되는 장애물을 극복해낼 수가 있다.

동기 찾는 연습

우리는 왜 아침에 침대에서 일어나는가? 왜 옷을 입고, 하루 일과를 시작하는가? 왜 일을 하러 가는가? 왜 자신만의 방식으로 살아가는가? 왜 자신만의 방식으로 존재하는가? 왜 자신의 재능을 사용해 일을 하는가? 왜 꿈을 가지고 있는가? 왜 자신이 사랑하는 일을 하고 싶어 하는가?

인생을 살아가면서 어떤 것에도 동기를 부여하지 못해 성공을 거두지도 행복을 누리지도 못하는 사람이 많다. 알람 소리를 끄기 위해 버튼을 누르려는 손을 향해 "안 돼!"라고 말할 수 있는 뭔가가, 매일 아침 좀 더 일찍 일어나길 바라게 만드는 뭔가가 필요하다. 비판을 받을 때조차도 계속 앞으로 나아가게 만드는 뭔가가 필요하다. 우리는 "왜?"가 들어간 문장을 써내려 갈 필요가 있다. 인생을 살아가면서 질문해야 하는 "왜?"가 유명 인사가 되고 부자가 되는 것이라면 걸음을 더 멀리 떼어놓는 것이 좋다. 돈을 받았을 때 자신이 무엇을 할 것인지를 생각하고, 사람들이 자신에 대해 아는 것보다 더 멀리가도록 노력한다. 그렇다. 자동차를 구입하고 멋진 집을 구입한 그 다음을 말이다. 그리고 그 다음 단계는 무엇인가? 지금 하는 것을 왜 계속하고 있는가?

35번의 의미

"그가 위대한 이유는 자신이 매일 밤 왜 코트로 나가야 하는지를 알고 있기 때문이다."

동기부여 강사인 에릭 토머스Eric Thomas는 그렇게 확신했다. 그가 언급한 사람은 NBA 올스타이며 미국 올림픽 대표선수였던 케빈 듀랜트Kevin Durant였다. 듀랜트는 세상에서 가장 뛰어난 농구 스타 중 한 사람으로 놀라운 집중력을 가진 과묵한 선수였다. 골을 성공시킨 뒤에도 그는 리액션을 전혀 하지 않았고, 상대 선수들과 어떤 다툼도

벌이지 않았으며, 덩크슛을 성공시켰을 때 흔히 하는 세레모니도 하지 않았다. 그는 그저 자신이 할 수 있는 최선의 경기만 펼쳤을 뿐이다. 매일 밤.

에릭 토머스의 설명에 따르면, 게임이 시작되기 전 코트로 걸음을 옮기며 듀랜트가 맨 처음 하는 행동은 자신의 셔츠 앞뒤에 붙은 넘버를 만지는 것이라고 했다.

그는 35번을 달고 있다.

"그는 왜 자신의 번호를 만지는 걸까요?"

에릭 토머스의 물음에는 많은 의미가 숨어 있었다.

"오늘의 자신이 있도록 도와준 감독을 위해 그는 그렇게 하는 것입니다."

듀랜트가 속한 팀의 감독은 서른다섯 살에 살해당했다. 그 번호에는 그런 의미가 있었다. 듀랜트는 그를 키워준 감독을 위해 경기를 했다. 그가 NBA 챔피언이 되고 싶었던 것은 서른다섯 살의 짧은 생애를 살다간 바로 그 감독을 위해서였다. 듀랜트는 플레이를 할 때 큰 그림을 본다. 이는 그가 왜 세계에서 가장 차분한 운동선수 중의 한 사람인지를 말해 준다. 그는 자신이 하는 것을 왜 하는지 잘 알고 있다. 이 사실은 그에게 힘을 주고, 그 힘은, 그가 경기에 지거나 슛을 제대로 쏘지 못하게 될까봐, 혹은 덩크슛을 성공시키지 못할까봐 걱정하지 않도록 만든다. 그런 건 그가 가진 원대한 목표와 상관없다. 그는 그것보다 더 큰 뭔가를 하고 있었던 것이다. 그것은 그에게 침착함을 유지하게 해주고, 그를 단련시키고, 경기에 집중하도록 동기를 부여해 주었다.

불가능을 이기는 힘

매일 아침 일어나면서 자신에게 물어 보자. "나는 내가 믿는 것들을 하는가? 나는 그것들을 실행할 수 있는 최고의 동기들을 가지고 하는가?"

— 닉 클레그

삶은 항상 우리를 시험에 들게 한다. 살아가면서 일어나는 모든 사건은 어떻게 반응하느냐에 따라 자신이 어떤 사람인지를 알게 해주는 기회를 제공한다. 현재 상황이 곧 그대로 미래가 되지는 않지만, 만약 어떤 변화도 꾀하지 않는다면 현재는 고스란히 미래의 모습이 될 것이다.

애석하게도, 대부분은 왜 이 일을 하는지, 왜 매일 똑같은 행위를 하는지에 대한 진정한 동기도 없이 살아가고 있다. 하는 일을 왜 하는지 명확한 이유를 가지고 있다고 해서 힘들어지지 않는 건 아니지만, 이유를 안다는 사실은 포기하고 싶을 때 자신에게 계속 힘을 북돋아 준다.

많은 사람이 "~만 한다면"이라고 하거나 "하지만 이런 일이 계속 일어난다면 결국 난 할 수가 없어. 왜냐하면 ……." 혹은 "내가 시도할 때마다 언제나 삶은 다른 계획들을 가지고 있어. 그러니 이런 일들이 다 무슨 소용이야?" 하고 말한다.

자신에게든 다른 사람에게든 이런 식으로 말한다면, 결국 뭔가를 바꿀 수 있는 힘을 가지지 못한다. 많은 사람이 인도의 간디를 초인인 듯, 예외적 존재인 듯 여긴다.

그는 인도가 영국의 압제를 받고 있을 때 국민들에게 이렇게 말할 수도 있었다.

"이렇게 해봐야 무슨 소용이 있겠습니까? 우린 자유를 계속 박탈당하게 될 터인데. 그럴 수밖에 없습니다. 영국은 우리보다 강하고, 더 많은 자원을 가지고 있으니까요."

하지만 그렇게 말하는 대신 간디는 다음과 같이 역설했다.

"세상을 변화시키고 싶다면 여러분부터 바뀌어야 합니다.", "남을 도울 수 없다면 인생이란 아무런 가치도 없습니다."

그는 고통에 시달리는 국민들을 보는 게 너무도 안타까웠다. 그들이 자유롭게 살아갈 수 있도록 세상을 변화시키고 싶었다. 그는 자신이 하는 일에 대한 명확한 목적과 열망과 이유를 가지고 있었다. 영국의 압제를 진정으로 멈추게 하고 싶었고 압제는 오히려 그에게 이전에는 불가능하게 보였던 것을 성취하게 만드는 동력이 되었다.

"자신이 해야 할 임무에 대한 결연한 믿음으로 단련된 정신은 작은 몸으로도 역사를 바꾸어낼 수 있다."

간디의 이 말은 이미 많은 사람이 알고 있다. 그는 포기가 무엇인지를 알고 있었다. 포기에는 자신이 처한 환경에 운명을 맡긴다는 뜻이 내포되어 있다. 환경이 운명을 결정한다는 말은 사실이 아니다. 운명은 삶을 어떻게 바꾸는가, 어떻게 실패를 받아들이고 거부하는가에 의해 나타나며, 더 위대한 뭔가를 만들어낼 수 있다는 믿음 안에서 발견된다. 또한 이런 방식의 생각은 우리를 아주 먼 곳까지 다다르게 해준다. 이렇게 되려면, 지금 하는 것을 왜 하고 싶어 하는지 그 이유를 아는 것이 필수조건이다.

상상이 현실이 되려면

　지금 원하는 삶을 살아가고자 하는 이유 열 가지를 써 보자. 그리고 가장 강력한 이유에 밑줄을 긋자. 그리고 거기에 모든 것을 쏟아붓자. 그리고 꾸준히 연습하자.

　동기부여가 필요할 때마다, 힘을 내야 할 때마다, 이 목록을 참고한다. 계속 읽고 또 읽는다. 이 연습이 필요한 이유는 목표에 도달하는 동안 장애물에 부닥치거나 도전을 받게 될 때마다 이 목록을 봄으로써 더 많은 영감을 느끼게 될 것이기 때문이다.

　이 연습은 단지 "이 일을 하는 건 내가 해야 하기 때문이야"라거나 "이 일을 하는 이유를 도무지 모르겠어"라고 중얼거리는 것과는 비교할 수 없는 동기를 부여해 준다.

3

실패했다고
생각될 때
필요한 것

실패한 적이 있는가 없는가에 신경 쓰지 말자.

실패에 만족하는가 하지 않는가에 주목하자.

'실패에 만족한다'는 것은 실패해서 좋다는 걸 의미하지 않는다.

그것은 아무런 거리낌 없이

다 시 한 번 도 전 한 다 는 의 미 다.

충분한 용기만 있다면 무엇이든 가능하다

– 조앤 롤링

〈해리포터〉 시리즈의 작가이자 21세기에 가장 성공한 작가 중에 한 사람인 조앤 롤링은 성공을 향해 달려 가는 동안 고통과 가난 속에 있었다.

남편과의 이혼 이후 어머니마저 세상을 떠난 뒤 한동안 정부보조금에 의지해 살았다. 하지만 지금 그녀는 수억 명의 독자를 가진 억만장자 작가가 되어 있다.

대학을 졸업하고 7년이 지났을 때, 롤링은 자식 하나 딸린 이혼녀에 직장도 없었다. 그녀는 자신의 처지를 한탄하며, 이번 생은 실패했다고 생각했다. 그런데 그녀는 다시 일어났고 그 상황을 흥미로운 방식으로 기술했다.

"(……) 실패는 삶에서 중요하지 않은 것들을 제거해 줍니다. 어느 날, 나는 나 자신을 다른 무엇인가로 위장하는 걸 그만두었어요. 그러고는 나와 관계된 유일한 일을 끝내기 위해 모든 에너지를 쏟기 시작했죠. (……) 마음이 편안해졌습니다. 그토록 두려워했던 실패를 경험했으니까요. 그리고 나는 살아 숨 쉬고 있었고, 여전히 나를 사랑해 주는 딸아이가 있었고, 오래된 타자기와 엄청난 아이디어도 있었으니까요. 그렇게 바위처럼 단단한 바닥이 제 인생을 다시 세울 토대가 돼 주었습니다."

깊은 어둠 속에서도 아름다움을 찾아내는 일은 인간이 가진 가장 믿기 힘든 능력 중 하나다. 롤링은 자신의 삶을 반추하며 자신이 나아갈 수 있는 곳을 찾아냈다. 그녀는 자신을 믿고 성공을 향해 걸어 나갈 필요가 있다는 사실을 자각했다. 진정한 자아를 찾지 못했기에 실패를 거듭했었음을 알아낸 것이다. 우리는 성공하고 싶어 하면서도, 실패를 거듭하는 바로 그곳에 무턱 대고 씨앗을 뿌리며 성공을 바라곤 한다.

롤링은 우리가 가진 가능성이 무언가 이뤄낼 수 있다는 것을, 특히 자신을 실패하게 만든 조건들에 굴하지 않는다면 무엇이든 성취할 수 있다는 것을 입증한 완벽한 사례다.

실패는 우리에게 무언가를 가르쳐 주기 위해 찾아온 것이란 사실을 꼭 기억해야 한다. 롤링은, 자신이 가장 사랑하는 것에 모든 에너지를 쏟는다면 반드시 성공할 수 있으리란 사실을 알고 있었다. 그녀는 자신의 아이디어를 믿었고, 그것을 밀어붙였다. 그리고 자신이 가장 먼저 해야 할 일을 했다.

오프라 윈프리의 녹색 신호등

오프라 윈프리는 두려움과 실패가 좌절의 길로 이끌게 해서는 안 된다는 또 하나의 완벽한 사례다. 오프라의 성공신화에 대해선 너무도 많이 들어왔다. 그녀가 벌어들인 어마어마한 돈과 엄청난 인맥은 그녀의 열정이 만들어놓은 결과다. 하지만 그녀가 실패에 자신의 운명을 맡겨놓지 않았다는 것, 그리고 실패란 더 높은 곳으로 올라가는 징검다리 이외에는 아무것도 아니라는 것을 완벽하게 인지하고 있었다는 사실을 아는 사람은 거의 없다. 그렇지 않았다면 그녀의 성공은 불가능했다.

성공이 아직 그녀의 일이 아니었던 어느 날, 오프라는 보조 앵커 자리에서 쫓겨났다.

"그녀는 텔레비전에 어울리지 않아요."

그녀에 대한 사람들의 평이었다. 하지만 이 말은 그녀가 텔레비전에서 이뤄낸 성과 앞에서 엉터리가 되고 말았다. 지금 그녀는 자신의 이름을 내건 쇼만이 아니라, 자신의 방송국을 소유하고 있다! 불행하게도, 흔히 우리는 외모를 가꾸는 것이 우리를 앞으로 끌어주는 무엇이라 생각한다. 하지만 오프라는 그렇게 생각하지 않았다. 그녀는 자신에게 말했다.

"네가 할 수 없다고 생각하는 그것을 해봐. 실패하겠지. 다시 해봐. 두 번째는 좀 더 나을 수 있을 거야. 넘어져 본 적이 없는 사람은 높은 곳으로 가본 적이 없는 사람일 뿐이야. 이제 네 차례야. 이 순간을 네 것으로 만들어."

짐작컨대, 오프라는 여전히 두려움을 느끼고 불안했을 것이다. 하지만 그녀는 두려움과 불안이 자신의 발을 붙잡도록 내버려두지 않았다. 그녀는 자신이 무얼 원하는지 알고 있었으며, 그걸 왜 원하는지도 알고 있었다.

오프라에게 있어 실패한다는 것은 단지 다시 도전할 수 있는 또 한 번의 기회일 뿐이었다. 하지만 애석하게도 대부분의 사람은 이와 다르다. 실패했다는 건 자신이 못났다는 것을 의미하며, 이쯤에서 멈추어야 한다는 것을 의미한다고 믿는다. 그러나 실패는 여기에서 멈추라는 빨간색 신호가 아니다. 오히려, 멈추지 말고 계속 나아가라는 녹색 신호등이다.

파도타기 선수의 두려움

나는 용기란 두려움이 없는 상태가 아니라,
그것을 극복한 승리임을 알게 되었다.

– 넬슨 만델라

전설적인 큰 파도타기 선수이며 '토우인tow-in 서핑'의 공동개발자인 레어드 해밀턴Laird Hamilton이 인상적인 한마디를 했다.

"실패에 대한 두려움은 둘 중 하나를 만듭니다. 얼어붙게 만들거나, 더 강하게 만들거나."

두려움을 느낄 때 어떻게 극복하면 되는지 명확히 알려주는 말이다. 이는 전쟁터로 향하는 발길을 멈추게 할 수도 있고, 계속 나아가게 할 수도 있다. 그는 파도가 밀어닥칠 때마다 목숨을 앗아가고도 남을 만한 크기라는 사실에 늘 두려움을 느꼈다고 말했다.

하지만 원하는 것이 무엇인지를 알았기에 그는 그 두려움을 오히려 자신의 행위를 강화하는 데 사용했다. 그는 늘 시도할 것인가, 그만둘 것인가 하는 선택의 기로에 서 있다고 말한다. 누구에게나 실패에 대해 두려움을 느끼는 건 피할 수 없는 일이지만, 두려움이 이기게 내버려둘 것인지 말 것인지는 자신이 선택할 일이다.

해밀턴을 취재하면서 알게 된 사실은, 그는 현재의 위치에서 멈추지 않았다는 것, 그리고 멈추지 않아야 할 이유를 자신의 삶에 부여한다는 것이었다. 그의 자리는 어디였던가? 그가 올라서는 파도는 30미터에 이르렀다. 목숨을 앗아갈 수 있을 만큼 거대한 파도를 타는 그의 모습을 본다면 분명 그의 능력에 감탄하게 될 것이다.

나는 내 첫 책의 발문을 해밀턴에게 부탁했었다. 나는 그가 모든 것을 가진 사람이라고 느꼈기 때문이다. 아내와 두 명의 자녀, 단란하고 행복한 가정, 자신이 가장 사랑하는 일을 하면서도 벌어들이는 엄청난 수입, 건강한 육체와 정신까지. 하지만 그와 인터뷰를 하기 전에는 까맣게 몰랐던 것이 있었다. 성공을 이루기 전의 그는 "아, 젠장, 대체 무슨 짓을 하는 거야?"라는 넋두리를 수없이 하던 사람이었다는 것을.

하와이가 고향인 해밀턴은 수돗물도 나오지 않는 오두막에서 유년시절을 보냈다. 그는 아버지가 없었고, 마을에 몇 명 살지 않는 백인이라는 사실이 오히려 가혹한 차별의 이유가 되었다. 가진 돈도 없었고,

서프보드를 구할 방법도 없었다. 하지만 그는 환경에 굴하지 않았고, 필요한 것들이 절대적으로 부족하다는 사실에 절망하지 않았다. 해밀턴이 원하는 것이 있었다면 오직 파도타기였다.

어느 날 해변에 앉아 있던 그는 파도타기를 하던 사람의 서프보드가 부러져 쓰레기통에 처박히는 것을 보았다. 해밀턴은 잽싸게 쓰레기통으로 달려가 앞쪽 끝이 부러진 보드를 집어 들었다. 그러고는 그 부러진 보드로 파도타기를 익히기 시작했다.

그가 이 이야기를 들려주었을 때 나는 충격에 휩싸였다.

"제이크, 다시 말씀드리지만."

나를 바라보며 해밀턴이 말을 이었다.

"누군가는 삶이 얼마나 망가져 있느냐에 아랑곳하지 않고 자신의 삶에 몰입합니다. 가난하다, 늙었다, 찌그러졌다, 징징 짤 수도 있죠. 나아질 게 하나도 없는 '상황'이라는 생각도 들죠. 하지만 그 삶을 바꾸려고 결심하면 더 나은 삶을 만들어낼 수 있습니다."

해밀턴이 부러진 보드로 파도타기를 익히던 그 보잘것없는 시작이 바로 그가 말한 상황이었다. 그는 세계에서 가장 큰 파도를 타겠다는 꿈을 결코 포기하지 않았다.

쉬운 일은 아니었다. 해밀턴을 아는 사람이면 누구나 그에게 말하곤 했다. 그런 꿈은 애초에 접어야 한다고. 그의 초등학교 선생님들조차 그런 꿈은 절대 이룰 수 없으며, 돈도 벌 수 없을 거고, 서프보드를 뜯어먹고 살 수는 없지 않느냐고 말했다.

"우리는 삶을 살아가면서, 다른 사람들의 말에 귀를 기울일 수도 있고 자신의 말에 귀를 기울일 수도 있어요."

자신의 말에 귀를 기울일 때, 뭔가가 왜 불가능한지에 대해 사람들이 말하는 모든 이야기가 사라진다. 그리고 합리적이라고 하는 것들로부터 벗어나서 비로소 자신이 원하는 삶을 만들게 된다.

비합리적인 존재

1925년 노벨문학상을 받았던 아일랜드 태생의 문학가 버나드 쇼가 말했다.

"합리적 인간은 자신을 세상에 맞춘다. 비합리적 인간은 끊임없이 세상을 그 자신에게 맞추려고 노력한다. 결국 모든 진보는 비합리적 인간에게 달려 있다."

버나드 쇼의 말을 완전히 이해하기까지 나는 이 말을 몇 번이나 읽고 또 읽었는지 모른다. 읽고 또 읽은 뒤 내린 결론은 이런 거였다.

"삶이 지금의 모습을 갖게 된 합리적 이유를 더 많이 만들어내면 낼수록, 나는 내가 원하는 것을 할 수 없으며 결국 나 자신을 더 불안하게 만들 뿐이다."

자신의 방식으로 인생을 살아가는 사람들은 실제로 세상의 방식을 받아들이지 않는다. 자신이 세운 목표에 도달하고 꿈을 실현하며 살아가는 사람들은 합리적 이유들이 왜 합리적이지 않은지를 정연하게 생각했으며, 자신의 방식으로 가장 높은 장벽들을 뛰어넘었다. 자신이 가진 최선의 것을 끌어내어 인생을 살아가는 사람들은 역경에 굴하지 않고 자신이 성취하고자 하는 것을 성취하는 길을 찾아냈다.

근원적 잠재력을 끌어내는 것이 중요한 일이라면, 의지력은 '자신의 무능을 기꺼이 인정하는 힘'보다 더 강하다는 것을 느끼게 될 것이다. 만약 자신만의 살아가는 방식이 있다면, 그 방식으로 살아가도록 해야 한다! 삶은 그런 방식으로 살아가 줄 때까지 기다리지 않는다. 결코 그런 일은 일어나지 않는다.

비합리적인 존재가 되어야 한다. 어떻게 가능한지에 대한 이유를 논리적으로 설명하지 않는다. 또한 하고자 하는 일이 얼마나 절실한지, 얼마나 중요한지도 논리적으로 설명하지 않는다. 어떤 일이든지 자신이 할 수 있다는 것만 믿도록 한다.

마이클 조던의 끝임없는 도전

벽이 거기 있는 데는 이유가 있다. 벽은 우리를 막아 세우기 위해 있는 게 아니다. 벽은 벽 너머의 것을 우리가 얼마나 맹렬하게 원하는지를 보여주기 위해 거기 있는 것이다. 벽은 벽 너머의 것을 그리 원하지 않는 사람들을 차단하기 위해 세워져 있다. 그들은 거기에서 다른 사람들을 막아선다.

— 랜디 포시

세계에서 가장 뛰어난 운동선수들이 하나같이 실패의 경험이 있다는 걸 아는가? 최고의 프로농구 선수가 되기 전, 마이클 조던은 고등학교 농구부에서 짤린 적이 있다. 그뿐 아니라 선수로 뛰는 동안 그는 스물여섯 게임에서 승리를 거둘 수 있는 기회에 슛을 성공시키지 못했다.

"선수생활을 하는 동안 저는 9,000번 이상 공을 림에 넣지 못했습니다. 거의 300번은 게임에서 졌고요. 26번 넘게 마지막 슛을 쏠 찬스에 골을 넣지 못했죠. 저는 실패하고, 실패하고, 또 실패했습니다. 이것이 바로 제가 성공을 거둔 이유입니다."

대부분의 사람이 더 이상 나아가려 하지 않는 것은 실패했기 때문이 아니라, 실패가 영원히 지속될 것이라는 잘못된 믿음 때문이다. 실패는 이번 주에 돌풍이 분다는 일기예보에 불과하다. 돌풍은 왔다가 가며, 가을이 되면 열매 맺을 곡식에 비를 내려 준다. 실패는 우리에게 성장할 수 있다는 사실을 가르쳐 준다.

성공과 실패는 자신의 마음 상태를 가리키는 지표다. 원하는 것이 포기인가, 아니면 바꾸는 것인가? 높은 성취를 이룬 사람들은 성공과 실패가 일시적이라는 것을 알고 있으며, 그 둘로부터 배울 게 많다는 것도 알고 있다. 성공이든 실패든 전력을 다해 나아가는 그들의 걸음을 결코 멈추게 할 수 없다는 것을, 오히려 계속 성장하도록 만든다는 것을 알고 있다.

마이클 조던은 이런 말도 했다.

"실패는 받아들일 수 있습니다. 사람들은 누구나 뭔가에 실패하죠. 하지만 전 도전하지 않는 것은 받아들일 수 없어요."

많은 사람이 실패한다는 사실을 곧잘 잊어먹는다. 이 말은, 실패보다 더 나쁜 것은 도전하지 않는다는 것이다. 끊임없이 도전해야 한다. 도전하는 삶은, 실패해 본 적이 없는 인생을 택하는 것보다 더 큰 행복을 가져다줄 것이다.

실패한 적이 있는가 없는가에 신경 쓰지 말자. 실패에 만족하는가 하지 않는가에 주목하자. '실패에 만족한다'는 것은 실패해서 좋다는 걸 의미하지 않는다. 그것은 아무런 거리낌 없이 다시 한번 도전한다는 의미다.

성공을 부른 우아한 실패

경험을 결코 반추하지 않는다면 그건 손실이다. 뭔가 하기를 거부할 때, 그걸 어떻게 다루는지를 배우지 못한다. 다음 날 침대에서 일어나는 기분이 어떤지도, 어떤 하루가 펼쳐질지도 모른다.

– 테일러 스위프트(싱어송라이터)

미국 기업계의 거물 월트 디즈니는 '상상력 부족'과 '독창적 아이디어 제로'란 이유로 신문사에서 쫓겨난 적이 있었다. 하지만 그는 이 일을 자신이 가장 사랑하는 일에 상상력과 아이디어를 쏟아붓는 데 이용했다. 그는 해고당했다고 생각하지 않았다. 그에게 실패란 그저 어떤 일이 실패한 것일 뿐, 그 사람이 실패한 것을 의미하는 건 아니었다. 누군가가 그를 실패한 사람이라고 생각하느냐 않느냐는 그에겐 아무런 상관이 없었다. 실패했다는 것은 그가 처한 한낱 조건이나 환경일 뿐이었다.

또 다른 '위대한 실패'의 사례는 비틀즈다. 그들은 데카 음반사에게 거절을 당했다. 이유는 노래를 못한다는 거였다. 음반사 담당자는 이렇게 술회한 바 있다.

"그 사람들 사운드가 엉망이었어요. 사운드가 안 좋다는 건 그 바닥에선 미래가 없다는 얘기죠."

하지만 혹평에도 불구하고 비틀즈의 미래는 더없이 밝게 열렸고, 세계 젊은이들의 삶에 엄청난 영향을 끼치며 음악의 판도를 완전히 바꾸어 버렸다.

알베르트 아인슈타인 또한 적잖은 실패의 경험자였다. 그는 네 살 때까지 말을 하지 못했고, 일곱 살이 되어서야 겨우 글자를 익혔다. 그를 가르친 교사들은 그가 살아가면서 그리 많은 것은 해내리라고 상상하지 못했다. 실제로 그는 학교에서 퇴학을 당한 적이 있었고, 취리히 기술전문학교에선 입학 허가조차 나지 않았다. 그럼에도 불구하고 그는 상대성이론을 발견해 우리들이 이 세계가 작동하는 방식을 알고 이해하는 데 커다란 영향을 끼쳤다.

이런 사례가 알려주는 것은 성공한 많은 사람이 한 번 이상의 실패를 겪었다는 사실이다. 그렇다면 실패의 진정한 의미란 그게 어떤 일이든, 다른 사람들이 어떤 생각을 하든, '우리로 하여금 목적을 포기하지 않고 최선을 다하도록 만드는 것'이라고 확신한다. 우리는 항상 실패를 일시적이든 영원하든 패배라고 여긴다. 이런 태도와 인식을 바탕으로 뭔가를 선택한다. 이런 식의 부정적 태도나 관점을 개선하지 않는 한 실패는 결국 우리를 아래로 끌어내릴 수밖에 없다. 더 이상 패배를 맛보고 싶지 않아 목표를 하향 조정하고, 나아가 포기해 버리는 것이다.

다른 사람들이 '사실fact'이라고 부르는 것을 자신이 어떻게 해석하는지를 따져볼 필요가 있다. 무엇이 '진실'인지를 확인하고 싶다면 자신에게 물어 보자.

"이게 진실인가, 아니면 그저 누군가의 생각일 뿐인가? 이렇게 하는 건 패배로 가는 길에 들어서는 걸까, 아니면 단지 시작일 뿐일까? 목표에 다다랐을 때 다시 시작하고 싶다는 생각이 들까, 아니면 목표에 도달했으니 더 이상 나아가지 않게 될까? 내가 벌을 받고 있는 걸까, 아니면 뭔가 더 배우고 준비해 나가는 과정에 지나지 않을까? 여기에 기꺼이 만족하는 건가, 아니면 뭔가 다른 것을 더 하고 싶은 건가? 이 일을 하는 데 할 수 있는 노력을 다 기울이긴 한 걸까?"

다른 사람들이 하는 말, 혹은 머릿속에서 들려오는 두려움에 사로잡힌 목소리는 무시하자. 대신 가슴이 하는 말에 귀를 기울이자. 그리고 마음에게 올바른 길을 가고 있다고 끊임없이 말해 준다면, 원하는만큼 빠르고 쉽게 이루어지지 않는다 해도 신경 쓰지 않게 된다. 그 어떤 것도 자신이 허락하지 않는 한 영원하지는 않다. 누구도 실패를 피할 수는 없다.

하지만 실패 뒤에 오는 것들이 기분을 한껏 고양시킬는지도 모른다. 만약 삶을 바쳐 진정으로 뭔가를 하려 한다면, 우아하게 실패하는 법을 배우는 것이야말로 그것을 달성하는 비밀의 열쇠다. 패배의 쓰라림을 느끼지 않고 삶을 통과해 나가는 사람은 단 하나도 없다. 만약 완전히 KO가 된 뒤에 다시 일어설 수 있다면, 그리고 성공에 이를 때까지 견지해낼 수 있다면, 결국 가려고 한 그곳에 도달해 있을 것이다.

실패를 딛고 일어선 사람들

자신의 방식을 견지하다 후퇴, 실패, 난관을 겪었음에도 불구하고 목표를 향해 나아갔던 사람들의 일화는 수없이 많다. 그 가운데 7명의 이야기를 골라 소개하려 한다. 진정으로 감동을 준 이야기들이다.

파도타기 챔피언 비트니 해밀턴

해밀턴이 처음으로 파도타기 경기에 나선 건 불과 여덟 살 때였다. 그녀는 운동을 너무도 좋아했다. 하지만 열세 살 때 상어의 공격으로 한쪽 팔을 잃는 사고를 당했다. 끔찍한 공포와 두려움이 그녀를 완전히 덮쳤으리라는 걸 누구나 짐작할 수 있을 것이다. 하지만 그 일이 있고 불과 한 달 뒤 그녀는 다시 서프보드를 들고 해변에 나타났다. 그로부터 2년이 지난 2005년, NSSA 내셔널 챔피언십 여자부 익스플로러 급에 출전하여 당당히 우승을 차지했다.

그녀는 육체적 한계에 아랑곳하지 않고 자신이 사랑하는 일을 계속해 나갔다. 그녀는 세계에서 파도타기를 가장 잘하는 여성 선수 중 한 사람이자, 어려운 조건에도 불구하고 자신만의 서핑 스타일을 보여준다는 점에서 매우 특별한 감동을 안겨 주는 선수다. 수많은 사람에게 영감 가득한 희망과 용기의 메시지를 전해 준 해밀턴의 이야기는 '소울 서퍼Soul Surfer'라는 제목의 영화로 만들어지기도 했다.

두 번이나 입학을 거부당한 스티븐 스필버그

그랬다. '죠스' 'E.T' '쥬라기 공원'을 비롯해 수많은 대작을 만든 영화감독 스티븐 스필버그는 영화를 공부하기 위해 지원했던 남부 캘리포니아 대학교USC의 입시에서 세 번이나 고배를 마셨다. 하지만 마지막에 웃은 건 스필버그였다. USC는 1994년 그에게 명예학위를 수여하고, 대학 위원으로 위촉했다.

외팔이 레슬링 챔피언 앤서니 로블스

로블스의 매트 인생은 고등학생 때부터 시작됐다. 그는 90파운드(40킬로그램)의 왜소한 신입생으로 첫 시합을 잘 치르지 못했다. 하지만 그런 외부적 조건은 그를 멈추게 하지 못했고, 매트에 오를 때마다 그의 실력은 늘어갔다.

2011년 3월, 애리조나 주립 대학교 학생으로 NCAA(미대학경기연합) 챔피언십 125파운드(57킬로그램)급에 출전했던 그는 처음으로 우승을 거머쥐었다.

"관심을 받으려고 운동을 시작한 건 아니었어요. 레슬링을 사랑했기 때문에 레슬링을 한 것뿐입니다. (……) 제가 가장 자랑스럽게 생각하는 일은 누군가의 삶을 더 나은 방향으로 바꾸는 데 도움을 주는 겁니다."

트럭 운전수 엘비스 프레슬리

내슈빌 그랜드 올 오프리(매주 미국 테네시 주 내슈빌에서 공연되고 라디오로 방송되는 컨트리 뮤직 행사) 공연을 마치고 나오는 엘비스에게 콘서트홀 감독이 말했다. 노래를 계속하는 것보다는 멤피스로 돌아가 전에 하던 트럭 운전이나 하는 편이 나을 거라고. 엘비스가 그 얘기를 귀담아듣지 않은 건 얼마나 다행스러운 일인가!

자신이 설립한 회사에서 해고당한 스티브 잡스

스티브 잡스는 서른 살에 믿기 힘들 정도의 성공과 부와 명성을 얻었다. 그럼에도 불구하고 그는 자신이 구축한 수십억 달러짜리 제국으로부터 추방당했다. "쫓겨났죠. 그것도 아주 공개적으로요." 그는 스탠퍼드 대학교 졸업식 초청 연설에서 당시를 회생했다. "전력을 기울였던 삶이 완전히 날아가 버렸습니다. 완전히 끝나 버렸죠." 그러고는 이렇게 덧붙였다. "공식적으로 저는 완전히 실패자가 된 겁니다."

하지만 그는 그 패배가 자신의 걸음을 멈추게 두지 않았다. 자신으로선 그것을 패배로 받아들이지 않은 것이다. 결국 잡스는 훗날 애플 컴퓨터로부터 복귀를 요청받았다. 그를 쫓아낸 뒤 회사 자체가 실패를 거듭하고 있었기 때문이었다. 회사로 복귀한 뒤 그는 애플을 새로운 성공의 정점에 올려놓았고, 믿기 힘들 정도의 더 많은 기술을 세상에 내놓았다.

삼진왕 베이브 루스

역대 야구선수들 가운데 가장 위대한 타자 중 한 사람인 베이브 루스는 통산 714개의 홈런을 기록했다. 하지만 삼진을 1,330개나 당했고 한때는 삼진 세계기록을 가지고 있기도 했었다. 이에 대한 그의 생각은 "스트라이크는 홈런을 치기에 가장 좋은 공"이라는 거였다.

첫 번째 책을 서른 번이나 거절당한 스티븐 킹

스티븐 킹은 서른 번의 거절을 당한 뒤 첫 소설 『캐리Carrie』의 출간을 포기했다. 하지만 아내의 말을 귀담아듣고 난 후 원고를 다시 투고했고, 두 번이나 영화로 만들어졌다. 이후 수백 권의 소설을 출간한 스티븐 킹은 우리 시대 최고의 베스트셀러 작가 중 한 사람이 되었다. 그동안 그의 책은 세계적으로 3억 5천만 권이 팔렸다.

4

시작하라,
그게
무엇이든

감각적인 경험에 집중하자.

몸과 정신, 마음과 영혼에 실제로 흘러들었다는 느낌이 들 때,

현실로 되돌아올 수 있다.

현실로 돌아온다는 건

실제로 이 경험이 베푸는

가장 마술적인 장면이다.

"준비 됐어?" 클라우스가 마지막으로 물었다.

"아직." 써니가 대답했다.

"나도 그래." 바이올렛이 말했다.

"하지만 다 갖추어질 때까지 기다린다면, 남은 인생도 계속 기다리기만 할 거야. 그러니 그냥 가자!"

— 레모니 스니켓, 『위험한 대결』 중에서

인생에는 보장된 것이 없다. 단 한 가지만 예외다. 어느 날, 이 행성에서 깨끗하게 사라질 거라는 사실. 삶이 약속하는 유일한 것은 죽음이다. 이 말이 단호하고 가혹하게 들리겠지만 진실이다. 좋은 소식도 있다. 그날이 올 때까지 할 일은 전적으로 우리가 결정한다는 것이다. 안타깝게도 주어진 시간을 효과적으로 사용하는 방법을 알려 줄 사람이 없다. 그 어떤 존재도 그렇게 할 수 없다. 어느 누구도 무엇이 최선인지 알지 못한다. 그저 알고 있는 듯이 보일 뿐이다. 우리가 태어나고, 그리고 죽을 거라는 것은 모두가 아는 진실이다. 탄생과 죽음 사이에 놓인 텅 빈 시간을 채워야 한다. 그 결정권은 자신만이 가지고 있다.

어느 날 자신이 죽게 될 거라는 사실을 받아들이게 되면, 삶이라는 배를 제대로 된 방향으로 몰고 가기가 아주 수월해진다. 삶이 영원히 계속되지 않는다는 사실을 알게 된다면 자신의 삶은 더 큰 의미를 가지게 된다. 언제까지나 뭔가와 접촉하고, 듣고, 맛보고, 냄새 맡고, 보고, 만들고, 표현하고, 배울 수는 없다. 그러므로 우리가 일시적으로 존재할 뿐이라는 사실을 받아들여야 한다.

세상을 떠날 때 무엇을 남겨두고 싶은가? 살아갈 날이 얼마 남지 않았다면, 남은 생을 어떻게 보낼 것인가? 무엇을 할 텐가? 사람들이 자신을 어떤 사람으로 알았으면 좋겠는가?

평범하고 상식적인 삶을 살도록 부추김을 받아온 우리에게 죽음은 금기어와 같다. 만약 죽음이 생각보다 빠르게 닥칠지도 모른다는 사실을 직시하게 된다면, 어떻게 살아야 할 것인지에 대한 태도를 바꾸고 싶을 것이다. 하지만 변화는 상당한 용기를 필요로 한다. 어쩌면 투쟁이, 안락한 세상에 안주하려는 마음과의 싸움이 필요할지도 모른다. 마치 영원히 살 수 있는 사람처럼, 시간은 얼마든지 있다는 순진한 생각을 하면서 하루하루를 보낸다.

하지만 시간은 그야말로 쏜살같이 날아간다. 그러므로 시간을 잘 활용해야 한다. 무한대의 시간을 소유하고 있다는 생각은 할 일을 얼마든 미루어도 된다고 믿도록 유혹하는 일종의 환각이다. 가질 수 없는 시간은 한낱 관념에 불과하다.

더 이상 기다리지 말자.

완벽한 날이 오기를

모든 일이 해결되기를

상사가 연봉을 올려 주기를

소망을 써 본 적도, 실행에 옮긴 적도 없으면서, 그렇게 되기를

좋은 선생님을

자금이 마련되기를

원하는 것이 뭐냐고 물어오기를

잠을 좀 더 자라는 소리를

주머니가 두둑해지기를

남들이 먼저 고맙다고 인사하기를

남들이 먼저 미안하다고 사과하기를

항상 매력적이라는 소리를 듣기를

사랑한다는 말이 들려오기를

당신의 꿈이 이루어지기를

원하는 만큼 벌기를

경험하기를

자신을 구해 줄 누군가 혹은 뭔가를

있을 수도 있고, 없을 수도 있는 실패에 대한 해결책을

자신을 도와줄 누군가를

자신을 위해 어떤 일을 해줄 사람을

기다리지 말자. 그만큼 늦어질 뿐이다.

　누구나 결함을 가지고 있다. 하지만 행복한 사람들, 성공에 이르는 사람들은 자신에게 결함이 있다는 사실을 인식하고 있지만 그것 때문에 자기가 살아가고자 하는 삶을 멈추지는 않는다. 그들은 자신의 결함들을 보완할 수 있을 때까지 죽음이 유예될 것이라고 생각하지 않는다. 그때까지 왜 기다려야 하는가? 완전한 몸, 완전한 파트너, 완전한 직장, 완전한 의식주를 왜 기다려야 하는가? 지금 시작해야 한다. 시작하기 전에 갖춰야 한다고 생각한 것들이, 일단 시작하면 찾아진다. 지금은 자신이 원하는 인생을 시작할 용기만이 필요할 뿐이다.

　어떤 사람은 변명을 늘어놓을 것이다.

　"그렇긴 한데 너무 바빠서……."

　너무 바빠서 내 꿈을 좇을 수 없다는 생각이 든다면 자신에게 이렇게 묻는다.

　"바쁜 일정이라는 것이 과연 무엇일까? 바쁜 나머지 가족들을 만나지도 못하고, 누군가에게 사랑한다고 말하지도 못하고, 네가 세운 목표에 매일매일 조금씩이라도 다가가려는 시도조차 못 하고, 그렇게 24시간 내내 죽을 지경이라고 느끼는, 이런 것들은 아닐까? 그리고 바로 네가 꿈을 향해 걸음마조차 떼지 못하게 만드는 이유는 아닐까?"

세상에 남겨놓고 떠나는 연습

다음의 질문을 자신에게 해보고 답을 써 보자.

만약 오늘 세상을 떠나게 된다면 나의 모든 것을 세상에 남겨놓
고 갈 수 있는가? 그렇다면 왜 그렇고, 그렇지 않다면 왜 그렇지
않은가?

_____

_____

_____

_____

_____

_____

_____

_____

_____

_____

_____

_____

죽을 때 가장 후회하는 다섯 가지

인생은 짧다. 그래서 죽음에 임박한 사람들이 하는 말은 무척이나 흥미롭다. 특히 후회의 말은 더욱 그렇다. 깊은 회한이 담긴 말은 항상 어떤 기회를 제공해 주기 때문이다. 그들이 들려주는 후회의 말을 통해 자신의 삶에 중요한 것들을 결정할 수 있다. 사람들이 저지른 실수로부터 배움의 기회를 얻는 것이다.

나는 세상을 떠난 내 친구 빅이 생각날 때면, 그가 만약 그렇게 일찍 세상을 떠날 거란 사실을 알았더라면 나는 무슨 말을 했을까를 상상하곤 한다. 그때마다 나는 통증 완화전문 간호사 브로니 웨어가 쓴 책 『내가 원하는 삶을 살았더라면』을 펼쳤다. 이 책은 브로니 간호사가 죽음에 임박한 환자들이 공통적으로 회한이 담긴 말들을 구술한 가운데서 가장 빈도가 높은 다섯 가지를 골라 집중적으로 다룬 것이다. 그녀가 찾아낸 다섯 가지 후회의 말들은 다음과 같다.

1_ 나는 다른 사람들이 내게 기대한 삶이 아니라 나에게 진정으로 필요한 삶을 살아갈 용기를 가졌어야 했다.

"이것이 후회의 말들 가운데 가장 일반적인 것이었다. 사람들이 자신들의 삶을 명확하게 되돌아보게 된다면, 얼마나 많은 꿈을 실현하지 못했는가를 알아내는 일은 어렵지 않다. 대부분의 사람은 이룬 꿈들 가운데 반조차도 명예롭게 생각하지 않았으며, 스스로 선택한 것인지 아닌지조차 알지 못한 채 죽음을 맞았다."

2_ 지나치게 일에 매달리지 않았어야 했다.

"일을 사랑하고 그 일에 전력을 다하는 자신에게 잘못이 있는 건 아니다. 다만 일뿐만 아니라 삶 자체에도 전력을 다했어야 했다. 중요한 것은 균형이며, 그 균형을 유지하는 것이다."

3_ 나의 감정을 용기 있게 표현했어야 했다.

"어떤 식의 관계에서든 자신을 솔직히 표현하지 않고, 평화를 깨뜨리지 않으려고 침묵을 지킬 뿐이라면, 결국 그 관계는 한 사람에 의해 주도되고, 균형을 이루지 못하거나 바람직한 방향으로 가지 못한다."

4_ 친구들과 연락하며 지냈어야 했다.

"사람들은 흔히 오랜 친구들이 얼마나 큰 기쁨을 주는지에 대해 제대로 인식하지 못한다. 죽음에 임박한 몇 주 전, 더 이상 그들을 찾을 수가 없다는 사실을 알고 나서야 그 사실을 깨닫게 된다. 많은 사람이 오랜 세월 자신의 생활에만 매몰되어서 보석과도 같은 우정을 방치해 버린다. 우정을 나누지도 못했고, 그렇게 하려고 진정으로 노력하지도 않은 것에 대해 깊이 후회했다. 한 발 한 발 죽음과 가까워지면서 그들은 친구를 완전히 잃어버렸다."

5_ 나 자신을 더 행복하도록 놓아두었어야 했다.

"삶은 우리에게 그 어떤 것도 빚지고 있지 않다. 단지 자신에게 빚을 갚아야 할 뿐이다. 남겨진 시간들 속에서 생동감 넘치게 살아가라고, 살아 있음을 감사하며 살아가라고."

이 다섯 가지 후회의 말들 중에 해당되는 것이 있는가? 꽤 많은가? 꽤 많다면, 죽음에 임박했을 때 후회하지 않기 위해 인생을 변화시킬 자신이 있는가?

삶의 초점을 맞춘다면

인생의 목적은 행복해지는 것이 아니다. 의미 있게 사는 것, 명예롭게 사는 것, 연민하며 사는 것, 그리고 자신이 살아온 것과 뭔가 다르게 사는 것이다.

– 랠프 왈도 에머슨

마틴 루터 킹 목사의 유명한 "나는 산봉우리에 올랐습니다"라는 연설을 기억하는가? 앞뒤 문맥을 살펴보면 이렇다.

"그리고 신은 제가 산봉우리에 오를 수 있도록 허락했습니다. 그 산봉우리에서 저는 내려다보았고, 약속의 땅을 보았습니다. 어쩌면 저는 그곳에 여러분과 함께 있지 못할지도 모릅니다. 하지만 저는 오늘 우리 모두가 약속의 땅에 들어갈 것이라는 사실을 알기를 원합니다. 그래서 저는 오늘밤 행복합니다. 저는 아무런 걱정도 하지 않습니다. 저는 그 누구도 두렵지 않습니다."

이 연설을 한 날은 1968년 4월 3일이었고, 그는 이튿날인 4월 4일,

세상을 떠났다. 그의 말을 더 주의 깊게 살펴보면 그는 다음 날 자신이 피살당할 것이라는 사실을 인지하고 있었던 것 같다.

"저는 그곳에 여러분과 함께 있지 못할지도 모릅니다. …… 저는 그 누구도 두렵지 않습니다."

그는 자신에게 무슨 일이 일어날지 알았다. 자신이 살해당할 것이라는 사실을 알았다. 그리고 그걸 전혀 두려워하지 않았다.

킹 목사가 자신이 느낀 바를 행동으로 옮긴 그것이 신의 과업이었으며 세상을 위한 최고의 선(善)이었음은 의심의 여지가 없다.

그가 느낀 믿을 수 없을 만큼 큰 힘은 자신이 살고 있는 이 세상을 위해서, 오직 그만이 사용할 수 있는 것이었다. 죽음을 예감하면서도 밖으로 뛰쳐나가 사람들 앞에서 연설할 수 있게 한 것도 바로 그 힘이었을 것이다. 수없이 많은 살해 위협을 받았지만 그는 전혀 굴하지 않았고, 이렇게 말했다.

"저는 아무런 걱정도 하지 않습니다."

그가 어떤 걱정도 하지 않은 것은 자신이 옳은 일을 하고 있다는 사실을 알고 있었기 때문이다. 그는 행동으로 보여주었다.

만약 삶이 위기에 처한다면 우리는 알게 된다. 우리가 해야 할 일을 하는 한 문제될 게 없으며, 죽음조차 가로막을 수 없다는 사실을.

이밖에도 목표에 도달하고, 변화를 이뤄내며, 세상을 바꾸는 일이 불가능하지 않음을 증명할 수 있는 예는 수없이 많다. 우리에게 필요한 것은 오직 용기와 확신이다. 어떻게 하면 타인을 도울 수 있는가에 집중한다면 불가능한 일은 없다.

밥 말리는 이런 말을 한 적이 있다.

"내 인생은 타인을 위한 것입니다. 그렇지 않다면, 나는 내 인생을 원하지 않습니다."

자메이카에서 30만 명의 관객을 위한 무료 자선공연을 하게 된 이유를 묻는 기자에게 그가 한 대답이었다. 공연이 있기 전날 밤, 누군가가 쏜 총에 맞은 상태였다. 기자가 물었다.

"혹시 살해당할 수도 있다는 걸 알고 있었나요?"

그러자 말리가 웃음을 터뜨렸다.

"하하! 일어날 일은 일어나게 돼 있죠."

그의 말에는 죽음에 대한 공포를 전혀 느낄 수 없는 놀라운 힘이 있다. 두려움은 그 어떤 감정보다 강하게 인간을 옥죄인다. 그래서 죽음의 공포로부터 벗어났을 때, 사람들은 슈퍼히어로와 같은 능력을 발휘하며, 문자 그대로 무소불위의 성취를 이루어낸다.

무대를 내려오면, 밥 말리는 세계에서 가장 큰 폐쇄 구역 중 하나인 트렌치 타운의 시내로 차를 몰고 가서는 차도와 인도의 경계석에 앉아 사람들에게 돈을 나누어주곤 했다. 그가 나누어준 돈이 새 출발을 할 수 있을 만큼의 액수는 되었으므로 사람들은 길모퉁이에 길게 줄을 지어 서 있었다. 그는 그것이 변화를 일궈내는 일이 될 거라고 확신했으며, 자신의 삶을 그 변화에 바쳤다. 그리고 그 변화가 각자에게 주어진 더할 수 없이 불리한 조건과 빈곤을 극복하게 해줄 것이라고 믿었다.

만약 우리가 어떻게 타인을 도울 수 있는지, 어떻게 하면 그들에게 헌신할 수 있는지, 그리고 세상을 더 나은 곳이 되게 할 수 있는 방법이 무엇인지에 집중한다면, 불가능한 일은 아무것도 없을 것이다.

지그 지글러가 한 말도 바로 이런 뜻이었고, 나는 그에게 동의한다. 만약 다른 사람들을 도우려는 데 삶의 초점을 맞춘다면 삶에서 원하는 무엇이든 얻어낼 수 있다. 만약 세상에 긍정적 영향을 미칠 수 있다는 사실에 초점을 맞춘다면, 원하는 모든 것이 자신의 것이 될 것이다. 어떻게 변화를 이끌 것인가에 집중한다면, 분명 자신의 내면에서 비범한 재능을 찾아낼 것이다.

베푼다는 것의 속성

타인의 짐을 덜어주는 사람은 그 누구라도
이 세상에 쓸모없는 사람일 수 없다.

– 찰스 디킨스

우리는 소중함을 느끼고 싶어 하며, 의미를 찾아 다닌다. 만약 다른 사람에게 관심을 준다면, 알게 될 것이다. 삶 속에서 하려는 것이 변화를 이끌어 오리라는 사실을.

너무 많은 것을 베풀게 되면 살림에 지장이 생기고, 그래서 통장 잔고가 늘 부족하게 될 거라는 선입견을 가지고 있다. 하지만 정반대로 생각했으면 좋겠다. 즉 다른 사람에게 베푸는 행위는 실제로 자신의 삶에 더 많은 것을 가져다주며, 이것은 기업의 속성이기도 하다. 성공적인 기업은 다른 사람들의 삶에 가치 있는 뭔가를 제공하며, 사람들(고객)은 돈을 주고 이 가치와 교환한다. 만약 자신이든 타인에게든 가치 있는 무언가를 개발한다면, 그리고 그것을 세상과 공유한다면, 그것으로 생계를 꾸려나가게 될 것이다. 이것이 바로 베푼다는 것의 속성이고, 기업의 속성이다.

보살핌과 희망

> 나는 잠이 들었고, 삶이 기쁨으로 가득 차 있는 꿈을 꾸었다네.
> 나는 잠에서 깨어났고, 삶이 보살핌으로 가득 차 있음을 보았네.
> 나는 돌보아 주었고, 돌보아 주는 것이 기쁨임을 알았다네.
>
> — 칼릴 지브란

내가 '에이스 벤추라Ace Ventura', '라이어 라이어Liar, Liar' '브루스 올마이티Bruce Almighty' 같은 상업영화와 '아이 엠I Am'이라는 다큐멘터리를 만든 톰 새디악 감독을 처음 만난 때는 생방송으로 진행되는 그의 첫 라디오 쇼에서였다. 객석엔 50명 남짓한 방청객이 앉아 있었다. 생방송이 끝나고 맨 앞줄에 앉아 있던 나는 그와 사적으로 얘기를 나누기 위해 사람들이 모두 빠져 나가기를 기다리고 있었다. 기다리는 동안 줄지은 사람들이 새디악과 악수를 하고 얘기를 나누는 것을 지켜보았다.

거의 1미터도 안되는 거리라 나는 사람들이 하나같이 그에게로 다가가며 활짝 웃는 모습을 자세히 볼 수 있었다. 몇몇 사람은 그에게 자신의 사연을 들려주고 싶은 열망에 들떠 있는 듯 보였는데, 새디악은 길게 늘어서 있는 뒤편 줄에 아랑곳하지 않고 한 사람 한 사람에게 정성을 다했다. 그는 최선을 다해 개개인에게 주의를 기울였고, 한 번도 눈길을 피하지 않았다. 그는 사람들 각자가 그와 가까이 있다는 느낌이 들게 했으며, 그들의 손을 잡고 등을 두드리고 포옹을 하고 미소를 짓고 함께 웃었다. 순간순간에 최선을 다하는 그의 능력은 놀라웠다.

관객들과 이런 식의 상호작용이 일어나는 동안 겸손함과 인간적 면모와 일관된 모습을 유지한다는 건 결코 쉬운 일이 아니다. 유명한 사람들은 흔히 받들어 모셔지는 데 익숙하다. 그래서 이기적인 모습이 자연스럽기까지 한데, 그런 점에서 타인과 진정으로 교감하는 일은 그들에겐 불가능에 가까워 보인다. 하지만 새디악은 관객 한 사람 한 사람에게 온전히 주의를 기울이고 있었다.

타인에게, 그리고 주어진 삶에 온전히 주의를 기울이는 일은 우리에게 절실히 필요하다. 만약 베풀 것이 아무것도 없다고 생각한다면, 타인에게 주의를 기울이는 일부터 시작해 보자. 그들도 이 사실을 저절로 알게 될 것이다.

새디악을 지켜보던 나는 마침 내 옆자리에 앉아 있던 그의 매니저 해럴드에게로 고개를 돌리고 말했다.

"와우, 저 분은 모든 사람을 정말 기분 좋게 만들어 주시네요."

"당신은 저 사람의 관대함을 아직 다 본 게 아닙니다. 톰은 레스토랑에 가면 보통 10달러 정도 하는 음식들을 먹는데, 어김없이 웨이터에게 팁으로 100달러를 줘요. 사람들이 그의 후한 인심에 입을 쩍 벌리는 일은 셀 수가 없어요."

해럴드는 별다른 표정 없이 말을 이었다.

"톰은 시간과 돈에 대해선 헤프다고 할 정도로 인심이 좋습니다. 그럴 때마다 우린 충고를 하죠. 정작 당신은 그런 후한 인심을 받지 못할 거라고요."

해럴드는 다시 한 번 나를 바라보며 웃음기 없는 얼굴로 너무도 심각하게 말했다.

"말하자면 이건, 생면부지의 사람에게 신장을 떼어 주고는 멋진 일이라고 생각하는 것과 같습니다. 톰은 그런 사람이에요. 매일매일 누군가의 인생을 변화시키고 있다는 생각이 들어요."

그날 새디악이 사람들과 교감하는 모습을 지켜보고 그의 너그러움에 대한 얘기를 들으면서 내가 바쁘다는 핑계로 남을 돕는 일에 얼마나 무심했는지를 깨닫게 되었다. 또한 새디악이 베푸는 일을 멈추지 않는 데 반해 나는 사랑하는 일에, 기꺼이 베푸는 행위에 일정 부분 선을 긋고 있었다는 사실도 절실히 깨달았다.

물론 그는 나보다 더 많은 돈을 가지고 있었다. 하지만 중요한 것은 그 정도의 돈을 가진 사람은 세상에 얼마든 있다는 사실이다. 그렇다고 그들 대부분이 친구나 가족이 걱정할 정도의 돈을 누군가에게 베풀지는 않는다.

다음 날, 나는 로스앤젤레스 콤프튼에 있는 포스터 초등학교 운동장에서 250개의 새 자전거와 헬멧을 정렬하던 새디악을 도왔다. 톰은 그 학교의 5학년 아이들 모두에게 자전거와 헬멧을 사주었는데, 대부분의 아이들에게 그것은 특별한 축제일에나 받을 수 있는 특별선물인 셈이었다.

"이건 우리가 너희들에게 자전거와 헬멧을 선물하는 게 아니란다. 우리가 너희를, 그리고 너희가 가진 문제에 관심이 많다는 것을, 또한 너희를 각별히 생각하고 있다는 걸 너희들에게 알리는 거란다."

새디악은 아이들 앞에서 짤막한 연설을 했다.

나는 그가 말을 하는 동안 아이들과 학부모들이 눈물을 닦아내는 모습을 지켜보았다. 그들이 흘리는 눈물은 감동에서 흘러나오는 것이 분명했다. 새디악은 그들에게 뭔가를 사준 것만이 아니라, 이런 행위가 진정한 보살핌이라는 사실을 그들에게 알려주고 있었다. 어느 시대든, 보살핌은 누군가의 세상을 변화시키는 데 필요한 유일한 일이다.

세상에서 가장 가난한 대통령

그 누구도 베풀기 때문에 가난해지는 사람은 없다.

– 안네 프랑크

오늘날 세계의 지도자들은 대개 황금빛으로 번쩍이는 거대한 문이 달린 저택에 몸을 꽁꽁 숨긴 채 살고 있다. 무장한 경비원들이 지켜주는 해변의 조그만 마을에서 그들은 호화로운 생활양식을 유지한다. 그들은 가난한 사람들이나 노동자들과는 일절 접촉하지 않으며, 그 가난한 노동자들이 일 년을 꼬박 일해 버는 돈보다 더 비싼 옷을 입는다.

하지만 한 사람만은 예외다. '세계에서 가장 가난한 대통령'이란 별명을 가지고 있는 우루과이 대통령 호세 무히카가 바로 그 주인공이다. 수많은 사람이 증언하는 바에 따르면, 해진 옷과 샌들을 신은 이 가난한 농부는 오늘날 대다수 국가원수들과는 달라도 너무 다르며, 오히려 영화 '반지의 제왕'에 나오는 호빗족과 더 닮았다. 대통령 재직 시절 78세의 호세 무히카는 수입의 90퍼센트를 자선단체에 기부했다. 그는 곧 무너질까 걱정될 정도의 낡은 농가 주택에서 극도로 평범하게 살았으며, 그를 지켜주는 것은 경찰관 두 명이 전부였다. 그 두 사람은 다른 농부들도 함께 살고 있는 마을 흙길에서 보초를 섰다.

무히카 대통령은 말했다.

"사람들은 저를 가난한 대통령이라고 하지요. 그런데 아니에요. 전 가난한 대통령이 아닙니다. 가난한 사람들은 늘 더 많은 것을 가지려고 하고, 결코 만족할 줄을 몰라요. 그런 사람들이 가난한 겁니다. 그래서 그들은 끝도 없이 쳇바퀴를 굴리면서 인생을 살아갈 시간이 충분하지 않다고 말하죠. 처음부터 전 지금 같은 생활방식을 택했어요. 많은 것을 가지려고 하지 않았죠. 그래서 내가 원하는 삶을 살아갈 수 있는 충분한 시간을 가지게 된 겁니다."

대통령 관저가 아닌 농가를 택한 무히카는 낡은 폭스바겐 비틀을 운전하며 다닌다.

그리고 자신이 택한 삶의 방식을 사랑하지만 그는 그 누구에게도 자신처럼 살기를 권하거나 강요하지 않는다.

"제가 만약 사람들에게 저처럼 살라고 요구했다면, 그들은 아마도 저를 죽였을 겁니다."

조그맣고 아늑한, 침실 하나짜리 그의 집에서 인터뷰를 하면서 그가 한 말이다.

많은 사람이 누군가의 롤모델이 되거나 지도자가 되고 싶어 한다. 하지만 자신의 삶이 중요한 만큼 막중한 책임을 안고 있다는 사실은 그다지 인지하지 못한다. 그런 사람이 되고 싶다면 솔선수범을 보여야 하며, 말과 행동이 일치하는 삶을 살아야 한다. 만약 누군가에게 작지 않은 영향을 끼치고 싶다면, 혹은 적어도 친구나 가족들로부터라도 존경을 받고자 한다면, 그들에게 모범이 되어야만 한다. 항상 솔선수범하는 사람이라면, 그리고 사람들에게 신뢰를 줄 수 있는 사람이라면, 의미 있는 삶을 살아가게 될 것이다. 자신의 잠재력을 완전히 자각하게 될 때, 모든 가능성이 열린다. 그런 한 예가 바로 타인들의 삶을 더 나은 방향으로 이끌어가기 위한 삶을 사는 것이다.

온 마음을 다해 뭔가를 믿는다면, 행동해야 한다. 자신을 따라오라고 설득하거나 자신과 함께 하는 일의 정당성을 납득시킬 필요가 없다. 그것이 옳다는 사실을 알고 있으므로 지체하지 말고 그것을 하면 된다. 그것이 무엇이든 상관하지 말고, 그런 방식으로 살아가야 한다는 것을 확신한다면, 행동, 그뿐이다.

상상 속 한가운데에 서서

먼저 그것이 '되어야' 한다. 그런 다음에야 그것을 '하게' 된다. 그리고 마침내 그것을 '가질' 수 있다. 원대한 꿈들을 실현해낸다는 것은 먼저 원대한 사람이 된다는 것을 의미한다. 원하는 것을 일방적으로 가지는 것이 아니라, 되는 것이다.

만들고 싶은 미래를 만들기 위해, 꿈을 실현해내기 위해, 현재의 자신이 되기 이전에 만들고 싶었던 느낌들과 연결되어 있어야 한다. 삶에서 일어나는 모든 것은 자신에게 들려준 이야기들에 의해, 즉 자신을 형성하는 그 사람과 생각하는 방식과, 주의를 집중하는 그것에 의해 만들어졌다. 따라서 자신에 대한, 그리고 세상을 위한 더 큰 꿈을 꾸도록 해야 한다.

비록 지금의 자신으로 살고 있고, 가려는 곳과 아주 다른 곳에 있다 하더라도 이전의 자신보다 더 큰 사람이 되도록 해야 한다. '그것'이 일어나기 전에 자신이 원하던 '그 사람'이 되어야 한다. '그것'이 될 때, 자신이 원하고 필요로 하는 모든 것이 거기에 있게 될 것이다.

꿈꾸는 인생을 살아가는 자신을 상상하자. 그리고 꿈을 실현하기 직전의 모습에 집중하도록 생각을 활용하자. 상상력을 사용하는 일은 신비로울 것도 없고, 비현실적인 행위도 아닌, 마치 기름이 흘러 모든 것에 스며들어 가는 것과 같다. 알베르트 아인슈타인은 이렇게까지 말한 적이 있다.

"논리는 당신을 A에서 B로 옮겨 준다. 하지만 상상은 자신을 모든 곳으로 데려다줄 것이다."

상상은 항상 내달리며 이렇게 질문한다.

"어디로 가고 싶은가? 어떤 사람이 되고 싶은가?

상상은 의식에, 무의식에, 초(超)의식에, 또한 십중팔구, 우리가 미처 이름 붙이지 못한 다른 많은 영역까지 작용한다. 우리가 자신에게 해야만 하는 말에 귀를 기울이는 기계라고, 그 기계가 쉬지 않고 작동되고 있다고 생각해 보자! 이런 생각들을 찾아내기 시작할 때 종종 마음이 우리에게 말한다.

"상상만으로는 이런 모든 것을 할 수 없어. 현실에서 이루어지지 않을 거야."

하지만 생각해 보자. 상상하는 그것을 말이다! 이제껏 말 그대로 그저 상상하는 것을 선택해 왔을 뿐이다. 눈에 보이는가? 자신이 실현해내는 그 모두를 볼 수 있는가? 자신이 믿는 것을 결정할 수 있는가? 우리는 상상 속 한가운데에서 원하는 그 어떤 것도 선택할 수 있다.

그렇다면 꿈꾸는 삶을 어떻게 시작할 것인가? 미래의 어떤 상태로 가서 이것을 행하는 모습을 상상해 보자. 어떻게 행동할 것인지, 무슨 생각을 할 것인지, 자신과 타인을 어떻게 대할 것인지처럼 삶 속에서 이루어질 인간 유형을 진지하게 상상해야 한다. 나답게 살려면 어떻게 해야 할지 상상하자. 될 수 있는 사람을 상상하자. 지금 어떤 상태인지가 아니라, 앞으로 어떻게 될 수 있는지를 상상하자.

자신에게 10분에서 15분 정도를 할애해 보자. 그 시간 동안 되고 싶은 사람이 되어 있는 자신을 느끼고, 될 수 있는 사람이 되고, 갈 수 있는 곳을 가 보자. 필요하다면 벌떡 일어나 행동으로 옮겨 보자. 감각적인 경험에 집중하자. 몸과 정신, 마음과 영혼에 실제로 흘러들었다는 느낌이 들 때, 현실로 되돌아올 수 있다. 현실로 돌아온다는 건 실제로 이 경험이 베푸는 가장 마술적인 장면이다.

자신이 되고 싶은 사람과 창조하고 싶은 것이 합일되어 있어야만 한다. 지금 삶을 구성하는 사람들, 장소들, 패턴들과 관계된 모든 문제들은 깡그리 잊고, 되고 싶고 만들어내고 싶은 것들과 손을 잡아야 한다. 이것은 쉽지 않은 도전이지만, 모든 개혁가들이 성취하려고 시도했던 바로 그 방법이다.

5

원하는 걸 얻는
가장
쉬운 방법

내게 특별한 것은 하나도 없으며,

이런 과정에 특별한 것 또한 하나도 없다.

내가 아는 건 그저 잠재의식 프로그래밍이 작동했다는 사실이다.

자신이 원하는 것을 써 보자.

그리고 기회가 모습을 드러낼 때,

행 동 으 로   옮 겨   보 자 .

가장 좋아하는 저자 중 한 사람인 잭 캔필드가 만든 오디오 프로
그램에는 이런 말이 있다.

　"자신이 하고 싶은 백 가지 목록을 작성해 보자. 그리고 그 일들이
일어날 것이라고 믿자."

　이 말을 들은 날 밤 나는 목록 작성에 들어갔는데, 아홉 번째가 잭
캔필드와 친구가 되고 그에게서 가르침을 듣는 것이었다. 5억 부가량
판매된 『영혼을 위한 닭고기 수프』 시리즈 저자인 그를 꼭 만나고 싶
었다. 하지만 이 목표를 달성하는 데 몇 가지 커다란 장애물을 넘어
야 했다. 그를 개인적으로 알지 못했을 뿐 아니라 그와 어떻게 접촉해
야 하는지도 알지 못했다. 잭 캔필드는 웹사이트에 적힌 이메일 주소
를 통해 개인적으로 접촉이 가능한 그런 사람이 아니었다. 그럼에도
불구하고 나만의 목록을 작성했고, 그의 말을 신뢰했으며, 언젠가 목
록에 써내려 간 일들이 이루어지리라고 굳게 믿었다. 그렇게 여섯 달
이 지난 2013년 3월, 내 첫 책 『바람 속으로』가 출간되기 직전에 잭

캔필드가 자선 행사에서 강연할 예정이라는 소식을 들었고, 온라인으로 표를 구입했다.

행사 당일 샌디에이고의 집을 떠나 로스앤젤레스 비버리윌셔 호텔로 차를 몰았다. 근사하게 차려입지도 못한 나는 매우 성공한 중년들로 가득 찬 홀에 앉아 있었다. 지나치다 싶을 정도로 기대에 차 있었다. 잭에게 줄 책에 서명까지 마친 그날 밤 그를 만날 수 있을 거라고 확신했다. 하지만 행사가 시작되자 나는 위축되고 말았다. 홀에는 삼사 백 명의 청중들이 몰려들었는데, 하나같이 잭을 만나고 싶어 했다. 사람들은 그와 함께 사진을 찍으려고 줄을 길게 늘어서 있었다. 하지만 내가 원하는 건 그와 사진을 찍는 게 아니었다. 그가 내게 얼마나 큰 영감을 불어넣어 주었는지를 알려주고 싶었다.

잭은 저녁 시간의 대부분을 무대에서 보냈다. 나는 기다리느라 기진맥진한 상태에서 그와의 일대일 면담이 성사될 수 있기를 간절히 바랐다. 마침내 그는 한 섹션을 끝내고 자신의 자리로 돌아가기 위해 무대를 내려왔다. 계단을 밟고 내려온 그에게 사람들이 손을 내밀고, 사진을 찍자고 요청하는 모습을 나는 물끄러미 지켜볼 수밖에 없었다. 사람들은 그를 홀로 내버려두지 않았다. 사진 촬영 뒤에야 그는 홀 중앙에 마련된 그의 자리로 돌아갔다. 내가 앉아 있는 자리는 그의 자리에서 예닐곱 계단쯤 위에 있었다. 그 순간, 나는 단 한 번뿐일지 모르지만 기회가 찾아올 것 같다는 느낌이 들었다. 그런 느낌이 들자 그의 자리를 향해 계단을 걸어 내려갔다. 그는 대여섯 명의 사람들과 함께 앉아 있었다. 그에게 다가가야겠다고 마음을 굳혔다. 그러고는 그에게로 다가가 그의 왼쪽 어깨를 두드리며 말했다.

"실례하겠습니다, 선생님. 저는 제이크입니다. 스물한 살이고요, 책을 썼습니다."

그러고는 그에게 책을 건넸다.

"선생님께서 이 책에 영감을 주셨습니다."

그가 미소를 띠며 책을 받아 쥐었다.

"오, 그래요? 제가 어떤 영감을 주었나요?"

"아주 많습니다" 하고 내가 대답했다.

"무엇보다도, 선생님께서 첫 책을 출간하기까지 수많은 출판사로부터 거절을 당했지만 결국 출간을 했고 성공을 거두었다는 사실입니다. 선생님 책에 쓰여 있죠. '누군가 노no라고 할 때 넥스트next라고 말해야 한다.' 그리고 SW를 말씀하셨죠. '누군가는 할 것이다Some Will. 누군가는 하지 않을 것이다Some Won't. 그래서 어쨌다는 거지So What? 누군가 기다리고 있다Someone is Waiting.' 그래서 모든 사람이 제게 '안 된다'고 말할 때, 전 그냥 계속했습니다. 누군가 저를 돕기 위해 기다리고 있다는 것을 알고 있었으니까요."

잭이 환하게 미소를 지었고, 그가 내 말에 고마워하고 있음을 알았다. 그는 가볍게 책을 훑어 보았다.

"좋은 책이군요."

그가 말했다.

"아, 제 아내와도 인사를 나누시죠."

그는 자신의 오른쪽에 앉은 여인을 소개했다. 그의 부인 잉가였다. 그녀와 나는 잠깐 동안 담소를 나누기 시작했다. 그들은 앉아 있었고, 나는 잭 곁에 서 있었다. 그렇게 얘기를 나누던 중에 엄마와 잭의 부인이 샌디에이고 라졸라에 있는 고등학교를 함께 다녔다는 사실을 알게 되었다. 우리의 담소는 10분 정도 계속되었다.

"실례합니다."

내 뒤편에 서 있던 웨이터가 미리 주문한 음식들을 테이블 위에 놓기 위해 나를 지나치면서 말했다. '이런, 식사시간이었군! 내가 완전히 방해를 하고 있었어' 하고 나는 속으로 중얼거렸다. 나는 무례하게 보이고 싶지 않아 캔필드 부부 앞에 음식이 놓여지는 걸 보고는 서둘러 대화를 끝냈다. 그때 잭이 곁에 서 있던 나를 보면서 물었다.

"저녁 먹어야 하지 않나요?"

나는 당황스러운 표정을 지으며 그를 바라보았다. 그는 내 앞에 놓여 있는 의자와 그쪽 테이블 위의 접시를 가리켰다.

"거기 앉을 사람이 사정이 생겨서 먼저 갔어요. 우리랑 같이 식사합시다."

나는 미소를 띠며 흥분을 가라앉히고 최대한 정중하게 행동하려고 애썼다. 8개월 전, 나는 노트에 이 일이 일어나기를 바라는 마음을 적었고, 지금 그 일이 일어나고 있다!

그로부터 두 달 뒤, 잭은 내 첫 책을 읽고 『바람 속으로』는 멋진 '영혼을 위한 닭고기 수프'라는 찬사의 말을 해주었다. 그리고 네 달 뒤, 나는 잭의 생일파티에 초대되어 저녁을 보냈다. 캔필드 부부를 포함해 열 명 남짓이 함께한 파티였다. 만찬 때는 잭과 가장 가까운 자리에 앉았다. 꽤 망설인 끝에 용기를 내어 그에게 질문을 던졌다.

"젊은이들이 꼭 알아야 할 가장 중요한 것은 무엇인가요? 선생님께서 그들이 꼭 알았으면 하고 바라는 게 있다면요?"

내 질문을 받은 그는 몇 초 정도 나를 바라보더니 말했다.

"쓰면 이루어진다."

그의 대답이 미진하다고 느끼며 나는 말없이 그를 바라보았다. 그의 대답은 너무 짧고 단순했다. 나는 그가 좀 더 말해 주기를 원했다. 내 뜻을 알아주기를 바라며 나는 고개를 가만히 끄덕거렸다. 그가 말을 이었다.

"말 그대롭니다. 자신이 원하는 것을 명확하게 종이에 쓴 다음 그것을 실천하는 겁니다. 제이크, 당신은 자신이 원하는 것이면 무엇이든 성취할 수 있는 능력을 갖추고 있어요. 그렇지 않다면 맨 처음 그런 열망조차 품지 않았을 겁니다."

나는 매일 아침 깨어나면서 기억한다. 그리고 그가 내게 말해 준 더 많은 소망을 기억한다. 이것으로 족하다. 더 알아야 할 게 뭐가 있겠는가? 더 이상의 설명은 필요치 않다. 세상에서 가장 큰 경이로움을 안겨 준 사람들, 가장 성공하고 가장 만족스러운 삶을 산 사람들은 자신이 원하는 것이 무엇인지를 명확하게 알고 있었다. 그들은 앞날의 비전에 일치하는 목표를 설정한 사람들이었다. 그들은 그것들을 노트에 적었고, 실현되지 않을 거라면 열망조차 하지 않았을 것이라고 생각했다.

잭을 보자. 그는 평생 동안 수억 권에 이르는 책을 판매했고, 그의 책을 구입한 사람들의 삶에 경이로움을 안겨 주었다. 그는 진정한 행복을 누리고 있었으며, 그에게 일어난 그 어떤 것도 우연히 일어났거나 운이 따라준 것은 없었다. 그에게 일어난 일들은 그가 원했던 바로 그것이었다.

그의 삶은 그렇게 될 것이라고 생각한 바로 그것, 노트에 적었던 그 것이었다. 그는 스스로 세운 그 목표를 달성했다. 이유는 간단했다. 노트에 그것들을 썼고, 쓴 이후 실행에 옮겼기 때문이다.

이 책을 쓰고 있는 지금, 나는 그가 자신의 생일에 했던 말의 진정한 의미를 이해한다.(알다시피 잭이 추천사를 써주었다.) 그가 내게 바랐던 것은, 성공의 원리가 단순하다면 변화의 원리도 단순하다는 것이다. 쉽지는 않다. 그러나 확신을 가져야 한다. 쓰면 이루어진다.

원하는 것이 있을 때 당장 해야 할 것

목표를 어딘가에 적어 두는가? 바로 지금, 목표가 무엇인지 정확히 아는가? 이 물음들에 만약 '아니다'라고 답을 했다 하더라도, 자신만 그런 건 아니다. 우리들 중 소수만이 목표를 기록한다. 우리는 이런 시도를 해본 적이 없으며, 목표를 기록하는 행위가 목표를 달성하게 해주며, 집중하게 하고, 성과를 얻게 한다는 사실을 인식하지 못한다.

엄마와 함께 살 때였다. 엄마는 종종 식료품을 사러 가게로 가곤 했다. 엄마가 사야 할 품목을 쓴 메모지를 잊고 가지고 가지 않았을 때면, 엄마는 항상 다시 집에 뛰어들어와 그것을 가지고 갔다. 목표를 세우긴 하지만 적어 두지 않는 것은 사야 할 물건을 써놓은 메모 없이 쇼핑을 하러 가는 것과 같다. 목표를 기록해놓지 않으면 목표를 달성하지 못할 뿐 아니라, 가장 즐거워하는 일도 하지 못하면서 살아가게 된다.

만약 목표 작성의 중요성이 미심쩍다면, 알고 있는 가장 행복한 사람들 또는 가장 성공한 사람들에게 가서 목표를 기록해놓았는지 한 번 물어 보자. 나는 목표 작성을 하지 않은 사람이 행복하거나 성공한 경우를 단 한 번도 본 적이 없다.

목표를 작성하는 데는 몇 가지 팁이 있다.

- 간명하고 명확해야 한다. 다른 사람이 봤을 때도 자신이 어떤 목표를 가졌는지를 알아볼 수 있어야 한다.
- 달성 가능해야 한다. 누군가는 완전히 비현실적이라고 생각할 수도 있지만 자신이 실현해낼 수 있다고 확신한다면, 어쨌든 써 놓도록 한다.
- 날짜를 정한다. 어떤 사람들은 목표란 것이 항상 시간과 관련이 있어야 한다고 믿는다. 어떤 사람들은 그렇지만, 어떤 사람들은 그렇지 않다. (시간과 결부하는 것과 결부하지 않는 것 가운데 어떤 게 최선인지는 자신이 가장 잘 알 것이다.)
- 다루기 쉬워야 한다. 스스로 자신이 앞으로 나아가는지, 뒤처지고 있는지를 알 필요가 있다.

또한 목표를 정하는 동안 기억할 것이 있다. 매일 목표를 향해 실행 가능한 걸음을 옮겨놓을 수 없다면 그런 목표는 무의미하다. 목표는 일정 부분 걱정이 될 정도로 충분히 커야 하지만, 또한 어느 정도 노력을 기울이면 달성할 수 있는 것이어야 한다.

기억하자. 가장 중요한 부분은 이러한 목표나 결과를 성취함으로써 가시적으로 얻어낼 수 있는 것만이 아니다. 가장 중요한 부분은 인격이 성장하고 기질적으로 유지되는 것이다. 목표 세우기를 두려워하지 말자. 헨리 데이빗 소로가 말하지 않았던가.

"꿈이 있는 방향으로 자신 있게 가라."

삶을 책임지는 사람

> 만약 삶에 지쳤다면, 하고 싶어 미칠 것 같은 열망 없이 침대에서 일어나게 될 것이다. 그런 자신에게 이뤄야 할 목표란 없다.
>
> — 루 홀츠

우리는 삶에 대한 계획보다는 휴가 계획을 세울 때 더 몰입하게 된다. 어쩌면 이것은 모험보다 도피가 더 쉽기 때문일지도 모른다. 하지만 이렇게 함으로써 삶을 총체적으로 전환할 수 있는 포인트를 놓치게 된다. 인생을 긴 안목으로 본다면, 삶으로부터 도망쳐야 한다는 느낌을 가지고 살아가는 것보다는 좋아하는 삶을 이루어내는 쪽이 훨씬 더 쉽다. 사람들은 충분히 온전한 상태에서 자신들이 싫어하는 삶으로 돌아가기 위해 휴가를 떠나거나 주말마다 술을 마신다. 슬프게도 수많은 사람이 온 생애를 이런 식으로 살아가며, 십중팔구 죽을 때 가서야 후회하게 된다.

많은 사람이 목표나 염원에 대해 생각하지 않고 살아간다. 명확한 목표를 설정하지 않는 이유도, 그것들을 써놓지 않는 이유도, 휴가 계획을 세우고 그것을 실행하듯 실천에 옮기지 않는 이유도 알 수가 없다. 하지만 이것이 '왜'의 문제는 아니다. 문제는 더 강력한 목표의 필요성이다. 우리에게 영감을 주고 도전하게 만드는 목표 말이다. 우리는 달성할 수 없으리라고 생각하는 목표를 설정할 필요가 있다.

지금 삶이 권태로운가? 한껏 긴장시키는 맹렬한 염원을 가지고 하루하루를 즐겁게 맞이하며 살지 못하고 있는가? 목표를 가지고 있지 않거나 스스로 달성하기에 벅찰 만큼의 큰 목표는 아예 생각지도 않고 있는가? 만약 이 질문들에 '예'라고 대답을 했다면, 한 가지 더 질문하고자 한다.

"삶에 더 큰 열정, 더 큰 동기부여, 더 큰 영감, 더 큰 의미를 가지고 싶지 않은가?"

돋보기로 태양빛을 모으면 강력한 열이 발생한다. 원하는 것에 증폭된 힘을 정확히 집중하듯이 목표를 설정하면, 삶의 에너지를 자신이 가고자 하는 곳으로 가게 한다. 목표는 우리가 가진 에너지를 열정과 힘, 그리고 목적을 극대화하는 데 집중시킨다.

많은 사람이 힘겹게 살아가는 이유는 자신이 삶을 이끌어가는 활기차고 창조적인 힘을 가지고 있다는 사실을 잊고 있기 때문이다. 그렇다. 좋은 일들은 기다리는 사람들에게 찾아가지만, 위대한 일들은 망설임 없이 추진하는 사람에게, 성장하고 발전하는 모습을 보여주는 사람에게 찾아간다. 자신이 어떤 단계의 삶을 살아간다 하더라도 배우고, 성장하고, 발전할 수 있는 기회는 늘 거기에 있다. 아마 이렇게 되물을 것이다.

"무엇을 성장시키고 발전시킨다는 말인가?"

답은 간단하다. 항상 성장하고 발전하는 무엇, 바로 인격이다.

우리가 자신에게 도전하고 누구인지를 발견하면 할수록, 흥미로운 삶을 창조해낼 수 있는 더 많은 것을 발견하게 된다. 고통과 상심과 좌절조차도 그것들로부터 배울 수 있다는 점에서 성장하게 하고 발전하게 하는 생래적 중요성을 가지고 있다!

이것이 바로 재능이 별로 없든, 학교를 많이 다니지 못했든, 혹은 하버드 대학교의 학위를 가진 뛰어난 천재든, 가장 명확하고 확실한 방향과 목적을 가진 사람이 가장 멀리까지 나아갈 수 있는 이유다. 결국 우리는 어떤 곳에 도달한다. 따라서 어딘가에 도달하기 전에 가고 싶은 곳을 결정해야 한다.

"어디로 가고 싶은가?"

이 질문이 익숙하지 않을 것이다. 평범한 사람이라는 것을 정당화하기 위한 변명거리로 더 이상 사회적 조건을 이용하지 말자.

우리는 무엇을 원하는가? 원하는 것을 얻으려면 걸음을 떼기 전에 무엇을 원하는지 알아야만 한다. 그리고 기억하자. 무엇인가를 원할 필요가 없다. 물질적 필요성은 우리의 시스템이 내면에 담아내는 또 다른 요구일 뿐이다. 눈에 보이는 것은 잊자. 느낌만 생각하자.

"무엇을 느끼고 싶습니까?"

이것은 항상 시작하기에 좋은 출발점이다. 이 말을 하고 나면 사람들이 우르르 내게로 몰려든다.

"내가 무엇을 원하는지 모르겠어요. 어디서 시작해야 하는지를 모르겠어요."

이럴 때 항상 하는 말은 "우리가 원하는 게 무엇인지는 진정으로 문제가 되지 않습니다"라는 것이다. 만약 새로운 시도를 하려는 용기를 가지고 있다면, 결국 자신이 찾고자 하는 것을 발견하게 될 것이다. 여기에 하나를 덧붙이고 싶다. 모두가 진정으로 원하는 것은 모험이다!

모험에 빠져드는 느낌이 들게 하는 것은 무엇인가? 살아 있음을 느끼게 하는 것은 무엇인가? 자신과 타인에게, 삶에, 환경과 조건에, 그리고 살고 있는 이 지구에 연결되어 있음을 느끼게 만드는 활동은 무엇인가? 걸음을 멈추고 "오, 정말 좋았어!" 혹은 "아, 내가 살아 있구나!" 하고 말하게 만드는 순간에 대해 생각해 보자.

궁극적으로 모두가 원하는 것은 기분 좋은 일, 명확하면서도 단순한 일이다. 이것이 돈을 원하고, 마약을 하고, 섹스를 즐기는 이유다. 기분이 좋다는 것은 살면서 왜 어떤 일들을 하는지, 그 이유를 설명해 준다. 기분을 좋게 하는 비밀은 단지 되고 싶어 하는 사람이 누구인가에 달려 있다고 한다면 믿겠는가? 그렇게 단순해질 수 있다는 것을 생각해 본 적이 없는가? 자신에게 이렇게 물어 보자.

"나는 어떤 사람이 되고 싶은가?"

우리가 원하는 유형의 사람에 대해 명확해질 때, 바로 그곳에서, 자신에 대해 가지고 있는 모든 비전을 바탕으로 인생을 시작하게 된다. 또한 그 모든 비전으로 살아가게 될 때, 자신감을 얻게 된다.

우리는 마음과 영혼을 가득 채우고 있는 사랑을 끌어오기 시작하고, 그것이 꿈들을 생동감 넘치게 펼쳐 나가도록 만든다. 그렇게 되면 마음이 성장을 가늠하게 되고, 그때 자신에게 일어나는 일들이 성취로 인식되면서 커다란 행복감을 느끼게 된다.

하지만 이러한 성공을 서구 문화가 우리를 부추겨 온 형태의 성공, 즉 가장 좋은 것을 차지하거나 경쟁에서의 승리와 혼동해서는 안 된다. 성장을 가능하게 하는 성공은 자신의 능력을 뛰어넘어 얼마나 멀리까지 나아가느냐를 의미한다.

이것은 단지 A에서 B까지 갈 때라 하더라도, 먼 길을 간다고 인식하는 '시간을 활용하는 예술'이다. 그렇게 되면 C로 가게 될 때 자신감을 가지게 되고, B로 되돌아오게 될 때도 나쁘지 않은데 결국 L로 가게 될 것이기 때문이다. 보라, 지금 Y로 가고 있으며, P로 돌아가지만 뭐 어떤가, 결국 목적지인 Z가 우리를 부르고 있다.

그리고 목적지에 도달할 때, 또다시 기꺼이 출발해야만 한다. A에서 B로, C로, D로, L로, N으로, P로 …… 이것은 인생에서 성장하고 발전하기를 원하는 한 끊임없이 돌고 돌게 되는 순환이다.

이 과정은 삶을 매우 풍요롭게 해줄 유일한 것이다. 어떤 사람들은 별로 듣고 싶어 하지 않을지도 모른다. 이런 얘기를 들으면 책을 덮어 버리고 싶을지도 모른다. 하지만 이를 받아들 수 있는 사람들이라면 스스로에게 질문해 보자.

"내가 가고 싶은 곳은 어디인가? 내가 원하는 것이 늘 먹는 그 약인가? 아니면 새로운 약인가?"

'약'이라는 것에 특별한 의미가 있는 건 아니다. 단지 자신과 세상에 대한 관점을 의미한다. 즉 무엇이 가능한지에 대한 인식, 꿈을 가지고 그 꿈을 좇게 하는 확신을 의미한다. 이것은 한계란 없다는 사실을 자각하며 살아갈 수 있는 사고방식을 말한다.

만약 늘 복용하던 것과 똑같은 약을 먹는다면, 늘 하던 것과 똑같은 일을 계속하게 될 것이다. 이것은 지금 있는 그곳에 있게 할 것이고, 실패하지 않을 것이다. 하지만 받게 될 것 역시 이미 가지고 있는 그것일 것이다. 여전히 멋진 것일 수도 있겠지만, 더 많은 것을 가질 자격이 있다. 기억하자. 우리에게는 충분한 자격이 있다는 사실을.

우리는 자신으로부터, 삶으로부터 더 많은 것을 가질 수 있다! 더 많은 성공, 더 큰 성공을! 더욱 흥미로운 것을! 더 큰 행복을! 또한 더 멋진 경험을 할 수 있고, 더 큰 즐거움을 얻을 수 있다. 사람들과의 관계, 자신이 있는 곳, 사용하는 물건들로부터 말이다.

하지만 자신과 연결되어 있지 않는 한 어떤 것도 가질 수 없다. 새로운 약은 한계가 존재하지 않는다는 사고방식 그 자체이며, 그것만이 자신에게 줄 수 있다. 도전을 극복할 수 있는 강력한 힘을 가진 사람은 자신이며, 꿈이 실현되었을 때의 자신보다 더 큰 존재라는 사실을 인식하자! 하지만 한계가 없는 사람으로 만들어 주는 신약을 복용하는 데 유일하게 요구되는 사항은 자신이 진정으로 원하는 것에 대한 인간적 책임과 정직성이다. 원하는 사람이 되고 원하는 방식의 삶을 살아가는 데 필요한 행동을 취함에 있어 책임을 져야 한다. 그런 행동들에는 책을 쓰는 일에서 새로운 사람을 만나는 것까지, 길거리에서 노숙하는 사람들에게 음식을 제공하는 일에서 자신이 목적하는 것을 기록하는 일까지 모두가 포함된다.

만약 시작할 곳이 어디인지를 모른다면, 다른 누군가를 어떻게 도울 수 있는지에 대해 생각하는 것으로 출발점을 삼아 보자. 만약 거기에서 비롯되어 단 한 명에게라도 도움을 준다면, 다른 사람을 도와

줌으로써 생기는 삶의 실제적인 가치를 확인하게 될 것이다. 이것을 인식하게 될 때, 삶은 자연스럽게 더 많은 의미를 발견하게 된다. 세상을 더 나은 곳으로 만드는 데 대해 책임감을 느끼게 된다.

책임이란 사실 무거운 짐이다! 사회는 우리를 책임으로부터 놓아 주지 않는다. 자신을 진정으로 돌보는 것이 어떤 것인지를 가르쳐 주지 않는다. 전쟁을 치르고, 지구를 파괴하고, 서로를 공격한다.

하지만 삶에 대해 져야 할 책임감이 결여되어 있기 때문에 문화적으로 책임지지 않는 세계를 비난할 수가 없다. 자신에게 새로운 이야기를 들려줄 필요가 있다. 여기서 한 걸음 더 나아가 자신과 타인을 기분 좋게 만드는 것들을 찾아내야만 한다. 우리는 되고자 하는 사람이 되어야 한다. 미래의 어느 날에 그렇게 되리라고 희망하는 것만으론 안 된다.

건강한 음식을 먹어야 하고, 지구와 상생해야 하며, 필요한 것을 가져야 하고, 올바른 선택을 위해 마음이 인식하는 것을 만들어야 한다. 이것이 바로 되고자 원하는 사람을 선택하는 이유고, 고결한 삶을 살아가는 이유다. 이것은 너무도 중요한 사실이다.

평생 동안 이런 선택들을 회피하며 살아간다. 하루에도 몇 시간씩 시트콤과 리얼리티 쇼와 페이스북에 빠져 살아간다. 마약을 하고, 가공식품을 먹고, 설탕과 달콤한 과자를 섭취하며, 필요하지도 않은 것들을 구입하고, 진정으로 존중하지도 않는 사람과 섹스를 하고, 그다지 보고 싶지 않은 사람들을 만나고 어울리며 시간을 보낸다. 그런 곳에 존재하는 것은 풍성한 혼란뿐이다. 이 목록들은 지워지지 않은 채 평생 계속될 수도 있다. 나는 오히려 이 목록이 더 불어날 거라고 생각한다. 중요한 것은 자신이 하는 일을 인식하는 것이다. 스스로에게 물어 보자.

"네가 진정으로 원하는 것이 이것인가?"

무엇을 원하는지를 아는 일은 쉽지 않을 수도 있다. 우리가 만들어 온 세상은 모든 사람이 원하는 것을 자신도 원하도록 유도했다. "삶이란 게 다 그래, 그냥 그러다 죽는 거지"라는 믿음이 팽만해 있는 세상을 만들어 왔다. 다시 말하지만, 삶을 책임질 수 있는 사람은 오직 자신뿐이다.

자신이 가고자 원하는 곳은 어디인가? 답해 보자. 이 물음에 대한 답이 그곳으로 가게 하는 동력이 될 것이다. 왜냐하면 그 동력을 만들어낼 사람은 나이니까.

목표에 다가가는 연습

잭 캔필드는 자신의 책 『성공의 원리』에서 다음과 같이 써 보라고 요구했다.

- 내가 되고 싶은 것 서른 가지
- 내가 가지고 싶은 것 서른 가지
- 내가 하고 싶은 것 서른 가지

한 번 써 보자. 아마도 쉽지는 않을 것이다. 쓰는 동안 펜이 더 이상 움직이지 않을 수도 있다. 하지만 계속 써 보자. 이때 목표를 명확하게 설정해야 한다는 사실을 기억하자. 다른 사람이 보아도 무엇인지를 알 수 있어야 한다.

다 썼으면, 다시 써놓은 곳으로 돌아가 각 목표들 옆에 표시를 해두자. 즉 진정으로 마음에 드는 것들 옆에 별표를 한다. 그런 다음, 무엇보다 먼저 그 일들이 실제로 일어나는 시간이 얼마나 걸리는지에 집중하자. 또한 가장 마음에 드는 목표를 실천하는 좋은 방법을 써서 벽에다 붙여놓자. 그러고는 적어도 일주일에 한 번씩 써놓은 그것을 읽으면서 상기해 보자.

별표를 달아놓은 목표들은 자신이 의식하는 목표들이다. 나머지 목표들은 언젠가 드러날 때까지 잠재의식에 넣어 두자. 하지만 너무 오래 기다리지는 말자. 의식적인 목표 하나를 성취하게 되면 그것을 목록에서 지운 다음 잠재의식에 넣어 둔 목표 하나를 찾아보자.

그리고 그것을 앞으로 끌어내 보자. 각각의 목표가 의식에 떠오를 수 있게 지속적으로 행동하도록 지원하자. 모든 목표가 달성될 때까지 이 과정을 계속해 보자. 그리고 자신이 만족할 때마다, 그리고 새로운 갈망이 내면에서 불타오를 때마다, 새로운 목표들을 계속 더해 나아가자.

상상을 현실로 옮기는 첫 단계

종이나 일기장을 꺼내놓고 다음 질문에 답을 적어 보자.

"만약 이상적인 인생, 내가 꿈꾸는 인생을 살고 있다면, 지금부터 일 년 동안 무슨 일이 일어날 것 같은가?"

무슨 말을 쓰던 상관하지 말고, 남김없이 모두 쓸 때까지 멈추지 말자.

이 연습은 상상을 현실로 옮기는 첫 번째 단계다. 꿈들이 자신의 삶을 만들어낼 수 있을 때, 삶이 꿈들을 만들도록 놓아 두는 이유는 무엇일까? 만약 꿈들이 자신의 삶을 만들도록 허용한다면, 삶은 더 큰 의미를 가지게 되기 때문이다. 우리는 자신에게 무슨 일이 일어나는지를 그저 지켜보는 대신 일어나는 일들을 창조하도록 도와줄 것이다. 이제 다이어트에 성공하거나, 돈을 벌거나, 더욱 충만한 삶을 살고 싶다는 막연한 '생각'을 멈추어야 한다. 원하기만 하지 말고 지금 당장 그것을 실천하도록 하자. 삶을 만드는 데 뛰어들어야 한다.

기적을 일으키는 기록의 힘

늘 확고한 목표나 자신이 원하는 바에 대한 명확한 그림 혹은 이상을 가진 사람은 끊임없는 반복을 통해 그것들을 자신의 잠재의식 안에 깊이 각인하게 되고, 그것으로 인해 생겨나는 지속적인 힘 덕분에 최소한의 시간과 최소한의 물리적 노력으로도 목표를 실현할 수가 있다. 쉬지 말고 생각을 좇아가도록 하라. 그러면 하나씩 하나씩 성취할 수 있을 것이고, 결국 자신의 능력과 힘이 최종적인 목표로 나아가게 할 것이다.

– 클로드 브리스톨

잠재의식을 프로그래밍하도록 허락하고 싶은 것들을 써 보자. 심리학자들이 전하는 바에 의하면 삶의 95퍼센트는 잠재의식이 지배한다. 우리가 의식하지 못하는 사이에 굉장히 많은 일이 진행된다는 의미다. 다시 말해, 삶은 자동 조타장치에 의해 움직인다. 삶은 우리의 기억에 저장된 정보로부터 만들어진다.

이것이 바로 꿈과 목표를 적는 중요한 이유다. 뭔가를 적을 때, 그것은 잠재의식에 저장되고 곧바로 기억으로 가게 된다. 적는 동안 두눈이 그것을 보고, 근육이 철자들을 만들고 단어들을 써 나간다. 마음은 그 생각을 하며 흥분을 일으키고, 써 내려간 목표에 대한 감정이 상상에 각인된다.

연구에 의하면, 기록하는 정보의 약 80퍼센트를 기억하고, 기록하지 않는 것은 고작 8퍼센트만 기억한다. 결국 우리가 열망하는 것을 기록으로 남길 경우 실현될 수밖에 없다는 결론은 매우 합리적이다.

만약 기록하지 않는다면 잊어버리게 될 것이고, 잊게 된다면 거기에 충분히 집중하지 못하게 될 것이고, 집중하지 못한다면 잠재의식의 도움을 받는 건 불가능한 일이다. 현실화하기엔 명확하지도 않고 충분히 강력하지도 않기 때문이다. 반대로, 기록할 경우 그 정보를 더 잘 기억한다는 점에서 만약 꿈들을 일단 종이에 적을 수만 있다면 마음은 자신이 무엇을 원하는지를 알게 되고 그것을 현실화하는 데 도움을 줄 수 있다.

잭 캔필드와의 관계에 대한 이야기는 하나의 완벽한 사례가 된다. 얼마나 많은 소망이 열을 지어 서 있었는가. 실현되기를 기다리며 잠재의식의 단계로 스며들고 있는 목표들이 얼마나 많았는가. 나는 잭 캔필드를 만나기 몇 달 전에 그것들을 적었다. 내 잠재의식은 곧 현실화하기 시작했다. 그런 다음, 실제로 그날 밤이 왔을 때, 나는 행동으로 옮기기 전에 나 자신을 소개하는 장면을 수없이 반복했다.

한두 번으로는 행동으로 옮기기에 충분할 만큼 강하지 못하다고 생각했기 때문이다. 그리고 마침내 행동으로 옮기기에 충분할 만큼 강하다는 느낌이 왔을 때, 나는 자리에서 일어났다. 웨이터가 캔필드 부부를 위해 식사 준비를 하려고 내 뒤에 서 있을 거라는 생각은 전혀 하지 못했다. 웨이터가 음식들을 세팅해야 할 10분 동안 내가 캔필드 부부와 얘기를 나누고 있었다는 사실 또한 나는 전혀 의식하지 못했다. 무엇보다 내가 전혀 알지 못한 것은 홀 전체가 처음엔 만석이었는데, 나중에 잭 캔필드의 테이블에 예약되어 있던 사람이 식사를 하지 않고 일찍 집으로 가서 그의 오른쪽 옆자리가 비어 있게 된 사실이었다.

웨이터가 음식을 내려놓고 시중을 들 때까지 자리가 비어 있다는 사실을 전혀 알지 못했다. 그리고 웨이터 역시 그 자리에 앉을 사람이 없어서 음식을 세팅할 필요가 없다는 사실을 전혀 알지 못했다. 잭 캔필드만이 그 사실을 알고 있었고, 그래서 내게 함께 식사를 하지 않겠냐고 물었던 것이다.

누가 이런 완벽한 시나리오를 생각할 수 있었을까? 적어도 나는 아니다. 그건 너무도 완벽했다. 나는 10분 일찍 그곳으로 걸어가긴 했지만 그와 얘기를 나눌 기회가 생길 것 같지 않았다. 만약 10분 늦게 그의 테이블로 갔다면 무슨 일이 일어났을까? 아마도 웨이터는 서빙을 하며 빈 자리가 생겼다는 사실을 알게 됐을 것이고, 그랬다면 나는 잭 캔필드와 식사할 기회를 갖지 못했을 것이다.

나는 어떻게 이 모든 일들이 일어났는지, 내 잠재의식이 어떻게 작동되었는지 알 수 없다. 하지만 잠재의식이 나를 도와줄 수 있었던 유일한 상황이라는 사실은 명백하다. 왜냐하면 나는 원하는 것들을 의식하면서 글로 썼고, 그것이 가능할 거라고 믿었기 때문이다. 원하는 바를 쓰고 그것이 이루어질 것이라는 믿음이 이런 놀라운 경험이 일어나도록 해주었다.

내게 특별한 것은 하나도 없으며, 이런 과정에 특별한 것 또한 하나도 없다. 내가 아는 건 그저 잠재의식 프로그래밍이 작동했다는 사실이다. 자신이 원하는 것을 써 보라고 적극 권한다. 그리고 기회가 모습을 드러낼 때, 행동으로 옮겨 보자.

잠재의식을 프로그래밍하는 열 가지 방법

다음은 잭 캔필드가 추천하는, 잠재의식을 프로그래밍하는 열 가지 방법이다.

1_ 자신의 패스워드를 (이메일, 전화번호, 도어록, SNS를 비롯해 가지고 있는 모든 패스워드를), 누르거나 쓸 때마다 긍정적인 스파크가 일어날 수 있는 것으로 바꾸자.

2_ 자신의 방을 점검하고 그 안에 있는 모든 것을 바라보자. 포스

터, 그림, 시트, 벽지, 양탄자, 책들까지. 부정적 에너지를 일으킨다고 생각되는 것이면 무엇이든 없애버린다. 그런 다음 긍정적 에너지를 일으키는 것으로 대체하자. 좋은 기분을 가져다주는 양초, 포스터, 그림들을 구입하자. 자신이 좋아하는 색깔에 둘러싸이도록 하자. 만약 새로운 것을 구입할 돈이 부족하다 해도 걱정하지 말자. 자신이 직접 긍정적 이미지들을 그릴 수도 있고, 그런 장식들을 만들 수도 있으며, 주위에 있는 물건들을 활용할 수도 있다. 자신에게 힘을 불어넣어 줄 수 있도록 방을 꾸미자. 스스로 재충전하고 비전을 정돈하는 것으로 힘을 얻을 수 있다. 영감이 가득한 것들로 자신을 감싸고, 꿈들과 연결되어 있다고 느끼자.

3_ 지금 집을 둘러보고 위와 같이 해보자. 소파가 맘에 들지 않는가? 원치 않는 탁자가 있는가? 카펫이 지저분한가? 벽에 걸린 그림이 그다지 좋은 느낌을 주지 않는가? 싫다면 당장 걸어 버리고 다른 것들로 교체한다. (차라리 그 자리에 신선한 꽃을 갖다 놓는 게 낫다!)

4_ 벽장문을 열고 집을 둘러보며 위에서 한 것과 똑같이 해보자. 이번엔 옷들이 문제가 될 것이다. 옷들이 자신의 에너지와 맞는가? 좋아하는 옷들만 남겨두고 나머지는 버린다.

5_ 컴퓨터를 켜고 스크린세이버를 살펴보자. 긍정적인 느낌을 주는 이미지로 바꾼다.

6_ 긍정적 상상을 이끌어내지 못하는 가사가 들어간 노래는 듣지 말자. 기분이 좋아지는 음악을 듣는다.

7_ 영감을 주지 못하고 교육적이지 않으며 용기를 북돋우지 않는 책, 기사, 잡지, 신문을 읽지 말자. 마음을 가라앉히는 것보다는 고양하는 뉴스들을 찾아서 듣거나 본다.

8_ 전화기의 벨소리, 시계의 알람도 좋아하는 소리로 선택하자. 긍정적인 파장을 일으키는 소리로 하루를 시작하고, 그런 파장을 받으며 전화를 받는 것은 매우 중요한 일이다.

9_ 화이트보드를 하나 구입해서 거기에 자신의 비전들을 기록해두자. 그것을 사진이나 잡지에서 오려낸 것들을 붙이는 곳으로 활용하고, 자신에게 필요한 긍정적 아이디어가 생각나면 써놓는 '비전보드'로 사용한다. 거기에 비전들을 적어놓고 아침마다 확인한다. 신경이 곤두서 있거나 스트레스를 받으며 일어날 때도 이들 긍정적 이미지들이 잠재의식에 스며들어 마법을 일으키게 될 것이다.

10_ 욕실 거울에 영감을 불러일으키는 문구들을 적어놓자. 이를 닦거나 세수를 할 때마다 영감이 쌓이게 될 것이다.

6

우리는
스스로
선택했다

책임을 진다는 것은 자신의 용기가 가리키는 방향과

신호를 따라간다는 것을 의미한다.

가장 강력하게 내뿜는 신호를 놓치지 말자.

그리고 생각들이 자신에게 하지 말라고 하더라도

용기가 가리킨 그 신호에

주의를 기울여야 한다.

만일 자신에게 어려운 난관을 안겨준 사람을 걷어찰 수 있다면,
그 이후로 더는 무기력하게 앉아 있지만은 않을 것이다.

— 시어도어 루즈벨트

"우리 아빠는 나를 때려."

절친한 친구가 자기 아버지와의 관계에 대해 말했다.

"내가 자고 있을 때도 때려. 그러고는 아침에 일어나면 뭐라는지 아니? '내가 취했었나봐.' 이 한마디가 다야. 내가 전부 A를 받아도 엄마 아빠는 날 둔한 놈이라고 해."

나는 친한 친구가 털어놓은 사정을 듣고 충격에 빠졌다. 그의 부모는 거의 매일 그에게 폭력을 행사할 만큼 심각한 알코올중독자였다. 그들은 그를 육체적으로 그리고 정서적으로 학대하고 있었다. 그의 부모는 시험에서 B학점만 받아도 그를 때리곤 했다. 결국 그는 열일곱 살이 되자 집을 떠나기로 결심했다. 부모와 사느니 차라리 노숙자가

되는 게 낫다고 생각한 것이다. 친구는 부모처럼 알코올중독자가 될 수도 있었고, 자신을 그렇게 만든 부모를 비난하면서 삶을 낭비하며 살아갈 수도 있었다.

하지만 그는 그런 길을 택하지 않았다. 어떤 삶을 택해야 하는지 알고 있었던 것이다. 그는 어떤 큰 고통이 따르더라도 감정에 휘둘리지 않아야 한다는 사실을 알고 있었다. 가슴과 머리에서 부모를 지워 버렸다. 친구는 그들에게 말해야 할 필요가 없으며 더 이상 부모를 볼 필요가 없다는 사실을 알고 있었다.

그리고 노숙자로 지내며 '사업'을 시작했다. 스물한 살이 된 해에 그는 수십 만 달러의 수입을 올렸다. 그는 어떻게 지금의 자신이 되었는지를 다음과 같이 설명했다.

"돈 벌 생각은 하지 않고 부모를 비난하는 소리만 늘어놓을 수도 있었을 거야. 어쨌든 그렇게 하는 대신 난 밤이면 길바닥에서 네 시간 정도 자고 하루에 열여덟 시간을 일했어. 일 년 내내 그렇게 살았어. 그리고 이제 난 내가 사랑하는 인생을 살고 있고, 지나간 날들을 차분하게 되돌아볼 수가 있게 됐지. 부모란 존재에 대해서도 알게 됐어. 내가 내 인생을 어떻게 살아야 하는지에 대해 부모는 책임이 없어. 그 책임은 오직 내가 지는 거지. 내가 원하는 건 오직 나만이 선택할 수 있을 뿐이니까."

내가 그의 얘기를 책에다 쓰고 싶다고 하자, 친구는 책에 쓰는 건 괜찮지만 이름은 사용하지 말라고 했다. 그는 자신의 과거를 미래로 연결시키고 싶어 하지 않았다. 그는 직접 문제를 찾아내고, 좋아하는 것을 발견하면서 자신의 삶을 바꾸었다.

놀랍게도 그의 이야기는 2008년 하버드 대학교 졸업식에서 〈해리 포터〉 시리즈의 작가 조앤 롤링이 한 연설과 완벽하게 일치한다.

"자신을 잘못된 방향으로 이끌어 간다는 이유로 부모를 비난하는 일은 이제 끝내야 합니다. 우리는 스스로 인생의 운전대를 잡기에 충분할 만큼 나이를 먹었으며, 자기 자신을 책임져야 할 때가 온 겁니다."

때로 이런 얘기를 받아들이기는 쉽지 않다. 부모를 비난할 수 없다면, 누구를 비난할 것인가? 친구를, 유전자를? 아니다. 그 누구도 아니다. 어떤 것도 비난할 수 없다.

우리는 스스로 선택해 왔다. 지금 있는 이곳에 있도록 나 자신을 허락했다. 한 만큼(혹은 하지 않은 만큼)의 자신이 되어 있으며, 건강을 돌본 만큼(혹은 돌보지 않은 만큼)의 자신이 되어 있으며, 공부한 만큼(혹은 공부하지 않은 만큼)의 지혜를 가지고 있으며, 자신에 대해 좋게 느끼는 만큼(혹은 좋지 않게 느끼는 만큼)의 자신이며, 돈을 벌거나 받는 만큼(혹은 벌지 못하거나 받지 못하는 만큼)의 수입을 가진 자신이 되어 있다. 인생을 책임지는 것은 자신이며, 그 책임은 자신의 삶 전체에 걸쳐 있다.

누군가는 이렇게 말할 수도 있다.

"하지만 이미 있었던 일에 대해서는 어떻게 하지?"

혹은, "그들이 나에게 했던 행동은?"

누군가가 자신에게 뭔가를 했을 수도 있고, 뭔가가 일어났을 수도 있다. 하지만 싫다면 선택은 나의 몫이고 책임도 나의 몫이다. 계속 그렇게 가든지, 다른 선택을 하든지, 인생을 바꾸든지, 그건 전적으로 자신의 책임이다.

사람들이 기꺼이 책임을 지려고 할 때는 일이 잘 풀려 나갈 때뿐이다. 하지만 일이 잘 풀려 나갈 때는 신념 체계가 강화되는 일은 일어나지 않는다.

무슨 일이 있어도 책임을 지겠다는 태도만이 자신의 신념 체계를 강화시킨다. 특히, 일이 잘 풀리지 않을 때에 책임을 지려는 태도는 자신의 신념을 더 깊이 강화시킨다. 이럴 때라야 변화를 이룰 수 있고, 삶이 진보하는 방향으로 나갈 수 있다.

선택할 수 있는 두 가지 삶

희생자를 자처하는 태도는 우리의 잠재력을 약화시킨다.
우리가 처한 조건이나 환경에 대해 책임을 지려고 하지 않는다면,
상황을 변화시킬 수 있는 힘은 크게 약화될 뿐이다.

– 스티브 매러볼

책임감은 목적을 지향하며 살아가는 삶에 필수 조건이다. 자신이 상상해 온 삶을 살아가는 데 있어 자신이 책임을 지지 않는다면 누가 질 것인가? 부모가, 학교가, 친구가, 낯선 사람이 책임을 질 수는 없는 일이다.

인생은 자신의 것이며, 자신이 만드는 것이다. 자신이 그리는 상상의 문을 드나들 수 있는 유일한 사람도 자신이며, 꿈을 실현시켜 줄 수 있는 유일한 사람도 바로 자신이다.

꿈이 잘못된 방향으로 나아간다면, 자신을 제외한 누구의 잘못도 아니다. 그렇다. 불가능한 꿈을 꾸고 있다고 누군가 말해 주었다거나 꿈을 이루려고 노력을 기울일 때 누군가 도와주지 않았다고 해서 이 사실이 바뀌지는 않는다. 꿈이 지닌 힘을 압도하는 그 누군가의 말을 믿고 거기에 따른 건 나 자신이다. 자신의 삶을 바탕으로 뭔가를 하도록 선택한 사람도 바로 자신이다. 만약 가족이나 과거를 인생의 결점이라고 비난하는 길을 택한다면, 그래서 해야 할 것을 함에 있어 압박감을 느낀다고 모든 사람에게 떠벌린다면, 혹은 그 삶이 자신을 위축시켰다고 느낀다면, 결국 그건 자신에게 손해가 될 뿐이다. 원하지 않는 일에는 "노!"라고 말할 수 있을 만큼 강해질 책임이 자신에게 있다는 것, 이것이 진실이다. 삶에 무엇이 가능한지에 대해, 새로운 이야기를 들려줄 책임이 있다. 긍정적인 것에 집중하고, 기분 좋아지는 것에 집중하고, 자신을 사랑하는 데에 집중할 책임은 자신에게 있다. 모든 것을 암울해 하고 할 수 없을 거라고 걱정하는 것보다는 이렇게 하는 것이 심리적으로 더 큰 생산성을 가져다준다.

결국, 우리는 개개인의 삶을 결정하는 생각, 신념, 반응, 행위, 그리고 나태함까지 모두 자신의 책임으로 받아들여야만 한다. 이런 건 엄마나 아빠의 잘못이 아니다. "최악의 부모였다"고 사람들이 입을 모은다고 해도 그렇다. 또한 환경이나 조건을 탓할 수도 없다. 우리가 가진 '카드'는 우리가 인생을 살아가는 한 당연히 주어진 것이다. 앞서 얘기한 내 친구처럼 말이다. 형편없는 상태에서 엉망인 시나리오를 가지고 있었지만 자신의 꿈을 이루어낸 사람들의 사례는 헤아릴 수 없이 많다.

책임을 회피하지 말고 긍정적인 태도를 유지해야 한다. 그렇게 나아가고, 용서하고, 성장해야 한다. 미국의 기업가이며 작가이며 동기부여 강사인 짐 론Jim Rohn이 한 말이 있다.

"인생이 쉬워지기를 바라지 말고, 더 나아지기를 희망하라."

더 나은 인생이 되도록 하자! 결국 삶에는 두 가지 선택만이 있다. 지금에 안주해 자신이 싫어하는 삶에 파묻혀 살아가거나, 책임을 통감하고 사태를 바꿈으로써 자신이 사랑하는 인생을 살아가거나.

책임을 진다는 의미

> 그 사람이 최종적으로 어떤 사람이 될 것인가는
> 전적으로 그 사람 자신에게 달려 있다.
>
> – 안네 프랑크

자신이 한 행동들에 책임을 지지 않으면 스트레스를 받고 심리적으로 위축된다. 실수와 약점을 인정할 때 오히려 삶이 더 나아지는 법이다. 책임을 지는 태도는 자신을 사랑하는 행위다. 우리들 대부분은 무슨 일을 저지르고 나서야 깨닫고 가책하게 되며, 때로는 책임감을 피하기 위해 몸을 웅크린다.

이런 일이 있을 때마다, 우리가 찾으려는 의미와 목적에서 지속적인 진보를 이루어야 한다는 사실을 망각하게 된다. 자신의 삶에 스스로 책임지는 모습을 보여야 하는 이유가 여기에 있다. 언젠가는 몸이

축 늘어질 만큼 피곤할 때조차 침대에서 빠져나오는 것이 성스러운 일을 행하는 것처럼 느껴질 것이다. 이것이 바로 우리를 더 큰 행복, 자신감, 성공, 평화로 이끌어 간다.

그렇다고 목적을 지향하는 삶 그 자체가 최종 도달해야 할 목적지는 아니다. 목적을 지향하는 삶은 삶이라는 철로 위를 달리는 기차여행이다. 때로 기차는 철로를 이탈하기도 한다. 너무도 급하게 몰았거나, 반대로 꼭 해야 할 일을 게을리해서 혼란에 빠져 버리기 때문이다. 자신의 속도에 맞추어 진정으로 하고자 하는 것을 적절하게 하지 못하고 살아갈 때, 후회와 분노에 빠져들고 그것이 결국 기차를 전복시켜 버린다. 기차를 철로 위로 계속 움직이도록 하기 위해서는 자신이 의도하는 대로 움직이고 있는지를 지속적으로 점검해야 한다. 자신에게 물어 보자.

"가장 살고 싶은 삶을 살아가기 위해 '하길 원하고, 해야 할 필요가 있는 일'을 지금 하고 있는가? 나는 진정으로 살아 있다는 느낌이 들 만큼 삶에 헌신하는가?"

이 질문은 지금이 하는 일을 멈추어야 할 때인지, 시작할 때인지, 혹은 끝내야 할 시간인지를 가늠하는 데 도움을 준다. 내면의 지혜에 귀를 기울이는 것은 삶의 질을 향상시키고 사회를 더 나은 곳으로 만드는 데 도움을 줄 것이다.

해야 한다는 것을 알면서도 일을 미룰 때, 그 행위가 평범한 것이든 흥미로운 것이든 상관없이, 늘 스트레스와 긴장감을 불러오기 마련이다. 때로 느낌은 즉각적으로 나타나지만, 때로는 지연되기도 한다. 하지만 늘 남는 것은 반드시 했어야 할 일을 하지 않을 때 느끼게 되는 좌절감이다. 자신이 하고 싶거나 할 필요가 있는 일에 대해 미적거리는 시간이 길어질수록, 자존감은 더욱 떨어지게 된다. 이 책을 쓰는 동안, 나는 이 책은 반드시 쓰여야 하며 출간되어야 한다는 사실을 인지하고 있었다. 개인적으로 책을 직접 편집하는 것보다는 원고를 쓰고 이야기를 창작해내는 일을 즐긴다. 하지만 내가 상상하고 창작해낸 콘텐츠가 책 편집에 제대로 반영되지 않았다는 느낌이 들면, 늘 좌절에 빠진다.

우리는 가장 중요한 원리에 입각해 행동함으로써 내면의 불만과 충돌을 피할 수 있다. 만약 그렇게 하지 않는다면, 자신에게 이렇게 말하게 될 것이다. 꿈은 중요하지 않다고. 삶에서 그다지 큰 의미는 찾지 못할 거라고. 이 메시지는 자신을 위하든 다른 누군가를 위하든 더나은 삶을 만들어 주게 될 뭔가 중요한 일들이 있음을 암시한다. 하지만 이것을 너무도 쉽게 무시해 버린다. 이것이야말로 자신이 저지르는 최악의 '자기 파괴적 행위'들 중 하나다. 이것은 삶의 모든 영역에 적용될 수 있다. 건강, 음식의 선택, 사업, 인간관계, 가정문제, 자존심, 개인적인 성장까지. 지루할 거라고 생각하거나 혹은 거절할까봐 두려워서 데이트 신청을 하지 않아 만남 자체를 갖지 않는다면, 실패의 무대에 올라갈 일도 없겠지만 성공의 무대에 올라설 일도 없다.

책임을 진다는 것은 자신의 용기가 가리키는 방향과 신호를 따라간다는 것을 의미한다. 가장 강력하게 내뿜는 신호를 놓치지 말자. 그리고 머릿속에서 자신에게 하지 말라고 하더라도 용기가 가리킨 그 신호에 주의를 기울여야 한다. 느낌에 귀를 기울이고, 거기에 따라야 한다.

배우며 성장하는 존재

> 누구도 타인을 구제할 수 없다는 사실을 아는가? 단지 자신만을 구제할
> 수 있을 뿐이다. 우리는 이 사실을 잘 알고 있다. 그렇지 않은가?
>
> — 캐리 존스, 『욕망』 중에서

절친한 친구 중 한 명은 나를 '제이크Jake'라는 이름 대신 '플레이크Flake(괴짜)'라고 부르곤 했다. 녀석이 나를 그렇게 부를 때는 내가 무엇을 할 거라고 해놓고는 그걸 하지 않을 때다. 가령 세차를 할 거라고 말하고는 세차를 하지 않을 때 같은. 하지만 나는 그 말이 싫지가 않다. 나를 그렇게 부를 때 그의 마음이 편안하게 느껴지기 때문이다. 나는 그를 존중하고, 그가 하는 말들을 허투루 흘려보내지 않는다.

사람들은 저마다 다양한 면모를 가지고 있다. 어떤 면들은 그리 이상적이지 않다. 내게 괴짜 같은 면이 있듯이. 그런 부분은 무질서하다. 나는 어떻게 하면 더 많은 책임을 짊어질 수 있는지를 가르쳐 주는 책들을 읽어 왔다. 하지만 제대로 질서를 잡아 주는 명확한 공식이 있는지는 확신할 수가 없다. 내 자동차는 종종 극도로 지저분해서, 해야 할 일의 목록을 작성할 때 세차를 하겠다는 항목을 집어넣었을 때조차 차는 여전히 지저분한 채로 있으며, 세차를 해야겠다는 사실을 인지할 때조차도 그렇게 하지 못할 때가 있다. 그럴 때면 늘 내 자신에게 좌절하고, 때로는 스스로에게 투덜거린다. 나 자신을 존중하지 못할 때, 내가 싫어진다. 또한 나를 둘러싸고 있는 상황에 스

트레스를 일으킨다. 이것이 바로 삶의 모든 측면에 스스로 책임을 져야하는 이유다. 일상적이고 평범한 일조차도 예외는 없다. 해야 할 일을 하지 않아서 자신이 싫어질 때는 내가 잘할 수 있는 것을 생각하며 최대한 긍정적인 면에 집중하려고 애쓴다. 나는 빈틈없는 사람이지만, 늘 그것을 까먹는다. 충분히 젊지만 그만큼 미숙하다.

첫 책 『바람 속으로』를 판매하기 시작했을 때, 동영상 시리즈를 만들었다. 대본을 직접 썼고, 영상으로 만드는 데 비용을 지불했으며, 멋지게 제작이 이루어졌다. 동영상 하나를 만드는 데 꽤 많은 시간과 돈을 들였다. 스스로 매우 자랑스러웠다. 별도로 홍보 담당자를 두고 파워 블로그 사이트에 노출시켰다. 동영상을 공유해 준 파워 블로거들이 정말로 고마웠다. 행복했다. 그런데 가장 큰 블로그가 내 동영상을 받아들이지 않았다. 그들은 "우리 스타일이 아니다"라고 딱 잘라 말했다.

홍보 담당자가 그 블로그의 대표가 보낸 거절의 이메일을 보여주면서, 나를 질투해서 그러는 거라고 했다. 그 대표는 내 동영상이 잘 만들어졌고, 블로그에 노출되어 있는 다른 콘텐츠들과 다름없이 영감으로 가득한 의도로 만들어졌다는 것을 알고 있었다. 그렇지만 받아들이지 않은 것이다. 기분이 몹시 상했다. 그래서 블로그 대표에게 전화를 해서 만약 내 동영상을 업계의 다른 사람이 만들었다면 분명히 받아들였을 거라고 언성을 높였다. 그러고는 내 말을 증명해 줄 사람으로 두 명의 이름을 거론했다. 그런데 나는 동기부여 강사 레스 브라운이 한 말을 잊고 있었다.

"자신이 건너야 할 다리를 불태우지 말라. 또 다른 날이 있지 않는

가. 그들의 부모를 언급하는 짓 따위는 하지 마라 ……."

나는 그 상황에서 거기까지는 생각하지 못한 것이다. 홍보 담당자는 그런 내게 화를 쏟아냈다. 비즈니스를 할 때 누군가에게 흥분하는 게 결코 좋은 일이 아니란 사실을 자각한 최초의 순간이었다. 그때 나 자신에게 정말로 언짢았다. 하지만 우리는 배우며 성장하는 존재라는 것, 때로는 자신을 비웃을 수도 있다는 사실을 깨달았다.

결국, 사소한 일이라도 자신을 실망시키고 좌절에 빠뜨릴 수 있다. 하지만 여전히 내가 잘하는 일, 책을 쓰고, 원대한 목표에 도달하는 것 같은 일에는 자부심을 가지고 있다. 그리고 실수할 때, 그러한 자부심은 나를 지키는 에너지로 사용한다.

자신에게 물어 보자.

"목표에 도달한다는 것은 내게 어느 정도의 의미인가?"

만약 "많이" 혹은 "전부"라는 대답이 나왔다면, 목표에 도달해야만 하며, 어떤 변명으로도 정당화할 수 없다.

만약 뭔가가 얼마나 중요한지 정할 수 없다면, 그것이 없는 상태의 미래를 그려볼 필요가 있다. 만약 미래를 생각하기 싫다면, 책임을 지는 방식으로 미래를 바꿔 보자. 하지만 "목표에 도달하는 것은 얼마 만큼의 의미가 있는가?"라는 질문에 "그다지 없다"라는 답을 했다면, 새로운 목표나 꿈을 가지거나 삶에 의미를 부여할 수 있는 일에 집중하라고 권하고 싶다. "전부"라고 대답할 수 있는 그 일에 말이다. 자신에게 의미를 주는 일을 하도록 하자. 우리는 목적을 달성할 때 얻는 행복감이 오직 자신에게 달려 있다는 사실을 잘 알고 있다. 이것이 바로 자신에게 의미를 부여할 수 있는 일을 해야 하는 이유다.

책임감 갖기 연습 세 가지

1_ 해야 한다고 알고 있는 것들에 대해 책임을 지지 않으려 할 때 삶이 어떤 모습을 하고 있을지 몇 분 동안 눈앞에 그려 보자. 삶은 어떤 모습을 하고 있을까? 어떤 느낌이 들까? 더 나은 인생을 만들기 위해 더 많은 것을 할 수 있었는데 그렇게 하지 못한 자신에 대해 어떤 느낌이 들까?

2_ 이런 삶이라도 괜찮다면 그렇게 하자. 그렇지 않다면 무언가 더 노력하자.

3_ 지금의 삶과는 다른 무엇인가를 하고 싶다면, 오늘 끝마쳤어야 했을 일을 할 필요가 있다. 더 이상 미루지 말자. 원하는 삶을 살고 싶다면, 적어도 어디로 가야 더 나은 삶을 살 수 있을지는 생각해야 한다.

잊지 말자. 어떤 삶이 자신을 주도적인 사람으로 만드는지를. 전적으로 책임지는 삶을 살아야 한다.

감사하기 연습

찾아온 모든 좋은 것에 감사하는 습관을 기르자. 그리고 끊임없이 고맙다고 말하자. 모든 것이 자신의 발전에 기여한다. 그렇기 때문에 모든 것에 감사해야만 한다.

– 랠프 왈도 에머슨

실패하게 될 때, 흔히 가지고 있지 않은 것에 집중하고 가지고 있는 것에 대해선 잊어버린다. 이것이 좋은 전략일 리 없다. 만약 무엇에 감사하는 마음을 전혀 갖지 않는다면, 실패한 뒤에 다시 시도하기도 거의 불가능하다. 조앤 롤링의 경우는 이와 정반대였다. 밑바닥까지 떨어진 뒤에 더 강해져서 돌아왔다. 그녀는 여전히 꿈과 딸과 타자기에 집중함으로써 자신을 더 높이 고양시켰다. 환경과 조건은 그녀에게 실패를 극복하게 하는 힘을 가져다주었다.

실패했다고 느껴지고 하고 싶은 일을 이뤄낼 수 없다는 느낌이 들 때, 살면서 고마움을 느꼈던 10~15개의 목록을 작성해 보자. 그런 다음, 크게 그것을 읽어 보자. 그리고 느낌이 어떻게 달려졌는지 확인해 보자.

스스로 통제할 수 있는 세 가지

책임을 진다는 것은 아름다운 일이다.
그것은 우리에게 운명을 완벽하게 통제하는 법을 알려주기 때문이다.

– 히더 셔크, 『일하는 엄마의 선언문』 중에서

비난은 멈춰야 한다. 비난하기를 포기하자. 자신이 한 행동에 74퍼센트도 아니고 99퍼센트도 아닌, 100퍼센트 책임을 지자. 책임을 질 때는 상황이 좋든, 나쁘든 가리지 말자. 자신의 인생이라면 어느 때든 책임을 지도록 하자.

잭 캔필드는 말했다.

"일어나는 모든 나쁜 일들을, 자신이 만들었거나, 허락했다고 생각하고 행동하라. 이것이 그대가 지닌 힘이다. 자신이 만약 그것을 만들었다면 원하는 방식으로 또다시 만들 수 있을 것이기 때문이다. 만약 그것을 허락했다면, 그것을 멈추게도 할 수 있다."

문제가 얼마나 큰지에 대해 얘기하지만 말고, 문제에 대한 해결책을 찾기 시작하자.

"이건 장애물이 아니야. 이건 해결해야 할 문제야."

잭 캔필드가 인터뷰를 하고 자신의 책에 수록한 매티 크리스티앤슨의 말이다. 그는 팔과 다리가 없지만 리그 2위를 달리는 야구팀에서 선수로 활약하고 있던 소년이었다. 이런 태도는 삶을 향해 나아가는 데 반드시 필요한 덕목이다.

『성공의 원리』에서 잭 캔필드는 스스로 통제할 수 있는 세 가지에 대해 말한 바 있다.

첫째, 행동_ 어떤 상황이나 생각에 대해 행동하고 반응하는 방식. 우리가 가진 행동 습관과 행동에 대한 선택.

둘째, 생각_ 자신과 타인, 그리고 세상에 대해 가진 믿음. 매일매일 살아가면서 취하는 사고의 패턴.

셋째, 심상_ 우리가 본 영화, 읽은 책, 경험들이 기억으로 스며든 것을 토대로 상상하고, 잠재의식이 만들어내고 이미지화하는 모든 것.

7

생각이
현실이 된다는
믿음

나는 내가 누구인지,

　여전히 그리고 온전히 알 지 못 한 다 .

다만 내가 무엇을 할 수 있는지를 알고 있다.

내가 뭘 더 좋아하는지를 알고 있으며,

어떻게 행동을 시작해야 하는지를 알고 있다.

우리는 대단한 힘을 지니고 있다.
자신이 얼마나 강한지 깨닫기만 한다면.

– 요기 바잔(영적지도자, 기업가)

많은 사람이 유명한 사람들과 그들의 명성을 숭배한다. 너무도 쉽
게 롤 모델이 우리보다 우월하다는 생각에 사로잡힌다. 그들은 이 모
든 위대한 일들을 할 수가 있지만, 우리는 …… 음 …… 그저 그런
존재일 뿐 …… 그들은 특별하다.

래퍼이자 행위예술가이며 제이지Jay-Z로 알려진 숀 카터에 대해 들
은 적이 있을 것이다. 어떤 사람은 그를 좋아하지만 어떤 사람은 좋
아하지 않는다. 그의 생활 방식과 메시지와 작업에 대해 어떤 생각
을 가지고 있든, 그는 두드러지게 영감을 불러일으키는 이야기의 주
인공이다. 그는 뉴욕에서 공연하며 〈포브스〉의 표지를 장식하고 수
억 장의 힙합 음반을 팔았다. 굉장하지 않은가? 그는 상상할 수 있

는 뭔가를 만들어내는, 우리가 지닌 가능성을 현실화한 뛰어난 본보기다. 그의 메시지와 가사에 동의하느냐 마느냐의 문제는 제쳐두고, 아무것도 가진 것 없이 뭔가를 만들어낸 인물이라는 사실에만 주목해 보자. 그는 자신의 꿈을 현실로 만들었다. 그는 텅 빈 주머니와 어떤 도움도 받지 못하는 상황에 맞서 지금의 자신을 이루어냈다. 그가 가진 거라곤 꿈밖에 없었다. 그렇다. 꿈. 그리고 다른 하나가 있었다.

나는 그가 이루어낸 성공과 변화 이면에는 대단한 뭔가가 있었을 거라는 사실을 직감적으로 느꼈다. 대부분의 사람은 꿈을 가지고 있다. 그리고 뭔가가 일어난다. 그 일어난 일이 흡족하지 않을 때, 우리의 삶이 가진 온갖 악조건들에 대해 투덜거리기 시작하고, 불평을 멈추지 않은 채 나이가 들고, 그렇게 끝나 버린다. 제이지는 이런 종류의 사람이 아니었다. 그는 자신의 원대한 꿈을 좇은 사람이었다.

나는 나 자신에게 물었다.

"제이지를 이토록 위대하게 만든 건 무엇일까? 그로 하여금 자신의 꿈을 실현할 수 있게 만든 건 무엇일까?"

나는 그를 철저하게 연구하기 시작했다. 인터넷에서 '제이지 어록'을 검색하고, 찾을 수 있는 모든 웹사이트에서 그가 한 말들을 모두 읽었다. 그의 성공, 그의 삶, 그의 생각들을 읽었다. 그것들은 하나같이 매우 흥미로웠다. 하지만 그 어떤 것도 오늘의 제이지를 만든 것에 관해서, 제이지라는 인간 자체에 대해서는 얘기하고 있지 않았다.

"무엇이 이 사람을 21세기에 가장 영향력 있는 사람 중의 하나로 만든 것일까?"

오랜 시간을 들여 유튜브를 뒤져 그가 한 인터뷰들을 샅샅이 훑어 보았다. 그의 얘기를 주의 깊게 들었고, 마음에 드는 말들은 일일이 기록도 했다. 하지만 그가 한 말들 중에도 내가 찾는 것은 없었다. 그러다가 마침내 한 인터뷰에 담긴, 누군가가 그에게 던진 질문 하나를 듣게 되었다.

"왜 당신입니까? 왜 당신이 이런 성공의 경험을 하게 되었다고 생각합니까?"

이 물음에 대한 제이지의 답은 이랬다.

"레오나르도 다빈치를 보고 나도 저렇게 위대한 존재가 될 수 있다고 믿었기 때문입니다. 피카소를 보았을 때 나 자신이 그의 현대적 버전이라고 생각했습니다. 지금 그 사람들은 아무도 살아 있지 않습니다. 이게 바로 지금 나인 이유입니다."

그의 말을 들었을 때, "아!" 하고 감탄사를 터뜨렸다. 바로 이거다! 이것이 바로 오늘의 제이지를 만든 것이다. 그는 자신이 세상에서 가장 위대한 아티스트 중 한 명이라고 확신할 만큼의 용기를 가지고 있었다. 진정으로 그렇게 믿었다. 그의 확신이 사실이냐 아니냐를 따지는 일은 아무런 소용이 없다. 하지만 그런 확신이 수억 장의 앨범을 팔게 만들고, 9개의 프로스포츠 팀을 갖게 만들고, 대부분의 사람이 평생을 바쳐도 모을 수 없는 돈을 기부금으로 냈다는 것은 명백한 사실이다.

우리는 위대한 인물을 숭배하지만 종종 다음과 같은 질문은 잊고 산다.

"어떻게? 이 사람은 어떻게 이 일을 해낸 걸까?"

신이 만약 우리에게 펜과 잉크를 주고 인생에서 필요한 규칙들을 거리낌 없이 쓰게 한다면, 나는 나의 영웅과 똑같은 이미지를 스스로에게 부여함으로써 제이지가 자기 시대의 가장 위대한 아티스트가 될 수 있었던 방식을 그대로 쓸 것이다. 그는 위대한 사람들과 자신을 분리하지 않았고, 자신을 그들보다 하위의 인간으로 치부하지 않았다.

하지만 오해하지는 말자. 물론 세상에는 자신의 정체성을 상실할 정도로 자신이 위대하다고 생각하는 사람들이 아주 많다. 그러나 그들은 자신의 위대함을 전혀 증명해내지 못한다. 하지만 이런 사람들과 제이지의 차이는, 제이지는 자신이 가장 위대한 살아 있는 우상이라고 믿고 있었을 뿐 아니라 행동조차도 위인들인 것처럼 유지했다는 사실이다.

그는 세상 사람들이 자신을 위인으로 바라볼 거라는 생각을 가지고 작품 활동을 했다. 그는 모든 시대의 가장 위대한 아티스트들과 같은 눈높이를 유지했다. 대부분의 사람은 그들의 우상들을 올려다볼 뿐이다. 올려다보는 한 아무것도 발견하지 못한다. 대부분의 사람은 피카소의 그림들을 보면서 그저 놀라운 작품이라고 추켜세우며 감탄스러운 눈으로 올려다볼 뿐이다.

하지만 제이지는 자신이 그런 작품들을 창조해낼 수 있으며 그 사람만큼 위대해질 수 있다고 믿었다. 위대한 사람은 위대하게 태어나기 때문이 아니라, 많은 사람이 위대한 면모를 찾아내기 때문에 위대한 것이다. 그것을 찾아내려면 위대한 사람들과 같은 높이에서 바라보아야 한다.

행동할 것인가, 머뭇거릴 것인가?

이전에 존재했던 위대한 사람들만큼 자신도 위대해질 수 있다고 자신과 다른 사람들에게 말하는 것만으로 그렇게 될 수 있는 것은 아니다. 오히려 입을 꾹 다문 채 자신의 삶을 개선하기 위해 열심히 행동해야 한다. 자신에 대한 막연한 믿음을 버리고, 자신에게 행동하라고 말하자!

이것은 양자역학이나 우주과학이 아니다. 자신이 가야만 하는 곳이 있고 성취해야만 할 뭔가가 있다면, 그곳에 가고 그것을 얻고 싶다면, 행동을 해야 한다. 행동한다면, 자신이 원하는 곳에 있게 될 것이고, 되고 싶은 사람이 될 것이고, 얻고 싶은 것을 얻게 될 것이다. 행동하는 유일한 방법은 그저 행동하는 것이다. 자신에게 행동하기를 가르치는 학교도, 종교도, 행동하게 만드는 '다섯 가지 손쉬운 방법' 따위도 없다.

해야 할 필요가 있다고 생각하는 그것을 하자. 그래야 그 일이 일어난다. 더 많은 걸 읽고, 더 많은 걸 배우고, 더 일찍 일어나고, 목표에 더 가까이 가기 위해 무엇이든 해야 할 필요가 있다. 자신을 도전하도록 일깨우는 것이 있다면 무엇이든 하자. 그게 무엇이든, 당장 그것을 시작하자.

또한 자신의 의지에 대해 진지하게 탐구하는 것은 언제나 유익하다. 하는 것을 왜 하는지, 왜 그걸 원하는지, 그리고 왜 중요한지, 그 모든 이유들에 대해 생각하자. 그것들이 좋은 이유들이라면, 자신이 원하고 믿는 것을 위해 싸워야 한다. 어느 현자는 이렇게 말했다.

"당당히 맞서지 못한다면, 모든 것에 굴복하게 될 것이다."

할 수 있을 때 행동하지 않는다면, 사는 동안 내내 머뭇거리게 될 뿐이다. 행동하지 않는다면, 보이는 것과 들리는 것을, 모험과 아름다운 분투를 놓치게 될 것이다. 행동하지 않는다면, 자신에게 만족하고 자신을 자랑스러워하는 마음이 가져다주는 보상을 놓치고 말 것이다. 그러니 지금 당장 행동하자.

멀리 보자! 거기에 내가 있다

록스타 닐 영은 자서전 『평화를 위하여Waging Heavy Peace』에서 위대한 창조의 문을 여는 열쇠들 중 하나는 그 위대한 창조가 일어나기 전에 그것을 먼저 보는 것이라고 했다. 서구 사회의 합리적 정신은 "일어나기 전에 어떻게 본단 말인가? 일어난 뒤에야 볼 수 있을 뿐"이라고 말한다.

그러나 밖으로 향해 있던 시선을 안으로 되돌린다면, 어떤 일이 일어나기 전에 그것을 보는 것은 너무도 쉽다. 관건은 상상이다. 손에 쥐고 있는 꿈이 만져볼 수 없는 꿈일지라도 만져볼 수 있는 무엇이라고 느껴야만 한다.

불행하게도 사회의 집단의식은 한목소리로 말한다.

"하지만 상상력을 활용하는 건 쉬운 일이 아니야."

이런 식의 부정적 기운에 사로잡힌 우리에게 닐 영은 "위대해져야 합니다. 그렇지 않으면 사라질 것입니다"라고 주의를 준다.

자신이 될 수 있는 최선의 자신이 되자. 그렇지 않으면 길 밖으로 튕겨져 나갈 것이다. 꿈을 보자. 자신의 비전을 보자. 그리고 그것이 존재하기 전에 먼저 그것을 느껴 보자. 내면에서 그것을 본다면, 세상에 그것을 만들어낼 준비를 하게 될 것이다.

이것이 닐 영이 사용했던 전략이다. 그는 동료들이 일거리가 없어 음악을 포기하려 했을 때 "멀리 보자! 거기에 우리가 있다"고 상기시켰다. 닐 영은 대중음악사에서 가장 유명한 가수이자 작곡가 중 한 사람이지만, 한때는 깡통햄과 과자 부스러기로 배를 채워야 할 정도로 빈털터리였다. 그에게는 차가운 밤을 보내기 위해 필요한 담요 몇 장조차 없었다.

하지만 그런 상황에도 불구하고 그는 멈추지 않았다. 그는 자신의 내면에 깃든 비전을 느꼈고, 그 어떤 것도 그 어떤 사람도 그를 멈추게 할 수 없었다. 하루하루 단지 배를 채우는 일과 사투를 벌였지만 마침내 엄청난 것을 만들어냈고, 그 모든 성취는 불과 스물네 살에 이루어졌다.

닐 영이 꿈을 이룰 수 있었던 이유는 그가 열정적이었으며 젊은 날부터 좋아했던 일을 실행했기 때문이다. 노력하면 할수록, 꿈을 더욱 발전시킬 수 있다. 일단 꿈을 가지게 되면, 그리고 때가 왔음을 어렴풋이 알게 되면 그것을 확신할 때까지 기다리지 않는다. 꿈을 이룬 자신을 상상하면서 닐 영이 말한 것처럼 충분한 시간을 두고 노력하면 된다. 그러면 자신이 상상하는 최선의 삶을 살게 될 것이다. 하지만 무엇보다 먼저 해야 할 일은, 무슨 일이 벌어지기 전에 그것을 알아차리는 것이다.

성공적인 인생에 필요한 두 가지

경험하기 전까지는 아무것도 실현되지 않는다.

– 존 키츠(영국의 낭만파 시인)

마음은 실재와 실재하지 않는 것의 차이를 구별하지 못한다. 만약 마음이 어떤 것을 경험하고 있다고 생각하면, 특히 자신에게 열정과 확신으로 그것을 느끼도록 허락한다면, 그것이 실제 상황이 아니더라도 상관없다. 믿는 만큼 그것은 현실이 될 것이다. 상상은 모든 것이 태어나는 곳이다.

이는 만물이 어떻게 만들어지는지를 설명해 준다. 자동차도 빌딩도 먼저 그것을 만들어낸 사람들의 상상에서 시작되었다. 상상이야말로 모든 것이 시작되는 곳이다. 그러나 우리는 매일매일 현실과 부딪히면서 상상을 그저 신비의 영역으로 제한해 버린다. 이것은 잘못된 관념이다. 상상은 새로운 현실로 인도하는 다리와 같다. 이것이 바로 '이루어진 것처럼 행동하는 것'이 얼마나 중요한 일인지를 말해 주는 이유다. 자신의 내면에서 보는 것이 이미 실현되어 있는 것처럼 행동해 보자. 자신을 둘러싸고 있는 환경, 사람, 마음, 두려움들이 그렇지 않다고 말하더라도.

대학에 입학한 후 줄곧 내 이름으로 된 책을 갖고 싶었다. 전 세계 사람들에게 영감을 불어넣어 주는 사람이 되고 싶었다. 꿈을 좇으며 사람들이 잘 가지 않는 길을 과감히 걸어갈 때 기적이 일어나며 놀라운 일들이 벌어진다는 것을 증명하고 싶었다. 그래서 대학에서 뛰쳐나와 농구도 그만두고 세계를 여행하면서 첫 번째 책 『바람 속으로』를 쓰겠다고 결심했다.

당시 나는 어떻게 실마리를 풀어야 할지 전혀 알지 못했다. 책을 출간한 적이 없는 사람이 출판계약을 하기가 얼마나 어려운 일인지만을 실감하고 있을 뿐이었다. 출간은 거의 불가능해 보였다. 모든 사람이 그렇게 말했다. 목표는 가장 좋아하는 출판사에서 책을 출간하는 것이었다. 그 출판사에서 제의를 거절하면서 자비출판에 대해 얘기했을 때, 분노가 치밀었다. 에이전트에게 "이 출판사는 후회하게 될 겁니다"라고 말했다. 정식 출판계약을 맺고서는 책을 낼 수 없다는 사실을 알게 된 후 결국 자비로 책을 냈다.

지금까지 이 얘기는 누구에게도 한 적이 없다. 사람들이 출판사에 대해 물어도 책을 출간하는 데 내 돈을 들여야만 했다는 얘기는 하지 않았다. 이 얘기는 부모님께도 발설하지 않았다. 하지만 나는 앞으로 책을 계속 낼 것이고, 사람들이 읽게 될 것이고, 베스트셀러 작가가 될 것이라고 잠재의식에 각인시켰다. 어떤 방식으로 출간을 하든 상관없이 톱클래스의 작가들처럼 많은 책을 팔게 될 것이었다. 아무도 나를 믿지 않았다. 심지어 에이전트까지 『바람 속으로』의 판매량이 기대에 미치지 않을 것이라고 말했다. 그에게 반박하고 싶지 않아 동의는 했지만, 내 확고한 비전을 바꾸지는 않았다.

몇 번이고 되풀이해서 우리는 목격한다. 바닥부터 출발한 사람들이 자신의 삶을 뛰어넘는 뭔가를 이루어내는 것을. 지금 나는 책상 앞에 앉아 두 번째 책을 쓰고 있으며, 세계에서 가장 큰 출판사에서 출간될 예정이다. 사람들은 이런 일이 어떻게 일어났는지를 묻고, 나는 대답한다. 이렇게 된 것처럼 행동했기 때문에 이 일이 일어나게 된 것이라고. 이 책이 내 이력을 드높인 것처럼, 그리고 내가 전하려는 메시지가 세상의 헤아릴 수 없이 많은 사람에게 전달된 것처럼, 나는 행동했다. 이런 식의 확고한 믿음에서 나온 생각이 그러한 자질을 갖추게 한다.

많은 사람이 나를 고집쟁이라고 하면서 이렇게 말한다.

"그게 바로 제이크야. 순진한 제이크. 제이크는 출판에 대해 아무것도 몰라."

그렇다. 나는 출판에 대해 어떤 것도 알 필요가 없다. 뭔가가 어떻게 작동되는지 속속들이 알 필요는 없다. 알 필요가 있는 것은 단지 무엇을 원하는지, 그것을 어떤 방식으로 성취하려 하는지, 그리고 그런 다음엔 멈추지 않고 나아가는 일이다. 대부분의 사람은 목표를 달성하거나 이루어내기 전에 멈추어 버린다.

마크 트웨인이 말했다.

"성공적인 인생을 위해서는 두 가지가 필요하다. 자신감과 무지."

이것이 사실과 부합하는 이야기냐 아니냐를 따지지 말자. 대체로 책은 몇 천 권조차 팔리지 않는다. 출간된 대부분의 책은 그다지 많은 사람에게 읽히지 않는다. 그리고 대부분의 저자는 혼잣말을 한다.

"그래, 책을 내는 건 정말 어려워."

어떤 분야든 치열한 경쟁이 있다. 어느 분야든 늘 도전에 직면한다. 하지만 자신이 좋아해서 하는 것이라면, 이 당연한 사실에 미리 주눅들 이유는 하나도 없다.

자신이 해야 할 일은 이미 그렇게 된 것처럼 행동하는 것이다. 아무도 인정하지 않았지만 나는 매번 에이전트에게 말했다.

"난 베스트셀러 작가예요. 난 베스트셀러 저자처럼 행동할 겁니다."

내 말에 대한 그의 반응은 이런 거였다.

"그래, 열 권이라도 팔아본 뒤에 그렇게 하자구."

나의 비전이 무엇인지, 내가 가진 가능성이 어떤 것인지를 알고 있었으므로 그의 말에 상처입지 않기 위해 최선을 다했다. 사람들이 자신에게 하는 말은 아무런 문제도 되지 않는다. 가능성이란 무엇인지를 알아야 하고, 아무도 자신을 믿지 않는다 해도 앞으로 나아가야 한다. 어깨를 웅크리지 말고 걸으며, 당당하게 서며, 자신을 굽히지 말자. 5년 안에 자신이 되고자 하는 사람이 되도록 노력하자. 이것이 바로 '그런 것처럼 행동하라'가 뜻하는 것이다.

자신의 내면에 확고한 비전을 가지고 있다면, 두 가지 일이 일어날 수 있다. 결코 포기하지 않든가, 어떻게 하면 그 일이 일어나지 않는지에 대해 자신에게 말하기 시작하든가. 후자라면 이렇게 말할 것이다.

"봐, 이건 아직 일어나지 않았잖아."

이렇게 투덜거린 다음 더 이상 '그런 것처럼 행동'하지 않게 될 것이다. 자신이 '그런 것처럼 행동'하지 않게 될 때는 바로 마음이 "이건 아니야"라는 걸 자신에게 보여줄 때이며, 비전은 비전일 뿐 현실이 아니라는 걸 확정하게 된다. 그러나 자신이 '그런 것처럼 행동'할 수 있다면, 또한 모든 길이 자신을 위해 마련될 거라는 사실을 진정으로 믿고 걸음을 멈추지 않고 계속 나아간다면, 모든 것이 자신 앞에 열리게 된다.

내 첫 번째 책에 대해 내가 꿈꾸던 출판사에서 "노"라고 말했을 때 모든 것이 무너지는 듯했던 기억이 난다. 나는 꿈을 가지고 있었고, 현실로 이루어지지 않았다. 하지만 어떤 것들이 명확하게 이해되지 않을 때, 우리는 결정해야 한다. 뒷걸음질을 치며 나아가기를 멈출 것인지, 아니면 가능성을 열어놓고 문제를 해결하기 위해 더욱 강인한 마음을 가질 것인지, 둘 중 하나를 선택해야 한다. 그 가능성을 향해 나아가는 유일한 방법은 꿈이 이루어진 것처럼 계속 행동하는 것, 자신의 내면에 그런 공간을 마련하고 거기에서 살아가는 것이다. 자신이 무엇인가를 강력하게 희망한다면 그것은 반드시 현실로 이루어질 것이다.

짐 캐리와 1천만 달러 출연료

아주 어렸을 때, 내가 원하는 사람이 되고 원하는 것을 가지게 되는 장면을 마음에 그려 보곤 했다. 마음은 그 상상을 결코 의심하지 않았다. 마음은 정말이지 놀라울 정도로 강력하다. 미스터 유니버스에서 처음으로 우승하기 전, 마치 우승한 사람처럼 예선대회를 돌아다녔다. 타이틀은 이미 내것이었다. 마음 속에서는 이미 여러 번 우승을 했고, 그건 의심의 여지가 없었다. 영화배우가 된 뒤에도 상황은 마찬가지였다. 나는 이미 유명배우였고, 엄청난 개런티를 받고 있다는 사실을 마음속으로 생생히 그려 보았다. 나는 성공을 느낄 수 있었고, 맛볼 수가 있었다. 그 일들이 어김없이 일어날 거라는 사실을 알고 있었다.

　　　　　　　　　　　　　　　　　　　　　　－ 아놀드 슈워제네거

블록버스터 배우이며 활력 넘치는 삶을 적극 지지하는 짐 캐리는 매일 밤, 할리우드가 내려다보이는 멀홀랜드 드라이브를 자동차로 지나다니며 성공을 상상해 보곤 했다. 이것은 완전히 바닥으로 떨어진, 문자 그대로 빈털터리에 어떤 역할도 주어지지 않았던 1986년 무렵에 한 일이다. 멀홀랜드 드라이브를 지나다니며 그는 엄청난 감독과 제작자들과 함께 작업하는 성공한 자신의 모습을 그려 보고, 자신이 출연한 작품을 그들이 얼마나 좋아할지 마음속에 생생히 그려 보았다. 그는 그곳에 앉아서 상상 속으로 완전히 빠져들어 자신의 꿈과 삶을 볼 수 있었다. 그는 상상 속에서 모든 것을 보고, 느끼는 경험을 하도록 자신에게 시간을 할애했다.

멀홀랜드 드라이브를 떠나 집으로 향하던 그의 실제 삶은 물론 상상과는 달랐다. 그렇게 집으로 돌아오면서도 '그래, 난 꿈을 이루고 살고 있어. 내가 꿈꾸는 삶을 살아가고 있는 거야. 난 꿈꾸는 모든 것을 가지고 있어. 아직 일어나지 않았을 뿐'이라고 생각하며 자신의 환상을 깨뜨리지 않았고, 눈앞에 그린 그림을 지우지 않았다. 그러던 어느 날, 그는 1천만 달러짜리 수표를 자신에게 발행했다. 출연료였다. 수표에 1995년 추수감사절 날짜를 기입했다. 그리고 그것을 진짜로 받기 위해 몇 년 동안 혼신의 힘을 기울였다. 수표에 적은 날짜는 수표의 유효 기간으로 그가 상상했던 날이었다. 그는 시도 때도 없이 지갑에서 수표를 꺼내 확인했다. 오랜 기간 쇠락을 거듭하던 때였지만 수표를 볼 때마다 그는 마음이 그득해지는 것을 느꼈다. 그렇게 시간이 흘러 1995년 추수감사절을 하루 앞둔 날, 놀라운 일이 벌어졌다. '덤 앤 더머'의 출연료로 1천만 달러를 받게 된 것이다.

"당신이 열심히 하고 있다면 '마음에 생생하게 그려 보는 일'은 효과를 발휘할 것입니다."

짐 캐리의 말이다. 그는 이렇게 덧붙인다.

"하지만 마음에 그려 볼 수 없다면 샌드위치나 드시러 가십시오."

실용적 방법으로 자신의 신념 체계를 계획해 보자. 그러기 위해서는 실용적인 것을 먼저 봐야 한다. 더 많이 보고, 더 많이 믿을 것이다. 그리고 더 많이 보고 더 많은 믿음이 생기면, 그것을 현실화하는 행동을 더 많이 하게 될 것이다.

그렇다고 단지 수표에 서명을 하기 때문에, 혹은 원하는 것을 마음에 그리기 때문에 자동적으로 그 일들이 일어나게 되는 것은 아니다. 이 점을 계속 마음에 간직해야 한다. 문제는 행동이다. 많은 사람이 눈앞에 그리기는 하지만 그 꿈을 향해 실제로 행동을 취하지는 않는다. 원하는 것을 생각만 하는 것이 아니라, 그것을 향해 걸어가야 한다. 자신이 그렇게 해야 하는 것이다. 또한 원하는 게 무엇인지를 아주 명확하게 안다고 하더라도, 스스로를 더 큰 가능성 앞에 열어놓아야 한다. 꿈을 꾼다는 것은 더 크고, 더 적합한, 그리고 자신에게 특별히 건네지는 선물인 뭔가를 미리 실현하는 것을 말한다. 무엇보다 중요한 것은 단지 계획에 지나지 않을 뿐이라 하더라도 그 꿈을 향해 중단하지 않고 계속 나아가는 것이다. 절대 포기하지 말자.

많은 사람이 자신의 꿈에 대한 믿음과 꿈을 향해 나아가는 일에 저항한다. 그들의 현재 환경이나 조건들이 그들이 행하려 하는 꿈과 일치하지 않기 때문이다. 즉 자신의 지금 모습이 앞으로 되고자 하는 모습과 같지 않기 때문이다. 자신을 패배자로 여기는 습성을 가지고 있거나, 최선을 다해 삶을 살아가지 않는다고 생각한다. 혹은 자신을, 원하는 것을 추구하거나, 꿈을 실현하려 노력하거나, 세상을 바꿀 수 있는 사람이라고 믿지 않는다. 이런 식의 사고방식을 갖고 있기 때문에 잠재의식은 늘 꿈을 만들어내는 일에 저항한다.

스스로를 믿느냐 안 믿느냐와는 상관없이, 꿈이 하룻밤 사이에 현실이 되는 일은 일어나지 않는다. 원하는 바를 명료하게 느낄 때, 꿈이 실현될 가능성이 있다는 아주 작은 조짐을 보기 시작할 것이다. 하지만 실현될 때까지는 시간이 걸린다. 그것이 일어나기까지 과정이 필요하다. 그리고 그 과정은 열심히 일하고 목표를 향해 걸음을 멈추지 않을 때만 조금 더 빨리 진행되며, 마침내 결실을 가져올 것이다.

원하는 것을 얻는 일은 신비로운 현상이 아니다. 뭘 원하는지, 어떤 행동을 취해야 하는지를 알면 그것은 시작된다. 지금 당장 원하는 것을 얻지 못한다고 나중에도 그것을 얻지 못한다는 것을 의미하지는 않는다. 쉬지 않고 나아간다면 가려는 곳에 도달하게 될 것이다. 원하는 것을 지금 가지고 있지 않더라도 되고자 하는 사람이 될 수 있다는 믿음을 가지면 문제는 달라진다. 이런 믿음의 공간에서 살고 이런 방식으로 생각한다면, 직면하는 어떤 도전도 극복할 수 있다.

여러 출판사에서 첫 책을 출판해 줄 수 없다고 말했을 때, 나는 책을 내고 싶다는 바람을 멈출 수도 있었다. 분노에 휩싸인 비관론자가 될 수도 있었다. 하지만 그 대신 '자, 내가 작가가 되는 데 더 큰 도전이 기다리고 있어. 그 가능성을 향해 나를 활짝 열어놓을 거야'라고 생각했다. 그렇게 일 년이 채 지나지 않아 세계에서 가장 큰 출판사가 지금 읽고 있는 이 책을 출간하겠다고 나섰다.

잊지 말자. 만약 원하는 것을 얻기 위해 도전했지만 곧바로 얻어내지 못한다면, 그건 더 위대한 일이 다가오고 있는 것이다. 긍정적 사고 방식에 입각해 구축한 비전과 원하는 것을 믿고 느끼고 보는 데 집중하고 그 집중력을 흐트러뜨리지 않는다면, 그 어떤 것도 잃지 않을 것이다. 용기를 가지고 맹렬하게 실행한다면, 그때, 짐 캐리를 생각하자. 완전히 파산했지만 자신을 둘러싸고 있는 조건들이 자신의 꿈을 빼앗아가도록 내버려두지 않았던 그를 기억하자. 그는 계속 앞으로 나아갔으며, 그가 나아간 곳은 우리가 가야 하는 바로 그곳이다.

필요한 건 첫걸음을 떼는 일뿐

시작하기 위해 최고가 될 필요는 없다. 최고가 되기 위해 시작하라!

– 조 사바(상담가)

1966년, 난독증을 가진 열여섯 살의 소년이 학교를 그만두었다. 그는 우선 학생들을 위한 잡지를 만들기 시작했다. 그 일을 시작할 때 그는 자금이 부족했으므로, 잡지 광고를 따내기 위해 뛰어다니고 지역 교회로부터 도움을 받아야 했다. 하지만 그는 자금이 없다고, 능력이 부족하다고 자신을 원망하지 않았다. 자신이 가지지 못한 것에 대해 생각하는 대신 가지고 있는 것을 활용했다.

그로부터 불과 몇 년 뒤, 그는 잡지를 구독하는 학생들에게 음반을 통신판매하기 시작했다. 음반은 불티나게 팔리기 시작했고, 이듬해 첫 번째 음반 매장을 열었다. 그렇게 2년쯤 지난 뒤, 그는 음반 회사를 차렸고 스튜디오를 만들어 아티스트들에게 대여했다. 그리고 마침내 그가 만든 첫 번째 노래가 그의 스튜디오에서 녹음되어 무려 500만 장이 팔렸다. 이후 10년이 지나는 동안 섹스 피스톨스와 롤링 스톤즈 같은 밴드들에 의해 소년의 음반 회사는 계속 성장해 나갔다.

살아가는 동안 이 사람은 새로운 아이디어를 만들어내고 새로운 사업을 창안해내는 일을 단 한 번도 멈추지 않았다. 그는 삶에 대한 자신의 비전을 포기한 적이 없었다. 그는 항공사와 모바일 기업만이 아니라 50년 동안 400개 이상의 기업을 창립했다. '학습장애를 가졌고 미숙한데다가 무지해서' 학교에서 중퇴한 소년은 집중력을 가지고 멈추지 않으며 창조적인 기업 경영을 통해 세상을 바꾼 거부가 되었다. 그가 바로 버진 그룹을 설립한 리처드 브랜슨이다. '무경험자'를 뜻하는 '버진Virgin'이라는 그룹의 이름에는 사업에 어떤 경험이나 자질을 가지고 있지 않은 상태에서 시작했다는 의미가 담겨 있다.

브랜슨이 이 모든 일을 성취할 수 있었던 이유는 대부분이 마련해둔 변명거리, 즉 왜 성공할 수 없는가를 받아들이지 않았기 때문이다. 대신 그는 다음과 같은 유명한 어록을 따랐다.

"아, 망쳤다. 다시 해보자."

그저 행동으로 옮기면 된다. 자신을 위해 준비된 길을 가자. 그 길을 따라가며 자신을 살펴보자. 필요한 건 단지 시작하는 것, 첫걸음을 떼는 일뿐이다. 나 이외엔 나의 걸음을 떼어 줄 자격을 가진 사람은 없다. 물론 준비가 되어 있지 않을 수도 있다. 그러나 걸음을 떼기 전에 완벽하게 준비된 사람도 없다. 만약 할 수 있는 가장 높은 차원의 삶을 살고 싶다면, 두려움을 넘어서야 한다. 그것은 반드시 해야 할 일이다. 꿈을 원대하게 가지고 자신을 믿어 보자. 리처드 브랜슨이 그랬던 것처럼.

다음 단계로의 도약을 준비하지 못한 그럴 듯하고 합리적인 이유를 가지고 있다고 생각할지 모른다. 하지만 도약할 것이 무엇이든 상관하지 말자. 자신을 매료시킨 것이 낯선 것이라도 이상하게 여기지 말자. 새로운 회사든, 책을 쓰는 일이든, 음반을 만들든, 집을 짓든, 학교로 돌아가든, 여행을 하든, 그 어떤 것에든 완벽하게 준비되어 있을 수는 없다. 잠재적 실패에 대한 모든 해결책을 가지고 있을 수도 없는 일이다. 모든 것을 알고 시작하는 일은 있을 수 없다. 솔직히 말해, 모든 걸 알고 싶지도 않다. 만약 모든 걸 알고 있다면, 흥미도 불확실성도 존재하지 않을 것이다. 알지 못한다는 사실이 주는 흥미로움이 없으면 자신이 느끼는 자유 또한 사라져 버린다. 그러니 일단 날아오르고, 그런 다음 어디로 가는지를 살펴보자.

꿈을 실현시키고 싶지 않은 그럴 듯한 변명거리들을 가지고 있다면. 그럼에도 불구하고 여전히 그것을 할 수 있고, 남들을 도울 수 있고, 목적을 발견할 수 있다. 누군가는 브랜슨에 대해 말했을 것이다. 그에겐 삶을 영위해 갈 능력이 없다고. 그러나 그는 그런 것에 아랑곳하지 않고 자신의 삶을 살아갔다. 자신에 대한 믿음은 자신이 가진 변명거리들 너머로 자신을 건너가게 해주기에 충분한 힘이 된다. 합리적인 변명거리 따위에 연연하지 말자. 다음 단계로 나아가는 준비를 하지 못한 이유를 정당화하지 말자. 충분한 준비 따위는 할 수가 없다. 지금 당장 시작하는 것이다.

어느 아프가니스탄 여인의 꿈

아프가니스탄 태생의 캐나다 가수이며 모델인 모즈다흐 자말자다흐는 다섯 살 때 처음으로 머리 위로 로켓이 지나가는 소리를 들었다. 그때 그녀는 전 세계가 전쟁에 휩싸였다고 생각했고, 지구상의 모든 어린아이가 로켓과 미사일이 언제 터질지 불안해 하며 운동장에서 놀고 있다고 믿었다. 당시 그녀는 아프가니스탄에 살고 있었고, 여섯 살 때 가족들과 함께 낡고 조그만 트럭에 몸을 싣고 파키스탄의 난민촌을 향해 산맥을 넘었다.

우여곡절 끝에 캐나다로 이주한 그녀는 캐나다에서 성장하면서 아프가니스탄으로 되돌아가는 일에 흥미를 가지기 시작했다. 그녀는 인권을 거의 박탈당한 채 살아가고 있는 조국의 여성들을 도울 수 있는 방법을 찾고 싶었다. 그녀는 간통을 범한 아프가니스탄 여성들이 돌에 맞아 목숨을 잃는다는 소식을 들을 때마다 견딜 수가 없었다.

이 무렵의 인터뷰에서 그녀는 다음과 같이 말했다.

"변호사가 되어야겠다는 생각을 가진 적도 있었어요. 도움이 필요한 사람들에게 도움을 주기 위해서였죠. 엄마는 항상 제게 말했어요. 세상을 바꿀 수 있는 엄청난 기회들이 올 거라고요. 그리고 그 길을 추구해야만 한다고요. 저는 그 말을 가슴에 깊이 새겨두었죠. 당시 저는 책밖에 몰랐고, 음악에 대해선 아는 게 거의 없었어요."

그녀가 음악에 대해 거의 아는 게 없었다는 건 사실일지 모르지만, 라디오에서 많은 노래가 흘러나오고 있고 세계 각지에서 많은 사람이 음악을 듣고 있다는 사실은 알고 있었다. 그래서 생각을 바꾸었다. 뮤지션이 되는 게 세상을 바꾸는 하나의 방법이라는 사실과 자신의 목소리에 메시지를 담아 전하는 것이 좋은 방법이 될 거라고 느낀 것이다. 이후 그녀는 3년 동안 보컬 지도를 받았고, 음악을 만들기 시작했으며, 마침내 아프가니스탄 사람들에게까지 유명해졌다. 가수로 유명해지면서 그녀는 자신의 이름을 단 텔레비전 쇼를 가질 수 있었다. '오프라 윈프리 쇼'를 모델로 삼아 만들어진 그녀의 쇼는 아프가니스탄 사람들을 대상으로 진행되었다.

쇼가 진행되면서 그녀는 아프가니스탄의 여성들에게 일어나는 끔찍한 일들을 더 많이 들을 수 있었다. 그럴수록 그녀의 마음도 더욱 쓰라렸다. 어느 날, 그녀의 쇼에서 다룰 에피소드 중 하나를 필름에 담기 바로 직전이었다. 자신의 몸에 두 번이나 불을 붙였다가 실패한 여자의 이야기를 들었다. 다시 자살을 할 생각이냐는 질문을 받은 여자가 말했다.

"그래요. 다음엔 총을 사용할 겁니다."

이 말은 그녀에게 큰 충격을 주었다. 그녀는 텔레비전 쇼에서 여성에게 가해지는 압박과 여성의 인권에 대해 말하기 시작했다.

쇼의 시즌이 끝나갈 무렵, 그녀는 매니저로부터 전화를 받았다. 매니저는 그녀가 어디에 있는지를 몹시 걱정스럽게 묻고 있었다. 그가 전화를 한 이유는 그녀가 살해당했다는 소문이 아프가니스탄 사람들 사이에 떠돌고 있었기 때문이다. 코와 귀가 잘려나갔을 뿐 아니라, 여성의 인권에 대해 말하는 아프가니스탄 여성들에게 보여주기 위해 그녀의 머리를 잘라 버렸다는 소문이었다. 매니저는 그녀에게 아프가니스탄으로 돌아오지 말라고 당부했다. 당시 그녀는 유럽에 머물고 있었다. 하지만 그녀는 어떻게든 아프가니스탄으로 돌아가기로 마음 먹었다.

아프가니스탄으로 돌아온 그녀는 카불 경찰국장을 비롯해 정부 관료들로부터 매일 전화를 받았다. 경찰국장이 안전을 위해 아프가니스탄을 떠나라고 요청할 정도였다. 상황은 극도로 악화되기 시작했고, 그녀는 삼촌의 집에 몸을 숨긴 채 지내야만 했으며, 안전을 걱정한 가족들은 짐을 꾸려 며칠 내로 그녀가 떠나게 했다.

결국 캐나다로 돌아왔지만 그녀는 자신이 해야 할 일을 포기하지 않았다. 쇼를 다시 진행하고 싶었고, 학대받는 사람들을 위해 어떤 식으로든 발언하기를 원했다. 또한 아프가니스탄의 사람들만이 아니라 비슷한 상황에 놓인 다른 나라의 사람들도 돕고 싶었다. 모친은 그런 그녀에게 기회가 있을 때마다 용기를 불어넣어 주었다.

"사람들이 너를 조국에서 몰아냈지만 네 삶이 달라지진 않아. 얼마든 더 나은 방법으로 다시 시작할 수 있어. 네 목소리를 더 크게 내도록 해. 그들을 곤란에 빠뜨리면 빠뜨릴수록, 더 많은 사람을 도울 수 있어."

지금 그녀는 미주 지역으로 자신의 목소리를 내보내고 싶어 한다. 그것이 자신에게 더 큰 무대가 될 수 있기 때문이다. 그녀는 말한다.

"새로운 목표를 세웠습니다. 저는 결코 포기하지 않을 겁니다. 제가 여기에 있는 건 세상을 바꾸기 위해서니까요."

자신이 생각하는 변명거리가 무엇이든 상관없이, 조국이 자신을 내쫓든, 가진 것이 부족하든, 과거가 명예를 훼손하든, 자신이 어떤 성을 가지고 있든, 두려움이 꿈의 크기를 제한하도록 내버려두지 말자.

만약 사람들을 돕고 싶다면, 두려움을 날려버릴 수 있는 방법을 분명 찾게 될 것이다. 자신에게 능력이 없다는 식의, 준비가 되어 있지 않다는 식의, 다음 단계로 나아갈 수 없다는 식의 잘못된 생각에 걸려들지 말자.

인생에서 가장 이해하기 힘든 개념

> 삶에는 일시정지 버튼이 없다. 꿈에는 유효 기간이 없다.
> 시간에는 휴일이 없다. 그러니 인생에서 단 한순간도 놓치지 말라.
>
> — 리투 가투리(인디언 출신 작가)

누군가가 내게 말했다. 나이는 지혜의 자격증이 될 수 없다고. 나는 여기에 몇 가지를 덧붙이고 싶다. 나이는 지성의 자격증이 될 수 없고, 잠재력의 자격증도 될 수 없으며, 가능성의 자격증도 될 수 없다. 만약 지금 하는 일이 옳다고 믿는다면, 그리고 그 일을 실행에 옮기려고 한다면, 나이는 삶에 어떠한 영향력도 행사하지 못한다.

나이는 인생에서 가장 이해하기 힘든 개념 중에 하나다. 흔히들 인생은 산을 오르는 것과 같다고 믿는다. 태어나 기어다니기 시작해서, 점차 걷기를 배우고, 가장 멋진 모습을 가진 20대 중반쯤 삶의 정점에 해당하는 산의 정상에 도달한다. 이때 정신적으로나 육체적으로나 가장 생기에 넘친다고 여겨지며, 우리 인생의 정상으로 여겨진다. 그런 다음 우리는 정상에 머물면서 점점 나이가 들어 50대에 이른다. 아직 늙었다고 할 수는 없지만, 나이가 들어가는 건 사실이다. 그렇게 60대가 되고, 70대가 되고, 80대가 될 때 "이제 늙었군"이라는 말을 듣게 되며, 쇠약해지기 시작한다. 그리고 그때까지와는 다른 가능성, 잠재력, 능력으로 자신을 생각한다.

그러나 꿈에는 유효 기간이 없다. 정신에도 마찬가지다. 자신이 가진 이미지를 드러내 보자. 그 모습은 단지 자신이 상상한 것의 반영일 뿐이다.

유명한 코미디언 빌 힉스는 말한다.

"자신에 대한 이미지를 가지려 한다면, 강력한 것이어야 한다."

나는 레어드 해밀턴과의 인터뷰에서 그가 내게 해준 말을 결코 잊지 못한다.

"누군가는 늘 당신보다 못한 모습일 겁니다. 또한 누군가는 늘 당신보다 나은 모습을 가지고 있지요. 결국 당신은 늘 뭔가를 할 수도 있고, 동시에 형편없는 인간이 될 수도 있어요."

몇 년이 흐른 후 오늘을 되돌아보면, 나 또한 나이에 적응하고 있다는 자각이 든다. 편견은 보통 나이와 관련을 가지고 있다. 사람들은 나이가 얼마나 되었는지에 따라 어떤 일을 할 수 있거나 할 수 없다고 생각한다. 어렸을 때는 너무 어리다는 말을 듣고, 나이가 들면 너무 나이가 들었다는 소리를 듣는다. 하지만 우리가 원하는 것을 하는 데 있어 너무 어리거나 나이가 들었다는 건 있을 수 없는 일이다. 사람들은 어떤 나이에 있든 아름답고 흥미로우며, 매우 성공적이고 즐겁게 이 세상을 바꿀 수 있다. 인류의 역사에서 이런 사례를 넘치도록 발견할 수 있다.

마흔두 살에 3개의 금메달을 독식한 선수

세계에서 가장 성공한 버트 스케이트보드vert skateboard 선수는 버키 라섹이다. 그의 경력과 기량을 보고 있으면 그가 역대 스케이트보더 가운데 가장 성공적이며 선구적인 선수라는 생각이 저절로 든다. 그의 성공을 보면 나이 때문에 시도하지 못할 일은 없다는 것을 알 수 있다.

2013년 엑스게임 버트 스케이팅에서 3개의 금메달을 독식하고 얼마 지나지 않았을 때 마주 앉아 얘기를 나누었다.

그는 로스앤젤레스, 뮌헨, 바르셀로나, 그리고 브라질 대회까지 그해에 열린 개인전에서 모두 금메달을 받았는데, 역사상 그런 사례는 전무후무하다.

무엇보다 놀라운 것은 그의 나이가 마흔두 살이라는 사실이었다. 그와 겨룬 선수들은 그의 나이의 절반 정도에 불과했다.

"마흔두 살쯤 되면 보통 이렇게들 생각하죠. 꽤 나이를 먹었어, 라고요."

그렇게 말하며 다시 물었다.

"그런 생각은 안 드십니까?"

나이 얘기를 꺼내자 그는 웃었다. 그러고는 웃는 얼굴로 말했다.

"문제 될 게 뭐 있나요."

너무도 간단하고 현실적인 답이었다.

버키 라섹이 왜 버키 라섹인지를 알아내는 일은 너무도 쉬웠다. 그는 이렇게 설명했다.

"내가 뭔가를 하고 싶다면, 그냥 할 겁니다. 핑계 따윈 필요치 않아요. 난 내가 될 수 있는 최선의 상태에 있고 싶어요. 지금처럼요."

버키는 40대임에도 불구하고 21세기에 현존하는 가장 놀라운 운동선수의 한 사람이다. 이것은 그가 자신을 강화시키는 신념 체계를 가지고 있고, 자신이 가진 열정이 가장 중요하다는 믿음을 가지고 있기 때문에 가능한 일이다. 그는 자신이 될 수 있는 최선의 모습을 갖고 싶어 하며, 나이는 아무런 상관도 없다는 사실을 알고 있다. 그의 경력을 살펴보면, 젊다거나 나이가 들었다는 사실과 성공 사이에는 어떤 관련성도 없다는 사실을 알 수 있다.

버키는 혼자 힘으로 가장 높은 수준의 위대함을 유지하고 있다는 사실을 가르쳐 주었다. 그것은 그가 결코 포기하지 않을 것임을 말해준다. 덧붙여 설명해 준 것은 위대함에 대한 기준은 자신이 하는 일에 대한 사랑이 결정해 준다는 사실과 육체적 상태를 대변해 주는 것은 나이가 아니라는 사실이었다.

이런 식의 지혜를 듣게 되면, 엄청난 잠재력이나 높은 수준의 성공을 이룬 사람들을 보게 될 때 왜 "어떻게 하면 그렇게 될까?"라고 자신에게 물어야 하는지 그 이유를 알게 된다. "어떻게 하면 그렇게 될까?"에 대한 답은 버키 라섹을 통해 발견할 수도 있고, 길거리를 지나는 보통 사람들로부터 발견할 수도 있다. 누군가가 미소 짓고 있는 것을 보았을 때, 우리는 그를 지나치며 어떻게 된 일인지, 그를 행복하게 하는 것이 무엇인지 궁금해한다. 그리고 자신에게 묻는다. "어떻게 하면 그렇게 될까?" 타인으로부터 자신을 발견하며 이 질문을 해 본다면 뭔가를 배우게 될 것이다.

열 살짜리 테드 강연자의 목표

게이브 에글링을 만나 인터뷰를 했을 때 그의 나이는 열 살이었다. 에글링은 무일푼이라 책을 전혀 구입할 수 없었지만 이미 2천 권이 넘는 책을 기증한 소년이었다. 그는 남캘리포니아에서 과테말라까지 그 지역에 사는 어린이들을 위해 그 일을 해왔다. 그를 만난 것은 같은 날 테드Ted 강연을 한 인연 때문이었다. 그는 슈퍼맨 복장을 하고 있었는데, 그날 그가 한 얘기는 평범한 사람이 어떻게 슈퍼히어로가 될 수 있는가에 대한 것이었다. 사실 그가 한 얘기는 각자가 저마다 대단한 존재라는 사실이었다.

게이브 에글링은 매주 그가 기증한 책을 받아본 어린이들로부터 그림과 사진, 감사의 편지를 받고 있다. 그가 이뤄낸 놀라운 일들은 미국 대통령이 자서전에 그를 언급할 정도가 되었다. 잊지 말자. 그는 고작 열 살이었다.

그에게 너무 어린 나이라는 데서 오는 두려움을 어떻게 극복했냐고 물을 때, 그는 이렇게 대답했다.

"제 나이는 문제가 되질 않았어요."

나이는 그저 숫자에 불과하며, 실재하는 것도 아니라는 설명까지 덧붙였다.

"우리가 자신을 믿는 한, 우리가 창조적이라고 믿는 한, 우리 자신일 때 무엇이든 이뤄낼 수 있어요. 나이는 아무런 상관이 없어요. 어리다는 건 문제가 되질 않아요."

게이브 에글링은 고작 일곱 살 때부터 수천 명의 사람을 돕기 시작했다. 그러나 믿기 힘들 정도로 어린 나이라고 해서 도전에 직면하지 않은 건 아니었다. 그는 너무 어리다는 말을 수없이 들었고, 아직 때가 되지 않았다는 말도 엄청나게 들었다. 부지런히 먹어서 건강하게 자라라거나, 정말로 세상을 바꾸고 싶다면 10년이나 20년쯤 기다려야 할 거라는 말을 들어야 했다. 그는 또한 자신이 기획한 수많은 프로젝트를 거부당했다. 그럴 때 어떤 기분이었냐고 내가 물었을 때 그는 이렇게 대답했다.

"아팠어요! 정말로 너무 아팠어요. 중요한 건 나이가 몇 살이냐가 아니잖아요. 어떤 행동을 하는지, 얼마나 강한지, 어떻게 책임지는지가 중요하죠. 몇 살인지는 전혀 중요하지 않아요. 숫자는 진짜가 아니에요. 저는 3년 전에 시작한 일을 지금도 하고 있어요. 이것만으로도 나이는 중요하지 않다는 게 증명된 거예요. 돈이 아주 많아도 문제가 있으려면 얼마든지 있을 수 있잖아요. 어떤 이유를 대도 말이 안 돼요. 가진 것이 전무하더라도, 팔과 다리를 모두 잃어도, 우린 할 수 있어요. 심장이 있으니까요. 영혼을 가지고 있으니까요. 결심이란 건 마음 안에서 이뤄지는 일이니까요. 아직은 그게 어떤 건지 정확히 알진 못하지만요. 언제나 어려운 문제가 있겠지만, 해결하면 돼요."

세계 각지의 어린아이들을 돕기 위한 기금이 모두 바닥나자 에글링은 파트너를 찾았다. 그는 자금이 부족한 문제를 직시하고 해결책을 구한 것이다.

자금 부족은 수많은 사람이 직면하는 문제라는 점에서 그의 사례는 시사하는 바가 아주 크다. 충분한 돈을 가지고 있지 않든, 물건을 사주는 사람들이 충분하지 않든, 집이 없든, 용기가 없든, 이런 것은 누구나 겪는 문제다. 우리는 이 문제에 대한 생각을 끊고, 에글링이 했던 것처럼 해결책을 찾아야 한다. 우리는 당장 필요한 모든 것을 얻어낼 수는 없지만 지속적으로 우리에게 도움을 줄 뭔가를 얻을 수는 있다.

우리는 너무 어리지도 않고, 너무 나이가 들지도 않았다. 나이가 몇 살이든, 하려는 그 일을 하는 데 충분히 적합하다. 다음 단계로 나아가기 위해 필요한 모든 것을 가지고 있다는 사실을 기억하자. 자신을 믿자! 창조적이 되고, 나 자신이 되자. 열 살이든 백 살이든, 우리는 바꿀 수 있다. 살고 싶은 삶을 살 수 있고, 원하는 모든 것을 할 수 있다.

에글링에게 세상을 바꾸고 싶다는 생각을 언제 하게 되었냐고 물었다. 그는 삶의 목적이 세상을 바꾸는 일이라고 자각하게 된 때는 다섯 살 무렵이었다고 설명했다. 어떻게 그것을 알게 되었느냐고 묻자, 이렇게 대답했다.

"그런 생각을 하면 기분이 좋아졌기 때문이에요. 제 생활이 기분 좋게 느껴지길 원했거든요."

만약 기분 좋은 삶을 느끼기 바란다면, 기분 좋은 자신을 느끼기 바란다면, 나이 때문에 뭘 못한다고 생각하지 말자. 나이 때문에 뭘 못한다고 선을 그을 필요가 무엇인가. 나이는 실재가 아니다. 우리는 뛰는 심장을 가지고 있고, 상상하는 능력을 가지고 있다. 그것들을 사용하자! 도전에 직면할 것이다. 모든 사람이 그렇다. 하지만 숫자로 자신을 제한하려 하지는 말자. 우리는 숫자 이상이다.

끊임없이 변하는 존재

사람들이 종종 내게 묻는다.

"자신이 어떤 사람인지를 알지 못한다면, 행동을 어떻게 하고 원하는 삶을 어떻게 시작하나요?"

언젠가 강연을 마쳤을 때 어떤 사람이 똑같은 질문을 했다. 그러고는 이렇게 덧붙였다.

"제이크, 당신은 누군가요?"

나는 다음과 같이 대답했다.

"사실, 제가 어떤 사람인지 확실히 알지는 못합니다. 그리고 제가 어떤 사람인지를 엄밀히 알 필요가 있다고 생각하지도 않아요. 알 필요가 있다고 생각하는 건 제 자신이 뭘 원하는가라는 거죠. 그리고 그것을 성취하기 위해 어떻게 행동을 시작하는가라는 겁니다."

자신이 어떤 사람인지를 정확히 알아내지 못하는 이유는 간단하다. 정체성이란 고정된 것이 아니라, 매일 변하고 성장하기 때문이다. 우리는 무한한 가능성의 흐름이다. 그래서 자신의 모든 면모를 알아내는 데는 한계가 있다. 하지만 경험과 실험을 통해 새로운 것을 시도하고, 위험을 감수하고, 도전에 맞서 가면서 자신의 더 많은 모습을 찾아내게 될 것이다. 좋아하고 싫어하는 것에 대해 더 많은 것을 발견하게 될 것이다.

자아의 발견을 통해 삶을 향상시킬 수 있는 더욱 탁월한 선택을 할 수 있게 된다. 자신의 습관, 무엇에 대한 반응, 좋아하는 것, 좋아하지 않는 것, 그리고 행동양식을 발견해내야 한다. 하지만 이것은 자신이 어떤 사람인지를 정확히 알아낸다는 것을 의미하는 건 아니다. 우리는 끊임없이 변하는 존재이며, 끊임없이 변한다는 것이야말로 삶이 아름다운 이유 가운데 하나다. 그리고 자신에 관한 미스터리를 걷어내고, 지금 이곳에서 무엇을 하는지를 정확히 알아가야 한다.

그렇다. 우리는 아름다운 미스터리다. 우리는 환희 그 자체다. 삶의 아름다운 면모들 중 하나는 자신을 다른 종류의 상황에 갖다 놓는 능력이다. 독특한 상황과 마주할 때마다, 자신에 대한 더 많은 면모들을 발견하게 되며 내면에 존재하는 미처 알지 못했던 생각과 감성과 진실을 찾게 된다.

우리는 자신이 누구인지를 정확히 알 필요는 없다. 알 필요가 있는 것은 자신이 느끼고 싶은 그 무엇이다. 그것이 자유라면, 자신을 자유로운 존재로 느낄 수 있게 하는 것을 시작하자. 그것이 즐거움이라면, 자신을 즐겁게 한다고 느껴지는 그것을 시작하자. 이건 아주 간단한 일이다. 삶에서 경험하고픈 것을 찾고, 그것을 행동으로 옮기도록 하자. 자신이 누구인지를 발견하는 일은 인생이란 길을 걷는 중에 일어난다.

다시 말하지만, 자신이 누구인지, 그 모든 것을 온전히 알아야 할 필요는 없다. 나는 내가 누구인지, 여전히 그리고 온전히 알지 못한다. 다만 내가 무엇을 할 수 있는지를 알고 있다. 내가 뭘 더 좋아하는지를 알고 있으며, 어떻게 행동을 시작해야 하는지를 알고 있다.

8

———

알면서도
무시했던
성공 비결

포기하지 않는 한 그 어떤 것도

불가능하지 않다는 것을 자각해야 한다.

지금 당장은 자신이 원하는 곳에 있지 않을지도 모른다.

주먹을 불끈 쥐고

꿈을 위해 싸우자.

어떤 꿈이 되었든!

이 세상의 그 무엇도 끈기를 대신할 수 없다. 재능도 끈기를 대신할 수 없다. 재능을 가졌지만 성공하지 못한 사람은 얼마든지 있다. 천재도 마찬가지다. 천재라고 모두가 성공할 수 있는 건 아니다. 교육 또한 끈기를 대신할 수 없다. 세상은 엄청난 교육을 받은 엘리트 실업자들 천지다. 끈기와 투지만이 전능하다.

– 캘빈 쿨리지

원하는 인생을 살고 싶다면 더 많은 것을 간절히 바라야 한다. 공격적으로, 적극적으로 추진해야 한다. 이것이 삶의 질을 좌우한다.

데이브 매튜스 밴드의 데이브 매튜스도 처음부터 세계에서 가장 성공한 라이브 뮤지션은 아니었다. 한때는 앨범을 내자는 음반 회사도 없었고, 음반 매장에서 그의 앨범을 취급하지도 않았다. 그는 자동차에 몸을 싣고 그의 밴드와 함께 미국 전역을 돌아다녔다. 뮤지션으로 이름을 알리기 전까지 그들은 소파나 방바닥에서 잠을 청했고,

가정집 안이나 뒷마당에서 연주를 하면서도, 앨범을 승용차 트렁크에 싣고 다니며 10만 장 넘게 팔았다.

그가 오늘의 성공에 이른 이유는 포기하지 않았기 때문이다. 그는 끈기와 창조적 정신을 잃지 않았고, 전 세계로 투어를 다니며 공연장마다 사람들로 꽉꽉 채우겠다는 최종 목표에 집중했다. 음악을 통해 사람들에게 영감을 불어넣는 일, 이것이 그의 궁극적 목표였다.

사랑하는 것이 있다면 집요하게 매달리자. 이런 태도가 얼마나 중요한지 알려주는 사례가 바로 밥 말리다. 오늘날 밥 말리의 얼굴이 그려진 티셔츠는 세상에서 가장 잘 팔리고 있다. 하지만 밥 말리가 이런 인기를 항상 누렸던 건 아니다. 그는 이웃들이 "물 한 잔 쭉 마시고 잠자리에 들면 돼. 물로 배를 채우고 잠자리에 들면 돼"라는 농담 속에 살아가는 가난한 마을에서 어린 시절을 보냈다. 트렌치 타운은 자메이카 전역에서 가장 빈곤한 지역 중 하나였다.

가난에 찌든 어린 시절을 보냈지만, 밥 말리에게는 출구가 하나 있었다. 음악이었다. 그는 일거리를 찾아 끊임없이 돌아다녔고, 열심히 일했다. 그러다 그의 밴드 '웨일러스'는 마침내 앨범을 제작했다. 하지만 누구도 알아주지 않았다. 일이 뜻대로 되어가지 않을 때는 수시로 포기하는 게 인지상정이지만, 밥 말리는 감나무에서 감 떨어질 때를 기다려서는 안 된다는 사실을 알고 있었다. 뛰쳐나가야 얻어낼 수 있다.

밥 말리는 이렇게 말했다.

"어디서든 출발하지 않는다면, 아무 데도 갈 수 없을 것이다."

밥 말리와 '웨일러스'는 자메이카 전역을 돌며 무료 공연에 돌입했다. 그들은 여전히 돈 한 푼 벌어들이지 못했지만, 어디서나 노래를 부를 수 있었다. 그러다가 그들은 돈을 빌려 자동차 한 대를 구입했고, 그 차를 타고 전국의 라디오 방송국을 찾아다녔다. 매일 그렇게 했고, 어떤 날은 하루 종일 찾아다니기도 했다. 그들은 앨범을 들고 방송국을 일일이 찾아 문을 두드렸다.

"이걸 좀 틀어 주시겠습니까? 이 노래를 틀어 주세요."

방송국 사람들이 "노"라고 말하면, 밥 말리와 그의 멤버들은 노래를 틀어 줄 때까지 그 방송국에 앉아 있었다. 그것이 가장 확실한 방법이라는 듯 그들은 그 방법을 고수했고, 확신을 가지고 있었다. 그들의 끈기는 지독했다. 그들은 마침내 첫 번째 히트곡을 만들어냈다. 그리고 자메이카에서 가장 성공한 뮤지션 중 하나가 되었다. 하지만 그것이 밥 말리가 꿈꾸는 최종 목표는 아니었다. 그의 꿈은 자신의 음악이 자메이카를 넘어 전 세계로 울려퍼지는 것이었다.

그들은 크리스 블랙웰의 아일랜드레코드사와 계약을 맺었다. 크리스 블랙웰은 그들에게 이런 말을 했다.

"성공하고 싶다면 일 년 동안 여러분을 알리는 프로모션 투어를 다녀야 합니다. 이 말은 주머니에 들어오는 게 하나도 없을 거라는 뜻입니다."

밥 말리의 멤버들은 유럽으로 향했다. 당시 유럽에서 그들을 아는 사람은 아무도 없었다. 그들의 노래를 들어본 사람도 전무했다. 상황도 별로 좋지 않았다. 그들은 자메이카 사람들이었고, 유럽은 한겨울로 접어들고 있었다. 그들은 주머니가 텅 빈 상태에서 얼어붙은 유럽을 돌아다녔고, 들어오는 돈도 없었다. 하지만 그들은 알고 있었다. 영향력을 얻기 위해서는 그런 상태로 일 년은 버텨야 한다는 사실을.

이런 상황은 대부분의 밴드 멤버들에게 엄청난 스트레스를 가져다주었고, 결국 멤버의 상당수가 밴드를 떠났다. 하지만 밥 말리는 자신만이라도 이겨내야 한다고 생각했다. 그는 스스로에게 주문을 걸며 끊임없이 동기부여를 했다.

"어딘가에서 출발하지 않으면 어디로도 갈 수 없어."

그는 승용차를 몰고 얼어붙은 유럽을 쉬지 않고 돌아다녔다. 때로는 비참함이 밀려들었고, 형편없는 음식으로 허기를 채웠고, 잠조차 제대로 잘 수 없었다. 그래도 그는 멈추지 않았고, 약속을 어기지 않았으며, 결코 물러서지 않았다.

이듬해, 재정적으로 나아진 건 하나도 없지만 결과적으로 기술적인 면은 눈에 띄게 나아졌고 체력 또한 강화되어 있었다. 드디어 밥 말리와 웨일러스는 세상에 등장했다. 그들은 서구 세계 어디서나 알아보는 존재가 되어갔다.

그렇지만 이 역시 밥 말리가 궁극적으로 다다르고자 한 지점은 아니었다. 그의 목표는 사람들이 함께하는 것, 함께 나아가고 함께 성장하고 함께 진보하는 것이었다. 유명해지고 부유해졌을 때, 그는 자신의 주머니를 털어 무료 콘서트를 하며 세계 곳곳을 누볐다. 그렇게 자신이 세운 염원을 실천해 나간 것이다. 그는 아프리카에까지 장비를 옮겨다 무료 공연을 진행했다.

어느 날 밤, 밥 말리는 자메이카 역사상 가장 큰 규모의 콘서트 중 하나로 여겨지는 '스마일 자메이카Smile Jamaica'를 열었다. 수십 만 명의 자메이카 사람들이 공연장을 메웠다. 이 콘서트의 중요한 의미 하나는 콘서트가 열리기 전날 밤, 밥 말리가 총격을 당했다는 사실이다. 문자 그대로 총알이 그의 몸으로 날아들었고, 그는 거의 죽을 뻔했다. 하지만 그 사건이 있고 불과 24시간 뒤, 그는 이미 한 약속을 지키기 위해 무대에 올랐다.

밥 말리가 무대를 선택한 것은 자신이 하는 일에 온전히 자신을 바치려 했기 때문이다. 그는 사명을 견지했고, 신뢰했다. 몇 년 뒤 밥 말리는 암 진단을 받게 된다. 하지만 그는 여전히 전 세계로 콘서트 투어를 다녔다. 체력이 다해 쓰러질 때까지 멈추지 않았다. 이것이 바로 *끈기*의 실체다.

위대한 존재는 포기하지 않는다는 것을 필연적으로 포함한다. 자신의 꿈에 대해 포기와는 절대로 타협하지 않는다. 여기엔 어떤 변명도 있을 수 없다. 위대한 존재란 결국 *끈기 있는* 존재라는 의미다. 그 어떤 단어도 *끈기*를 대체할 수 없다.

어떤 사람들은 밥 말리가 그렇게 할 수 있었던 건 마리화나에 취해 있었기 때문이라고 생각한다. 하지만 말리와 함께 투어를 다녔고 그에 관한 십여 권의 책을 집필했던 로저 스테픈즈는 이런 생각이 얼마나 큰 오해에서 빚어진 것인지를 다음과 같이 설명한다.

"밥 말리에 대한 왜곡된 이야기들은 십여 가지에 이릅니다. 사람들은 그를 온종일 마약에 취해 있던 미치광이 정도로 생각하죠. 하지만 그는 제가 만나본 사람들 가운데 가장 완벽하게 절제된 사람 중의 하나였어요. 1979년에 했던 '서바이벌 투어' 때는 2주 정도 함께 지냈는데, 그는 늘 맨 먼저 버스에 올라서 맨 나중에 내리는 사람이었어요. 아침에 맨 먼저 일어나고 맨 나중에 잠자리에 드는 사람이었다는 얘깁니다. 그는 아마도 서너 시간 정도밖에 자지 않는 것 같았어요. 그 사람은 완전한 프로, 완벽한 인간이 되기를 바랐습니다."

9개 출판사가 거절한 '트와일라잇'

영화 '트와일라잇' 시리즈는 극장과 서점에서 엄청난 히트를 기록했다. 하지만 처음에는 9개의 문학출판사로부터 거절을 당했다. 그때 원작자 스테프니 마이어는 자신의 원고를 팔아줄 에이전트를 물색했다. 석 달 만에 원고를 끝낸 그녀는 15개의 에이전시에 서신을 보냈다. 마침내 한 곳에서 그녀에게 관심을 표명해 왔다. 그리고 6개의 출판사가 『트와일라잇』 출판권을 놓고 경합을 벌였다. 당시 마이어가 세 권의 저작권으로 받은 돈은 75만 달러였다. 현재 그녀가 벌어들인 순수익만 4천만 달러가 넘는다.

우리는 성공한 수많은 프로젝트와 수없이 많은 성공담의 주인공을 볼 때 밝게 빛나는 부분만 보게 되지만, 그들이 거기에 이르는 데는 결코 순탄한 길만 있었던 건 아니다. 꿈에 이르는 길 역시 고통과 절망, 자신에 대한 의문으로 가득 차 있을 것이다. 이런 감정들과 마주칠 때, 필요한 것이 바로 끈기다. 자신의 길을 가로막고 있는 것이 무엇이든 필요한 것은 그것들을 극복할 의지다. 쉽다면 아무런 가치가 없다는 것을, 포기한다면 이룰 만한 자격이 되지 않음을 증명하게 되는 것임을 알아야 한다.

꿈이 실현되지 않을 거라는 데 대한 핑계거리를 만들기 시작할 때마다 나는 늘 아역배우로 출발해 형사이며 작가가 된 버나드 셰퍼의 다음과 같은 말을 떠올리곤 한다.

"들어봐, 스티븐 킹은 아이들이 잠자리에 들면 트레일러(이동식주택) 화장실에서 글을 쓰곤 했지. 엘모어 레너드는 매일 아침 5시에 일어나 일을 하러 가기 전까지 원고를 썼어. 나는 항상 알람을 5시에 맞춰놔. 하지만 일어나고 싶지 않고, 비디오게임을 더 하고 싶은 건 보통 사람들이랑 다를 바가 없어. 이런 식이면 그만둬야지. 개뿔, 이렇게 해서 뭔 책을 써."

셰퍼의 말은 작가에게 국한된 것 같지만, 그의 메시지는 어떤 분야에나 적용될 수 있다. 전 세계에 영향력을 가진 사람들 중에서 일상적이고 소소한 노력을 게을리한 사람은 아무도 없다. 만약 정말로 뭔가를 원한다면, 그 뭔가가 일어날 수 있도록 충분한 끈기를 가지고 있어야 한다.

재능 있는 사람과 성공한 사람의 차이

물론 뭔가가 되기 위해선 재능이 필요하다. 하지만 재능이란 식탁 위의 소금보다 싼, 끔찍할 정도의 싸구려에 불과하다. 재능 있는 인간과 성공한 인간을 구별 짓는 것은 노력과 공부다. 그것은 끊임없는 연마의 과정이다.

– 스티븐 킹

노력이란 무엇인가를 하고 있다고 느낄 때조차도 무엇인가를 하는 것이다. 다시, 그리고 또다시, 또다시. 노력한다는 건 자신을 지속적으로 되돌려놓는 것을 의미한다. 지쳤을 때 떠올리는 그것. 온종일 하고도 저녁 무렵에 다시 떠올리는 그것. 한밤중 잠자리에 들기 전에 다시 떠올리는 그것.

노력한다는 것은 가슴에서 만들어진 생각에 오래도록 집중하는 훈련이다. 그것은 엄청난 힘을 가져다준다. 노력은 자신이 지쳤다는 걸 알게 하고, 다음 날로 미룰 수 없을 정도로 좋아하면서도 그 다음 날이면 또다시 하게 되는 그 일을 의미한다. 살면서 계속 보게 되는 것, 마음과 정신에 계속 떠올리는 그것이다. 타인들에게, 그리고 재능에 마음과 정신을 끊임없이 담아낸다.

노력한다는 것은 인생에서 가장 중요한 것을, 그래서 엄청난 열정을 가지고 하게 되는 그것을 알아내는 능력이다. 15분, 한 시간, 하루, 일주일이 아니다. 매일 그것을 한다. 그것은 위대함의 기준이 되고, 당신이 무언가를 해낼 수 있다는 믿음으로 차곡차곡 쌓인다.

보람 없는 일, 헛된 일을 했다는 느낌이 들 때 좌절에 빠지겠지만, 다시 일어서게 될 것이다. 다시 하고, 또다시 하면서, 얼굴에는 미소가 떠오를 것이고, 앞으로 계속 나아갈 수 있는 기회가 생겨난다는 사실에 감사하는 마음이 가슴에 벅차오를 것이다. 기회와 가능성, 의도, 자신의 가치, 그리고 이것들과 적당히 타협할 수 없다는 사실에 대한 인식에 마음을 집중해야 한다. 매일 끈질기게 자신을 내보여야 한다. 자족에 빠져서도 안 되고, 수동적이 될 수도 없다. 강해야 하고, 굳건해야 하며, 열정적이고 스스로를 통제하는 사람이 되어야 한다.

낙선, 또 낙선했던 에이브러햄 링컨

> 우표에서 가장 흥미로운 사실은 우표 붙이는 일에 들러붙어서
> 끈기 있게 몰두해야 한다는 것이다.
>
> – 나폴레옹 힐

우리는 저마다 뭔가를 하기 위해 태어났다. 그 뭔가를 하며 살아가는 동안 몇 번이나 중단할까? 종종 우리의 지능, 육체적 능력, 재능, 어긋난 타이밍, 혹은 가지고 있는 돈의 부족을 탓하며 그 일을 멈춘다. 에이브러햄 링컨은 이런 모든 변명 거리들을 멋지게 활용했다.

가난한 집안에서 태어난 링컨은 정치에 뛰어들기까지 엄청난 사투를 벌여야 했다. 이런 일은 코흘리개에 불과할 때부터 비일비재하게 일어났다. 너무도 가난해서 세 든 집에서 쫓겨나기 일쑤였고, 어린아이일 때부터 가사에 도움을 주기 위해 힘든 일을 해야만 했다. 그가 어렸을 때는 어머니가 일찍 세상을 떠나서 보살핌을 받을 수가 없었다. 링컨은 자라면서 줄곧 힘들게 일했지만 가난을 벗어날 수가 없었다. 빚을 지지 않고 살 수 있게 된 건 열일곱 살이 되었을 때였다.

힘든 일과 끈기로 버텨내던 시기에 링컨은 주의원 선거에 처음 출마를 했는데, 이후 여덟 번이나 낙선의 고배를 마셨다. 이 무렵에 링컨은 약혼을 했지만 약혼녀마저 세상을 떠나고 말았다. 낙선과 약혼녀의 사망이 한꺼번에 일어나자 마침내 그는 신경쇠약에 걸렸고, 6개월 동안 병석에서 일어나지 못했다.

병석에서 일어난 후 그는 다시 주의원에 도전했지만 성공하지 못했

다. 그다음 도전도 실패로 돌아갔다. 그의 도전은 연방의원으로 바뀌었고, 다시 실패했다. 도전은 거기서 끝나지 않았다. 그는 그다음 도전에서 성공했고, 마침내 승리했다. 하지만 곧 이어진 재선에서 낙마했다. 그러자 그의 고향인 켄터키 주의 지역관리로 출마했지만 성공하지 못했다. 이후 그는 상원의원에 도전했으나 낙선의 고배를 마셨다. 이어 부통령 지명전에 나섰는데 100여 표가 모자라 실패했다. 그는 약간의 굴욕감을 느꼈다. 하지만 상원의원에 다시 도전한다. 그는 또다시 낙선했다. 그다음에 도전한 선거가 미국 대통령선거였다. 결국 그는 당선되었을 뿐 아니라 역대 미국 대통령들 가운데 가장 훌륭한 대통령 중 한 사람으로 기억되었다.

링컨의 이야기가 무엇을 전해 줄까? 거칠거칠한 것이 부드러워질 때까지, 부드러운 것이 더 부드러워질 때까지 갈고 또 갈아야 한다는 것을 얘기해 주고 있는 것은 아닐까? 쉬지 않고 정진한다면 결국 자신이 누구인지, 무엇이 되어야 하는지 발견해낼 것이다. 한 인간의 인격은 이러한 절차탁마의 과정을 통해 완성된다. 작가 킨 케이드는 이를 다음과 같이 멋지게 표현했다.

"얼마나 많이 실패했는가는 중요하지 않다. 고생하며 나아가야 한다. 이것이 길을 닦는 유일한 방법이다."

삶이란 마법과는 거리가 멀다. 어떤 때는 그렇기도 하지만, 늘 장미처럼 달콤한 향을 뿜어내지는 않는다. 혼자만 포기하고 싶다는 생각을 하는 것도 아니다. 에이브러햄 링컨을 보자. 그는 삶의 진정한 가치를 전해 준다. 도전하기 전까지는 아직 가장 멋진 모습이 무엇일지 알지 못한다. 필요한 것은 그저 묵묵히 앞으로 나아가는 것이다.

무한한 잠재력을 발견하는 순간

> 인간은 수원(水源)이 드러나지 않은 강이다.
>
> — 랠프 왈도 에머슨

강해지는 길 외엔 어떤 선택도 할 수 없는 상태에 놓이기 전까지는 자신이 얼마나 강한 사람인지를 알지 못한다. 허탕을 치고 돌아왔을 때, 이전에는 생각하지 못했던 큰 능력과 힘과 창조력과 용기가 생겨난다. 이것이 바로 "깊이 파고들라, 그러면 자기 자신을 넘어서게 된다"라는 말의 의미다. 스스로 자신이라고 생각하는 그 사람, 한계라고 생각하는 그것을 넘어가는 자신을 막지 말아야 한다. 그래야만 더 위대한 뭔가로 다가갈 수 있다. 내면의 힘을 시험하는 기회를 더 많이 가지면 가질수록, 이런 강력한 상태의 삶을 더 많이 살아갈 수 있다. 자신을 내던져 도전하지 않는다면, 그저 어쩌다 일어나는 일에 대처하는, 혹은 다급한 상황에서 일시적으로 발휘되는 자신의 능력만을 보게 될 것이다.

우리는 자신이 누구인지에 대해, 무엇을 할 수 있는지에 대해, 아무 생각이 없다. 마틴 루터 킹, 간디, 안네 프랑크, 로자 파크스Rosa Parks(미국 인권운동가) 같은 사람들은 인간의 잠재력이라는 샘의 표면을 단지 톡 치는 것만으로도 무한한 잠재력의 근원을 발견했다. 이유는 간단하다. 어려운 상황에 처했었기 때문이다. 그들은 생사가 걸린 위급한 상황에서 내면에 존재하는 힘을 발견했다. 그들의 목숨을 위협하는 것은 총기에서 강제수용소까지 다양했지만, 그것들은 하나같이 내면의 힘을 강화하는 데 활용되었다. 그들은 두려움이 자신들을 덮어 버리도록 내버려두지 않았다. 그들은 그런 끔찍한 압제 아래에서는 삶의 가치가 발현될 수 없다는 사실을 알고 있었기 때문에 내면의 힘을 찾아내기 위해 더 깊이 파고들어 간 것이다.

단 한 점의 그림만 팔았던 반 고흐

> 용기는 모든 덕목 가운데 가장 중요하다. 용기를 갖지 못한다면
> 그 어떤 덕목도 지속적으로 실행할 수 없다.
>
> — 마야 안젤루

끈기가 곧 용기다. 상황이 얼마나 나쁘든, 수입이 얼마나 적든, 여전히 내가 해낼 것이라고 믿는 것이 바로 용기다. 성공이란 시공간상 어느 한 지점에 도달함이 아니라 사랑하는 일을 하면서 용기를 갖고 시간과 공간을 여행하는 것을 의미한다.

빈센트 반 고흐의 삶이 그랬다. 그는 생전에 단 한 점의 그림만을 팔았을 뿐이다! 그는 그림이 팔리는 데 개의치 않은 채 자신이 사랑하는 일을 끈기 있고 단호하게 행한 사람이다. 그는 그것이 무엇이든 결연히 해나갔다. 그가 생전에 판 그림이 단 한 점밖에 없었다는 사실을, 그것도 친구가 사주었다는 사실을 아는가? 하지만 그는 결코 그림 그리기를 멈추지 않았다. 그는 계속 나아갔고, 세상을 떠나기 전에 무려 800점이 넘는 그림을 완성했다.

그의 작품은 시대를 뛰어넘어 존재한다. 그는 자신이 해야만 한다고 인식한 것에 악영향을 끼치는 그 어떤 것도 그냥 두지 않았다. 자신이 사랑하는 것을 하지 못하게 하는 그 어떤 것도 용납하지 않았다. 그는 자신을 믿었기 때문에 지금도 모든 사람이 그의 작품을 구입하고 싶어 한다. 그의 작품 가운데 가장 비싼 것은 무려 1억 4,270만 달러에 이른다.

반 고흐의 삶이 가르쳐 주는 진실은 내가 가장 좋아하는 뮤지션인 래퍼 맥클모어의 말에서 얻을 수 있다.

"위대한 화가들은 그림을 그릴 수 있는 재능을 타고났기 때문에 위대해진 것이 아니다. 그들이 위대한 이유는 그 재능을 쏟아냈기 때문이다."

이 말로 충분하지 않다면 빈센트 반 고흐의 다음과 같은 말을 들려주고 싶다.

"'넌 그릴 수 없어'라는 말을 들었을 때, 그런데도 그리고, 또 그린다면, 결국 그 말은 더 이상 들려오지 않을 것이다."

'브루클린 다리'의 비화

부친이 꿈에 그리던 프로젝트를 시작했고, 자신은 불의의 사고로 뇌의 기능 중 많은 부분이 손상되었다고 상상해 보자. 하지만 자신의 내면은 그 일을 계속해야만 한다는 것을 깊이 인식하고 있다! 그런데 손가락 하나만을 움직일 수 있을 뿐이다.

자신은 너무도 결연한 사람이라 그 고집으로 벽에 문을 만들 수 있다는 사실을 알고 있다. 병원에서 회복을 기다리는 동안, 손가락 하나로 아내와 의사소통을 할 수 있는 체계를 개발해낸다. 손가락으로 아내의 팔을 두드려 신호를 보내는 방법이다. 아내가 신호에 응답하면 천천히 손가락을 움직인다. 하지만 이 프로젝트를 완벽하게 성공시키기까지는 13년이란 세월이 걸렸다.

이것이 바로 1800년대 초에 처음 시작된 '브루클린 다리'에 얽힌 비화다. 이 이야기는 큰 부상을 당했지만 신념을 잃지 않았던 한 엔지니어의 아버지로부터 시작된다. 그의 부친 존 로블링은 맨해튼과 브루클린을 연결하는 꿈을 가지고 있었다. 누구도 그것이 가능한 일이라고 생각하지 않았다. 그야말로 꿈같은 이야기에 불과했다. 안전하지 않다는 이유를 들어 사람들은 모두 그를 만류했다.

더욱이 프로젝트를 진행하고 반년이 지나지 않아 로블링은 세상을 떠났고, 앞에서 얘기한 것처럼, 그의 아들 워싱턴 로블링 역시 심각한 사고를 당해 말을 하지도 걸을 수도 없는 상태에 놓이고 말았다. 하지만 그는 브루클린 다리를 만들기 위해 필요한 일이라면 마지막 남은 1그램의 의지력마저 끌어올렸다. 그는 결코 포기하지도 굴복하지도 않았다.

이 이야기는 물리적 한계에 부닥쳤을 때 자신이 어떤 모습을 보여주어야 하는지를 가르쳐 준다. 말을 할 수 없을 때조차 아직 방법이 사라진 것은 아니다. 사실, 방법은 항상 있고, 길은 늘 열려 있다. 하지만 그럴 때 귀에 들려오는 말은 "불가능해. 포기해"라는 말뿐이다. 그 말에 굴복하지 않을 때, 가능성은 유일한 수단이 된다. 태양은 매일 떠오른다. 구름이 너무 많이 끼어서 태양이 보이지 않는 날에도, 하늘 어딘가에는 분명히 태양이 있다.

좌절에서 더 많은 것을 찾은 사람들

계획한 일이 틀어지거나 제대로 되어가지 않을 때 실망감에 빠지는 건 자연스러운 일이다. 충분히 할 수 있는 일을 이뤄내지 못했을 때 특히 그렇다. 이런 일은 흔하게 일어나며, 이럴 때마다 우리는 불만에 싸이고 자신을 자책하게 된다. 우리는 완벽한 존재가 되기를 바란다.

그러나 인간은 불완전한 존재다. 그래서 우리는 이 사실을 받아들일 뿐만 아니라 어떻게든 최선을 다한다. 개인적으로 나는 내가 처한 조건이나 자신에 대한 불만을 영감을 끌어내는 요소로 활용하기를 좋아한다. 흔히 스스로 자신에 대해 만족하지 않는 것을 좋지 않다고 생각한다. 하지만 만족스럽지 않은 일이 일어난다면 충분히 일어날 수 있는 일이라고 생각하고는 오히려 그것을 유익하게 활용하라고 권하고 싶다. 분노와 좌절은 적절한 통로만 찾을 수 있다면 창조적 행위와 생산성에 불을 지피는 강력한 감성의 연료가 될 수 있다.

파도타기 세계 챔피언인 레어드 해밀턴은 언젠가 내게 말했다.

"나를 좌절시키는 일이 일어나지 않는 건 좋지 않습니다. 딛고 일어설 뭔가가 없다는 뜻이니까요."

그날 해밀턴과의 인터뷰를 마치고 돌아온 나는 영상을 두 번이나 돌려 봤다. 그는 만족을 느끼지 못하거나 자신이 원하는 것을 성취하지 못한 상태, 좌절에 빠지고 기분이 가라앉는 상태도 삶의 일부라고 말한다.

이런 감정을 느낄 때, 두 가지 선택이 존재한다. 하나는 자신에 대한 실망이다. 이 실망감은 자신을 최악의 비판가로 만들고, 자존감을 무너뜨리는 부정적인 혼잣말을 중얼거리게 만들고, 무엇보다 속을 미치도록 뒤집어놓을 것이다. 다른 하나는, 불만을 느꼈던 해밀턴의 선택처럼 오히려 가능한 한 신속하고 정확하게 자신을 둘러싼 조건들을 동기로 환원해 행동을 취하게 만드는 방법이다. 해밀턴이 사용한 에너지는 부정적이고 의문스러운 느낌들이었는데, 오히려 동기를 부여하고 상황을 변화시키는 데는 더 큰 에너지로 작용했다.

기업가이며 자선가에 자기계발 서적을 출간한 작가이기도 한 클레멘트 스톤Clement Stone은 불만을 통해 영감을 얻는 것은 삶에서 아주 위대한 과업들을 성취하는 데 도움을 주는 중요한 원리라고 가르쳐 왔다. 삶으로부터 더 많은 것을 찾아내려는 사람이라면 실패나 기만을 당했다는 느낌, 혹은 잠시 동안 길에서 벗어난 느낌을 기꺼이 받아들일 필요가 있다. 이렇게 하는 사람들과는 달리 대다수의 사람들은 실패했다는 감정에 휩싸여 손을 놓아 버린다. 하지만 불만을 영감으로 환원하는 사람들은 자신이 원하지 않는 곳에 머물러 있지는 않을 거라는 생각을 갖고 있다. 그렇다고 그들이 늘 환한 얼굴로 사는 건 아니다. 그들 역시 속을 끓인다. 하지만 그들은 이런 상황을 다시 겪지 않기 위해 불만과 좌절을 발판으로 삼아 더 열심히 노력하고,

더 나아지려 하며, 가능한 한 최선을 다하려고 한다.

만약 불쾌한 느낌이 든 적이 있었거나 지금 당장 그렇다면, 그 쓰라린 감정을 더 많은 것을 행하고 얻어내는 연료로 사용해 보자. 그런 감정들을 내면의 불쏘시개로 사용하자. 그래서 더 나은 삶을 향해 나아가도록 해보자.

우리는 인간이다. 불만을 느끼거나 균형을 잃는 건 있을 수 있는 일이다. 하지만 거기에 붙들리지 말자. 그것을 느끼고, 인식하고, 전환하는 행동을 취하자. 높은 성취욕을 가진 사람들은 이런 순간들을 더 나은 존재가 되는 기회로 삼는다.

"내가 만약 엉망이 되어 버리면, 그 상황이 나를 더 열심히 하도록 만듭니다."

스케이트보드 선수인 버키 라섹이 내게 해준 말이다. 그는 이렇게 덧붙였다.

"내가 항상 원하는 건 이전의 나보다 더 나아지는 겁니다. 나한테 화가 나면, 그걸 연료로 사용하죠."

살짝 표현이 다를 뿐, 라섹도 해밀턴과 같은 철학을 갖고 있다.

그는 종종 대단히 비판적이 된다고, 특히 자기 자신에게 그렇다고, 설명했다. 많은 사람이 비판적이긴 하지만 종종 그런 식의 감정을 발견하게 될 때, 우리는 침울해지고, 느슨해지고, 부루퉁해지기 마련이다. 라섹은 반대로 이런 감정들을 자신의 내면에 깃든 잠재력을 일깨우는 도구로 사용했다. 자신이 할 수 있는 최선을 찾아내도록 스스로를 몰아세운다. 그는 높은 수준의 능력을 가지고 있어서 자신의 분야에서 세계 최고의 실력자임에도 불구하고 매번 자신의 기대에 상응하지는 못했다. 하지만 그가 쥐고 있던 열쇠는 만족스럽지 못한 결과로부터 쓰라린 맛을 보면 자신의 목표를 성취하기 위해 더 열심히 자신을 독려했다는 사실이다. 의기소침해지거나 나쁜 감정에 휘둘리는 대신 그것을 앞으로 나아가는 연료로 삼아 삶 전체를 변화시키는 것을 볼 때마다 나는 신비로움을 느끼지 않을 수 없다.

끝까지 살아남는 이유

> 가장 강한 종이 살아남는 것도 아니고, 지능이 가장 뛰어난 종이 살아
> 남는 것도 아니다. 살아남는 건 변화에 가장 잘 적응한 종이다.
>
> — 찰스 다윈

"인생에서 가장 좋은 것을 얻는 비결이 뭐라고 생각하십니까?"

내가 파도타기 선수 로브 마차도에게 물었을 때 그의 대답은 딱 한 마디였다.

"적응력이죠."

자신을 세계에서 가장 뛰어난 파도타기 선수 중 한 사람이 될 수 있게 만든 것이라며, 그가 해준 말은 '끊임없이 변화하는 상태'에 대한 것이었다. 당시 그는 다른 서퍼들과 함께 세계 전역을 돌아다니고 있었다. 새로운 곳에 갈 때마다 그들은 물속으로 뛰어 들어갔다 나와야 했고, 그들과 함께 투어에 참가하고 있던 심판들이 보는 앞에서

시연을 펼쳐야 했다. 심판들은 그들의 기존 순위와 서퍼로서의 경력, 그리고 가능성들을 근거로 순위를 매겼다. 그들의 경력과 인생과 미래는 다른 사람들과의 경쟁을 토대로 만들어졌다.

로브 마차도는 아주 많은 것이 계속되고, 그것들은 늘 변하고 있다고 말했다. 자신의 보드가 없는 상태에서 물에 들어가거나 늘 사용하던 것과 다른 보드를 타고 물에 들어가야 할 상황이 생기곤 했다. 그럴 때마다 그는 보드를 다시 바꾸어야만 했다. (서퍼들은 어떤 한 보드에 익숙해지는 경향이 있다. 그래서 보드를 바꾸면 보드에서 떨어지는 경우가 많았다.) 그다음 주에는 세계의 반대편에 가 있기도 했다. 날씨는 완전히 달랐다. 돌풍이 몰아치거나 바람이 거칠게 불 수도 있었다. 밖으로 나가고 싶지 않았지만, 나가지 않을 수 없었다. 그는 원치 않는 조건들 속에 놓이게 되면 스트레스가 치솟았다. 자신이 하는 일에 전혀 열의를 느끼지 못하게 되는 순간들이 있었지만, 그는 어떻게든 파도를 타지 않으면 안 되었다.

우리가 맞이하는 상황도 이런 상황과 별반 다르지 않다. 살면서 우리는 자주 직면하고 싶지 않은 상황들과 부딪친다. 하지만 피해갈 수 있는 방법은 없다. 삶이 우리를 이런 상황들 앞에 놓이게 만들 때, 이 상황들에 적응할 수 있어야만 한다. 삶의 파도와 돌풍이 밀려들 때, 중심을 유지한 채 고요히, 자신과 연결된 끈을 놓치지 않고 강하게 맞서야 한다.

우리는 집중과 적응을 통해 자신을 끊임없이 성장시키고 더 나은 모습으로 만들어낼 수 있다. 사업을 하는 사람이든 로브 마차도처럼 세계에서 가장 뛰어난 파도타기 선수든, 이것은 삶의 비밀을 여는 하나의 열쇠다. 삶에, 삶의 변화에 그대로 적응하자. 몹시 추운 날이나 몹시 더운 날을 한껏 즐기던 때가 누구에게나 있었다. 불가능한 일이 아니다. 삶이 우리에게 가혹한 상황이나 무자비한 공세를 퍼부을 때조차, 열쇠는 적응이다. 자신을 변화에 적응시키고, 그것을 즐기게 하고, 그로부터 기쁨을 느끼게 하는 것이다.

성공하는 방법을 아는 사람

래퍼 제이지. 사람들은 그를 끔찍이 사랑하든가, 끔찍이 싫어한다. 선호도만으로 보면 둘 중 하나. 하지만 누구도 부정할 수 없는 하나는 그가 수백만 명의 사람에게 다가가는 방법, 수백만 달러를 벌어들이는 방법, 전 세계에서 상업적으로 성공한 뮤지션이 되는 방법을 아는 사람이라는 사실이다.

그는 경제 전문지 〈포브스〉가 선정한 5억 달러의 가치를 지닌 뮤지션이다. 그리고 그는 끊임없이 히트곡을 생산해내고 있다. 하지만 그 사람에게 느끼는 매력은 그의 명성에 있지 않다. 그의 재산도, 아름다운 아내 비욘세도, 혹은 얼마나 많은 앨범을 판매했는가도 아니다. 내가 그에게 사로잡힌 건 그가 보여준 끈기 때문이다!

아무도 이 젊은이와 음반 계약을 하지 않으려고 했다는 사실을 많은 사람이 모르고 있다. 음반 회사는 그의 음악을 거들떠보지 않았다. 하지만 그는 상관하지 않았다. 다른 사람들의 생각을 그저 하나의 의견으로 치부했을 뿐이었다.

세상은 그에게 "노"라고 말했지만 그는 자신을 믿었다. 결국 자신의 음반 회사 '로커펠라Roc-A-Fella'를 설립했고, 자동차 트렁크에 CD를 싣고 다니며 팔기 시작했다. 보고 싶어 하는 사람들이 있다면 누구 앞에서든 공연을 했다! 오늘날 그는 역사상 세계에서 가장 많은 음반을 판매하고 공연장을 관객들로 꽉 채우는 뮤지션이다.

그는 어린 시절에 바로 이 꿈을 꾸었고, 음악의 도움을 받아 뉴욕의 뒷골목과 폭력으로부터 벗어날 수 있었다. 그때는 모든 가능성이 그를 등지고 있었다. 수중엔 땡전 한 푼 없었고, 대학 교육은 엄두도 낼 수 없었다. 음반 회사는 눈길조차 주지 않았다. 하지만 그는 다음과 같이 중얼거렸다.

"목표로 삼기에 아무 문제가 없다면, 표적만 바꾸면 돼."

그의 성공이 가진 열쇠는 목표로 하는 것과 표적의 관계를 명확하게 이해했다는 데 있다. 자신이 바라는 방식으로 뭔가를 하는데 이뤄지지 않는다면, 포기하지 말고 표적만 바꿀 필요가 있다. 자신을 도와줄 누군가를 기다리지 말자. 자신을 믿어야 한다! 포기하지 않는 한 그 어떤 것도 불가능하지 않다는 것을 자각해야 한다. 지금 당장은 자신이 원하는 곳에 있지 않을지도 모른다. 주먹을 불끈 쥐고 꿈을 위해 싸우자. 어떤 꿈이 되었든!

9

시작!
첫걸음이
가져온 결과

그 어떤 방법도 열심히 노력하는 것보다 좋은 것은 없다.

나 자신과 노력을 대체할 수 있는 건

아무것도 없다.

몸과 마음을 다해, 자신이 가진 것이

주어진 전부라는 사실을 자각하고, 삶의 결승점을 향해

기 꺼 이 달 려 가 야 한 다 .

할리우드 유명 배우 윌 스미스는 엄청나게 오해를 일으키는 개념 중에 하나가 바로 재능과 숙련의 차이라고 말한 적이 있다. 그의 말에 따르면, 재능은 선천적인 무엇이며 우리에게 꼭 필요한 것이라고는 할 수 없다. 숙련을 거치지 않으면 재능도 소용이 없기 때문이다. 오랜 시간 공을 들여 연마하는 과정이 필요하다는 말이다.

　윌 스미스는 자신의 성공을 숙련의 결과로 생각한다. 그는 자신을 특별한 재능을 타고난 사람으로 보지 않았다. 그는 자신이 만약 대단한 사람이라면 뛰어난 존재로 태어나서가 아니라 항상 공부하고 연구한 덕분이라고 말했다. 그는 자신이 가진 자질과 육체적 정신적 힘을 강화하기 위해 항상 노력하는 사람이다. 그는 시간과 노력을 자신이 원하는 방식의 예술적 가치를 구현하는 데 사용한다.

　사람들은 종종 뭔가 위대한 성취를 이룬 사람들은 운이 좋다고 생각한다.

　"당신은 운이 아주 좋았어. 그 모든 걸 해냈으니까."

나는 이처럼 행운이라는 단어를 쓰게 되면 우리에게 진짜 일어나고 있는 일이 무엇인지를 놓치게 된다고 생각한다. 사람들은 열심히 일한 보상을 너무도 쉽게 행운으로 돌려 버린다. 모든 일에는 원인과 결과가 있다. 원인은 우리에게 찾아온 행운이 아니라 처음 취한 행동, 즉 첫걸음이다. 그것을 통해 우리는 육체적으로 감성적으로 정신적으로 더 강해지게 되며, 더 많은 것을 배우게 된다.

만약 화가가 되기를 원한다고 가정해 보자. 가능한 한 많은 그림을 그리고 위대한 화가들의 이야기를 읽는 것으로 화가로서의 첫걸음을 떼게 된다. 만약 훌륭한 뮤지션이 되고 싶다면, 첫걸음은 역시 수많은 연습이다. 위대한 작가가 꿈이라면, 수많은 습작을 통해 작가의 길을 걷기 시작할 것이다.

나는 작가로서 타고난 재능은 거의 없다고 생각한다. 학창 시절 영어 성적은 형편없었다. 겨우 낙제를 면했을 뿐이다. 하지만 대학에 들어갔을 때, 글을 쓰는 것이 내가 가장 추구하고 싶은 일이라는 사실을 깨달았다.

글쓰기 재능이 없었던 나는 기술을 개발하기 위해 작가들의 글을 찾아 읽기 시작했다. 당시 가장 좋아하는 작가들 가운데는 스콧 피츠제럴드와 헌터 톰슨이 있었다. 헌터 톰슨이 어떻게 글쓰기를 연마했는지를 찾아보기로 했다. 헌터는 자신이 좋아하는 책들을 타자기를 이용해 몇 번이고 필사했다고 한다.

그래서 나도 그렇게 했다. 좋아하는 책들을 타이핑하면서 나 자신에게 글쓰기를 가르쳤다. 수많은 시간을 글 쓰는 능력을 키우는 데 사용했다. 끈기 있게 달라붙었고 수련을 게을리하지 않았다. 그렇게 하면 뭔가 이루어질 수 있을 거라는 사실을 감지했고 원하는 일이 일어날 수 있다는 느낌이 들었기 때문이다.

만약 지금 당장은 뭔가에 취약하지만 그것을 취미로든 직업으로든 추구하고 싶다는 생각을 가지고 있다면, 어떻게든 그것을 추구해 보자. 무엇이든 시작하자마자 잘할 수는 없다. 역사상 가장 위대한 농구선수임에 틀림없는 마이클 조던도 고등학교 2학년 때까지는 주전 선수로 뛰지 못했다. '자질'은 아직 충분히 숙련되지 않았던 것이다.

경기를 이끌어 나가기에 약점이 많다는 사실을 알았던 그는 자신을 쉽게 드러내지 않고 체육관에서 수없이 많은 시간을 보냈다. 열심히 노력한 뒤 그는 고등학교 졸업생들 가운데 가장 우수한 선수 중의 하나가 되었고 세계적 농구 명문인 노스캐롤라이나 대학교로 진학할 수 있었다. 그를 세계적 농구선수로 만든 것은 타고난 재능이 아니라 자신의 자질을 개발한 덕분이다.

어떤 점에서 재능은 오히려 실패의 길로 인도하기도 한다. 재능은 타고났지만 성공에 이르지 못한 수많은 운동선수가 있다. 아마도 그들은 타고난 재능만 믿고 기술 연마에 시간을 들이지 않았을 것이다. 노동이라는 윤리적 가치 또한 간과했을지 모른다.

노동의 윤리적 가치를 중요하게 생각하지 않는 사람들은 슬럼프가 닥쳤을 때 헤쳐나갈 수가 없다. 이것은 그들이 충분히 집중하지 않기 때문이다. 그들이 지닌 재능은 다듬어지지 않은, 자연 그대로일 뿐이다. 그들은 그걸 연마하는 데 시간을 들이지 않는 것이다.

베토벤이 위대한 작곡가이며 음악가가 될 수 있었던 건 끊임없는 연습 덕분이었다. 그는 재능을 타고난 사람이었을지도 모른다. 하지만 그건 단지 시작할 때의 일이었다. 다시 말하지만 재능은 그가 이후로도 쉬지 않고 행한 일들과 아무런 관련이 없다. 그의 삶을 되돌아보면 볼수록 이 사실은 분명해진다.

하고자 하는 일에 대해 재능을 충분히 가지고 있지 않다는 생각에 빠져 스스로를 바보로 만들지 말자. 어떤 일을 충분한 재능을 가진 상태에서 시작하는 사람은 거의 없다. 그들은 그 일이 너무도 좋고, 그 일에 대한 열정을 가지고 있을 뿐이다. 그 일을 하기 위해 필요한 것은 기술을 연마해 나가는 것이다. 그렇게 해나가다 보면 연마한 기술이 자신의 몸에 충분히 익숙해지고, 익숙해지면 직업으로 삼을 수도 있게 된다.

누군가가 어떤 일을 훌륭하게 수행한다는 것은 이런 방식의 연습에 의해 이루어진다. 이 방식을 통해 사람들은 이전에 존재하지 않았던 어떤 사람이 되는 것이다.

그 어떤 방법도 열심히 노력하는 것보다 좋은 것은 없다. 나 자신과 노력을 대체할 수 있는 건 아무것도 없다. 몸과 마음을 다해, 자신이 가진 것이 주어진 전부라는 사실을 자각하고, 삶의 결승점을 향해 기꺼이 달려가야 한다.

자신이 가지고 태어난 재능보다는 노력을 자신의 삶에 최대한 쏟아부을 때 평화로움을 느끼게 된다. 위대한 목표를 성취하기 위해 평화를 끌어오는 기술을 갈고닦아야 한다. 단지 인생을 즐겁게 살고자 하더라도 마찬가지다. 평화의 기술이란 사랑하는 것들을 하나씩 하나씩 행함으로써 생겨나고 개발된다.

재능과 능력보다 더 중요한 것

모차르트가 고작 여섯 살 때 오케스트라 연주용 곡을 만들 만큼 음악의 신동이었다는 얘기를 잘 알고 있다. 하지만 여기에는 중요한 사실이 하나 빠져 있다. 실제로 음악회에 가서 그의 오케스트라 곡들을 듣게 되면 모두가 적어도 십 대 초반 이후에 작곡한 곡들이다. 그 이전에 만든 곡들은 연주되지 않는다.

왜일까? 이유는 간단하다. 아주 어릴 때 만들어진 교향곡들은 오케스트라 지휘자들의 입장에서 연주하기에 충분히 좋은 곡이 아니기 때문이다.

자신의 능력 수준(혹은 능력 부족)은 문제가 되지 않는다. 문제는 지속적인 행위를 취하는가에 달려 있다. 성공이란 하룻밤 사이에 이뤄지지 않는다. 대개는 오랜 시간에 걸쳐 이루어진다. 지금 당장 자신이 원하는 결과와 능력의 면모가 이뤄지지 않았다고 해서 용기를 잃지 말자. 지속적이고 끈기 있는 행동이 우리를 거기에 도달시켜 줄 것이다.

특정한 일을 하는 데 필요한 능력은 끊이지 않는 지속성으로부터, 일에 기울이는 헌신으로부터 만들어진다. 목적지로 삼은 곳으로 가는 길을 대충 가지 말자. 모든 위대한 예술가, 작가, 기업가, 사상가는 시작할 때엔 아무것도 아닌 존재였다. 오랜 시간 헌신적으로 그 일에 매달림으로써 위대한 존재가 되었다.

우리는 흔히 한 해 동안 성취할 수 있는 것에 대해서는 과대평가한다. 하지만 10년 동안 성취할 수 있는 것에 대해서는 과소평가한다.

예를 들어 기타를 배우거나 사업을 시작하는 목표를 가진 사람들이 있다고 하자. 그들은 발전 속도에 너무도 민감해서 시작하고 한두 달 동안 성과가 보이지 않으면 제대로 해보기도 전에 지레 포기해 버린다. 그들은 위대함이란 시간이 만들어 준다는 사실을 잊은 채 당장 위대한 존재가 되고 싶어 한다.

미국 프로 농구선수 르브론 제임스LeBron James가 팀을 처음으로 NBA 챔피언에 올려놓을 때까지 수년이 걸렸다. 래퍼 에미넴에게도 무대에 설 때까지 몇 해가 필요했다. 디트로이트의 조그만 클럽에서 온갖 야유를 이겨낸 뒤에야 비로소 래퍼가 되었다. 세계에서 가장 많은 음반을 판매한 밴드 중의 하나인 데이브 매튜 밴드는 세단 트렁크에 CD를 싣고 다니며 팔았고, 음반 매장 앞에서 무료 공연을 하며 3년을 보냈다. 앨범이 나올 때면 늘 하는 일이었다.

그리고 지금 그들은 앨범 수익만 5억 달러에 이르는 성공한 밴드가 되었다. '록키'의 시나리오를 팔고 주인공 역할을 맡아 성공 가도를 달리기 이전의 실베스터 스탤론은 주머니가 텅 빈 시나리오 작가로 오랜 날들을 보내야 했다. 에이브러햄 링컨은 대통령에 당선되기까지 수없이 낙선의 고배를 마셔야 했다.

NFL(미식축구 프로리그) 역사상 가장 뛰어난 라인배커(라인맨의 바로 뒤에서 수비하는 선수)의 한 사람이었던 레이 루이스Ray Lewis는 10여 년 넘게 슈퍼볼Super Bowl에 한 번도 진출하지 못했다. 프로선수로서 마지막 시즌에 이르러서야 그는 자신의 팀을 슈퍼볼 매치로 이끌 수 있었다.

이 이야기들이 가진 교훈은 무엇일까? 성공, 만족, 목적은 하룻밤 사이에 이루어지는 것이 아니라는 사실이다. 결과를 잊자. 미진한 결과 따위는 기억에 두지 말자. 자신이 사랑하는 것을 멈추지 말고 계속하자.

자신을 사로잡고 있는 그것을 사랑한다면, 언젠가는 그 분야의 정상에 서게 될 것이다. 그때 느꼈던 모든 실패와 텅 빈 주머니와 스트레스는 저절로 정리가 될 것이며, 한낱 지난 추억이 되고 말 것이다. 멈추지 않고 성장해 나가는 것으로 가득 채워질 것이다.

문턱을 넘는 데 필요한 시간

한 소녀가 다가와 내게 말했다.

"뭔가를 아주 잘한다는 건 말처럼 쉬운 일이 아니에요."

내가 소녀에게 대답했다.

"그 일을 하는 데 충분한 시간을 들인 것 같니? 우린 새로운 뭔가를 고르고, 시도를 해보고, 얼마 하지 않아 포기해 버리지."

"하지만 글을 쓰는 일은 정말이지 잘하기 어려운 것 같⋯⋯."

그녀는 여전히 같은 소리를 반복했고, 내가 말을 끊었다.

"바로 그거야. 늘 똑같아. 보통 우리는 반쯤 만족하기도 전에 끝내 버리지. 자기 식의 뭔가가 개발되기도 전에 말이야. 무엇에든 능숙해지고 숙련되기까지는 시간이 걸려. 그때까지 그걸 붙들고 있어야 해. 이게 삶이야. 내던져 버리는 경험들은 삶에 축적되지 못해. 이게 바로 우리가 건너가야 할 문턱이야. 문턱을 넘어야 안으로 들어갈 수 있잖아. 음악을 만들든, 농구를 하든, 파도타기를 하든, 상품을 만들든,

그 사이사이 모든 곳에 문턱이 있어. 그걸 넘어서려면 노력하는 시간이 필요해."

반 시간, 며칠, 혹은 몇 달 정도 시도를 해보고 그만두는 것, 이것이 바로 어떤 분야에서 큰 성취를 이루지 못하는 걸림돌이다. 또한 새해가 시작되면 결연하게 내다 거는 온갖 맹세들이 물거품으로 돌아가는 이유다. 우리는 그걸 끈질기게 붙들고 있지 않는 것이다.

우리는 보통 모든 일에 능수능란함의 문턱이 존재한다는 사실을 자각하지 못한다. 그 누구도 위대한 면모를 타고난다고 생각하지 않는다. 누군가 어떤 기술적인 면들을 타고날 수는 있지만, 위대한 존재가 되려면 여전히 능수능란함의 문턱을 넘어야만 한다.

모든 것에는 시간이 필요하다. 육체도, 정신도, 영혼도, 하는 그 일과 연결되어야 한다. 그래야만 지속적인 흐름 속으로 들어서게 된다. 바로 이것이 오랜 시간동안 자신이 가진 기술을 연마해야 얻을 수 있는 것이다.

21세기의 가장 뛰어난 남녀들 중 몇몇은 뛰어난 재능을 타고난 것과는 영 거리가 먼 사람들이다. 그들이 타고난 능력을 발휘할 수 있었던 건 노동의 윤리적 가치, 즉 근면함을 깊이 인식했기 때문이었다. 자신이 하는 일에 대해 그들이 만족스러워하는 이유는 재능을 타고난 사람들보다 더 많은 연습을 했기 때문이다. 그들은 반복되는 일들, 공식적인 절차들, 자신의 생산성을 향상하는 기법들을 개발한다. 그들은 자신이 조절할 수 있는 일들의 문턱에 도달하기 위해 수많은 시간을 헌신적으로 바쳤던 사람들이다.

사람들은 저마다 다른 문턱을 가지고 있으며, 자기탐구를 통해 자신만의 문턱을 발견하게 된다. 연습하고, 창조하고, 연구하고, 실천하는 데 수많은 시간을 보내야만 할 것이다. 그러던 어느 날 자신을 통해, 그리고 자신으로부터 흘러나오는, 열정을 보기 시작할 것이다.

꿈을 실현하는 '5의 법칙'

씨앗을 흙에 심고 거기에 꾸준히 물을 주는 것이 식물의 운명을 좌우하는 필수적인 일이듯 자신이 가진 비전을 향해 꾸준히 나아가는 것은 그 비전의 운명을 좌우하는 유일한 길이다. 끈기는 자신이 살고자 하는 인생을 살아가게 하는 유일한 길이다. 원하는 삶이 소박한 것이든 호화로운 것이든 상관이 없다. 삶이 단기간에 결정되고 구성되는 것이 아니기 때문에 끈기는 필수 조건이다.

하루하루, 매일매일이 곧 인생을 결정한다. 미국의 기업가이자 작가이며 동기부여 강사인 짐 론Jim Rohn은 이렇게 말했다.

"성공은 마술도 신비도 아니다. 성공은 기본을 꾸준히 적용해서 생겨나는 자연스러운 결과다."

해야 한다고 인식하는 것을 매일 실행하는 능력이 곧 성공이다.

잭 캔필드와 마크 빅터 한센이 『영혼을 위한 닭고기 수프』 시리즈 첫 번째 책을 출간했을 때, 그들의 목표는 일 년 반 만에 150만 부를 판매하는 것이었다. 출판사는 말도 안 되는 소리라고 일축했다. 그래서 캔필드와 한센은 자신들의 꿈을 실현하기 위해 무엇이 필요한지를 궁리하기 시작했다.

이 시기에 그들은 한 남자로부터 어떤 일화를 들었다. 그가 들려준 이야기는 다음과 같다.

"자, 숲에 들어와 있다고 상상해 보세요. 숲에는 거대한 삼나무들로 가득하고, 당신들은 그걸 베어내고 싶어 해요. 이때, 두 가지 생각을 할 수가 있어요. 하나는 할 수 있는 한 최선을 다해 도끼질을 하는 겁니다. 다른 하나는 나무가 쓰러질 때까지 도끼질을 하는 건 마찬가진데 정확하고 전략적으로 도끼질을 하는 '5의 법칙'을 사용하는 겁니다. 어떤 것을 택하겠어요?"

두 사람은 입을 모아 대답했다.

"누가 봐도 두 번째 방법이 낫겠죠."

그러자 남자가 말했다.

"그래요. 당신이 원하는 삶이 어떤 것이든 매일매일, 하루하루, 꾸준히 행한다면 결국 그건 실현될 겁니다. 그것밖에 없어요. 꾸준하게 한 만큼 이루어집니다."

남자와 얘기를 나눈 캔필드와 한센은 '5의 법칙'이라는 이름이 붙어 있는 뭔가를 개발했다. '5의 법칙'은 꿈으로 더 가까이 다가가게 하는, 매일 행하는 다섯 가지 행동지침을 말한다. 이것은 첫 번째 『영혼을 위한 닭고기 수프』를 5억 부 이상 판매하게 만든 공식이기도 하다. 매일 자신들의 목표에 더 가까이 가기 위해 그들은 자신들이 해야 할 서로 다른 다섯 가지를 기록해 나갔다.

그들과 똑같이 해보자. 매일매일 해야 할 서로 다른 5개 목록을 작성해 보자. 우선, 자신에게 물어 보자.

"어떻게 하면 이것을 달성할 수 있고, 이것을 느낄 수 있고, 이 사람을 도울 수 있을까?"

그런 다음 자신이 할 수 있는 서로 다른 다섯 가지를 기록해 보자. 열망이 다른 사람들과의 교류일 수도 있다. 연구를 하며 네 시간을 보내는 것일 수도 있다. 밖으로 나가 자신을 알리는 것이 될 수도 있다. 시를 쓰거나 그림을 그리거나 매일 한 장(章)씩 원고를 쓰는 일일 수도 있다.

하루는 웹사이트를 만들고, 다음날에는 스트레칭이나 요가나 다른 운동을 할 수도 있다. 여기에 모범 답안은 없다. 다만 목표로 더 가까이 간다는 느낌을 들게 하는 다섯 가지여야 할 필요는 있다. 매일 바뀌긴 하지만 다섯 가지라는 건 지켜야 한다.

유념해야 할 사실은 잠자리에 들 때 목표를 향해 긍정의 다섯 걸음을 떼었다는 사실을 인지하는 것이다. 그 걸음의 보폭이 얼마나 넓고 길었는지는 상관하지 말자. 어떤 날은 다른 날보다 보폭이 좁을 수도 있다.

중요한 것은 목표에 조금이라도 더 가까이 갔다는 사실, 그리고 삶이 목표를 이루기 위해 지속적으로 노력하고, 전력을 다하며, 그 목표를 생각하고 거기에 열광하고 있다는 사실을 인지한다는 사실이다. 이렇게 할 때, 믿기 힘든 일들이 일어나기 시작한다. 사람들이 그럴 것이다.

"정말 운이 좋군요."

그렇지 않다. 운이 좋은 게 아니다. 성실하게 실천했으며, 그 노력의 보상이 찾아오기 시작한 것이다. 삶에 새로운 문이 열린 것이다. 이유는 간단하다. 거기에 이르기 위해 그곳으로 걸음을 옮겼기 때문이다.

첫 번째 책 『바람 속으로』를 출간하면서 내 목표에 도달하기 위해 '5의 법칙'을 적용했다. 매일 다섯 가지를 행했다. 큰 도움이 된 하나는 인터넷이었다. 인터넷은 현대사회가 우리에게 준 축복이다. 만약 충분히 긴 시간 동안 집중하고 근면 성실하게 일한다면, 그 덕분에 우리가 사랑하는 일을 하면서 살아갈 수가 있다.

이 사실을 내게 이득이 되는 일에 활용했으며, 48시간이 지나지 않아 내 책은 아마존 전체 책들 가운데 상위 300권 안에 들어갔다. 나는, 아무도 이름을 들어본 적이 없는, 단 한 권의 책도 팔아본 적 없는 그야말로 이름 없는 작가였다. 그런데 목표에 다다르고 나 자신을 스스로 도움으로써 수천 명의 사람들을 바꾸어놓았다.

이 모두가 가능했던 건 결국 '5의 법칙' 때문이다. 나는 매일매일 서로 다른 사람들과 접촉하고, 나를 위해 내 책을 나누어 줄 것을 그들에게 부탁했다. 나는 유튜브 동영상을 만들었고, 페이스북과 트위터에 포스팅을 했으며, 라디오 쇼에 출연하고, 행사장 무대에 섰다. 때로는 무료로 내 책을 나누어 주기도 했다. 이런 활동들은 매일 내가 행하는 다섯 가지 일에 포함되어 있었다. 그리고 지금 말 그대로 내 꿈을 이루면서 살아가고 있다.

'5의 법칙'은 실제로 작동한다. 내게 작동했던 그 법칙은 누구에게나 작동할 수 있다. 속임수가 실제가 된 것 같은 느낌이다. 이 모든 것은 자신이 얼마나 훈련했는가에 달려 있다. 작은 일들부터 훈련할 필요가 있다. 먹는 것, 읽는 것 같은 사소한 것들 모두에 이 법칙은 해당된다. 작은 일들에 대한 훈련을 매일매일 지속적으로 반복해야만 한다. 그것들이 모여 더욱 질 높은 삶으로 이끌어 주며, 커다란 성취를 이루게 한다. 꾸준함을 거듭해서 서두르지 않고 매일매일 행함으로써 원하는 것을 얻게 된다.

많은 사람이 아주 중요한 일들을 행한다. 하지만 지속적으로 행하지는 않는다. 그들은 어느 순간에 그친다. 하루에 몇 시간, 한 달에 며칠, 일 년에 몇 주, 이런 식으로는 그 중요한 일이 일으키는 불꽃 정도만 볼 수 있을 뿐이다.

그들은 소중하게 생각하는 그 일이 어떻게 이루어지는지를 배우지 못한다. 어쩌다 우연히 일어나는 것이 아니라 지속성을 가지고서 그 소중한 일들을 개발하는 방법은, 소중하게 만드는 그 일을 꾸준히 하는 것뿐이다. 그것이 자신감 있게 만들고, 목표에 더 가까이 가도록 만든다.

행하고픈 것을 더 많이 할수록, 발전하는 모습 또한 더 풍부해진다. 비전은, '내가 믿지 않았던 뭔가가 실은 가능했었던 거야'라는 생각을 '내가 알고 있는 뭔가가 가능한 거야'라는 생각으로 바꾸어놓을 것이다. 지속적으로 행한다면, 그것이 실현되는 것을 보게 될 것이다.

'5의 법칙'을 실천해 보자. 그러면 그것이 무엇이든 삶에 이끌려올 것이고, 모든 목표를 달성하게 할 것이다. 우리는 5개 목록들을 세분화해 에너지를 직접 활용하고 싶은 방식이나 목표 하나하나에 맞게 설정해서 실천할 수도 있다.

또한 주된 비전과 삶에 가장 중요한 것에 대한 단일한 '5의 법칙'을 만들어 실행할 수도 있다. 두 방법은 서로 다른 환경과 조건에서 작동한다. 하지만 둘 모두 자신이 하려고 하는 것에 달려 있다. 거듭 말하지만, 무엇을 하든, 꾸준히 행해야 한다는 것을 잊지 말자.

행동으로 쉽게 옮기는 방법

지속성을 가지고 더 많은 일을 하고 싶다면 또 다른 연습 하나를 권한다. '10분의 법칙'이다. 『성공의 원리』에서 잭 캔필드는 성취하고자 하는 서로 다른 목록, 즉 '할 일 목록to-do list'을 작성하라고 말한 바 있다. 흔히 많은 사람이 '할 일 목록'을 작성하기는 하지만 실제로는 행동으로 옮기지 않는다.

이 문제를 극복하기 위해 잭은 10분에서 15분 남짓 사이에 완수할 수 있는 것들을 따로 마련해놓고 이를 즉시 행동에 옮기는 방법을 권유한다. 이 방법을 잭은 '10분의 법칙'이라 불렀다. 10분 남짓에 완수하는 데 익숙해지면 많은 것을 한 시간 안에 끝낼 수 있게 된다. 만약 10분 남짓에 완수하는 방법을 시작하게 되면, 시작한 즉시 엄청난 생산성을 경험하게 될 것이다.

'10분의 법칙'을 활용해 단기간에 신속하게 처리할 수 있는 일들을 확인하게 되면, 스트레스는 현저히 줄어들 것이다. 작성한 목록들이 부담을 주지 않는 것은 모두가 10분 남짓에 할 수 있는 일들이기 때문이다. 사소한 것들을 수행하는 성취감은 상상 이상으로 크다.

할 일의 우선순위를 정하는 것도 훈련법 중 하나다. 다양한 경험들을 통해 자신에 대해 알게 될 때까지는 진정으로 원하는 것 중에 무엇을 우선할지 정할 수가 없다. 규칙적인 일상을 깨뜨림으로써 자신이 원하는 것과 일치하는 방법을 더 먼저 정할 수가 있다. 일단 다른 방식의 삶을 경험하게 되면 무엇을 우선할 것인지 알게 된다.

다른 방식의 삶을 시도해 봄으로써, 즉 세계를 돌아다니며 내가 쓴 글에 대해 강연을 하는 작가가 되고 싶다는 사실을 깨달았다. 이 사실을 알았을 때, 내가 살고 싶은 형태의 인생이 무엇인지를 자각했다. 나 자신만의 시간을 창조해내고 싶었다.

쓰고 싶을 때 쓰고, 나 자신의 주인이 되고, 삶을 드러내고 삶에 대해 생각하는 시간을 더 많이 갖고 싶었다. 이렇게 함으로써 나 자신을 치유하고 남들을 도우며, 이것이 가장 먼저 해야 할 일이라는 사실도 알게 되고, 더 많은 글을 써야 한다는 사실 또한 알게 된다.

어릴 때는 글쓰기에 영 재주가 없었다. 하지만 뭘 만들어내는 것만큼은 예외였다. 나중에 알게 된 사실은 책상 앞에 붙어 앉아 글을 쓰는 일은 좋아하는 스타일이 아니라는 것이다. 그래서 나는 '연습'을 통해 자신을 좀 더 편안하게 만드는 것을 우선순위 맨 처음에 올려놓아야 했다.

농구를 하면서 익혔던 훈련을 활용해 스콧 피츠제럴드의 장편소설 『위대한 개츠비』를 반복해서 타자기로 옮겨 쓰는 방법으로 학습했다. 매일 책상 앞에 앉아 타자기로 그 소설을 옮기면서 여름방학을 보내기도 했다. 운동을 하면서 최선을 다하는 사람들의 모습을 보고, 그들이 어떻게 할 때 가장 멋진 경기력을 보이는지를 알고, 그들의 근면함과 개별적인 특성들을 따라 하곤 했다.

글쓰기에도 그 방법을 적용했다. 가장 좋아하는 작가 중의 한 사람인 헌터 톰슨이 중학교를 자퇴하고 『위대한 개츠비』를 타자기로 반복해서 치면서 글쓰기를 스스로 익혔다는 사실에 영감을 받아 그와 똑같은 방법으로 글쓰기를 공부한 것이다. 대학에서 맞은 세 번째 학기에 (결국 마지막 학기가 되었지만) 학업을 계속할 이유가 전혀 없음을 발견했다. 대신 밤낮없이 쓰고 읽는 것으로 하루하루를 보냈다. 그리고 학교를 그만두었고 마침내 여행길에 올랐다. 그때 내 이름으로 된 저서를 가지는 것을 내 삶의 맨 앞자리에 놓았다.

IO

정상에 오른
사람들의
공통점

자신의 비전에 아무런 쓸모도 없는

정보를 그러모으는 데 시간을 허비하지 말자.

그 시간을 어떤 일에 열정을 바친 사람들에 대한

탐 구 에   쏟 고

최 선 을 다 해 집 중 하 자.

내가 받은 교육은 나의 배움을 방해할 뿐이었다.

— 알베르트 아인슈타인

언젠가 어떤 분이 말해 주었다.

"많은 걸 알고 있는 사람이 있다 해도 제겐 도움이 안 돼요. 긴 시간 차를 함께 타고 가야 할 때는 예외죠. 온갖 주제로 저를 심심하지 않게 해줄 테니까요. 하지만 만약 어떤 일을 처리해야 한다면, 제게 필요한 사람은 그런 사람이 아니라 그 일의 전문가입니다."

당시 그 말을 이해하기 힘들었다. 하지만 지금 이해한다. 어떤 한 분야에 대해 진짜로 잘 아는 것도 쉬운 일은 아니다. 우리는 머릿속을 쓸데없는 것들로 가득 채워 넣는다. 길거리 광고판이나 연예 기사 같은. 그분은 일반적인 지식과 특정한 지식을 정확히 구분해 주었고, 이제 그 말이 무슨 뜻인지를 알았다.

정보의 가치는 누구나 인정한다. 때때로 작은 정보 하나가 좋아하는 일을 하면서 살아가게 할 수도 있고, 상상해 온 삶을 적당히 수정해서 살도록 만들 수도 있다. 때로는 정보가 생사를 가르는 문제가 될 수도 있다. 그렇다. 정보의 가치는 실로 어마어마하다.

우리는 학교에서 수많은 정보를 배운다. 유식한 사람이 되고 싶다면, 가능한 한 효과적으로 그 정보의 대부분을 외워 두어야 한다. 제대로 외우지 못해 힘겨운 시간들을 더 많이 가질수록, 제도화된 교육의 시각에 붙들린 지적 수준은 더 낮아진다. 하지만 이런 종류의 지적 수준에는 한계가 있을 수밖에 없다. 매우 높은 수준의 교육을 받은 사람들이 받은 교육을 삶에 전혀 적용하지 못하는 경우도 있고, 교육을 거의 받지 못한 사람들이 세상에 강력한 변화를 끌어오는 경우도 있다.

나폴레옹 힐은 『놓치고 싶지 않은 나의 꿈 나의 인생(원제: *Think and Grow Rich*)』에서 두 종류의 지식, 즉 일반적 지식과 특정한 지식에 대해 언급했다. 일반적 지식에는 콜럼버스가 어느 해에 어떤 바다를 항해했는지와 같은 역사적 사실과 온갖 종류의 사용 방법 등이 포함된다. 반면 특정한 지식은 꿈, 생활 방식, 믿음, 일 등에 중요하게 작용하는 것이다. 가령, 책을 출간한다고 할 때 먼저 기획안을 만들어야 한다는 사실을 인지하는 일과 같다. 작가라면, 혹은 작가가 되고 싶다면, 이것을 알 필요가 있다.

우리가 하는 일이나 맺고 있는 관계가 더 높은 가치를 가지도록 하려면 중요한 작용을 할 수 있는 특정한 지식을 더 많이 익혀야 한다. 만약 더 많은 돈을 벌고 싶다면, 자수성가한 사람들이 그들의 경제적 목표들을 기록해놓았다는 사실을 알아야 한다. 일반적 지식도 즐거움을 주고 소중한 지식이긴 하지만 중요한 것을 얻게 하는 데까지 의미 있거나 유용하지는 않다. 즐거움을 준다는 목적을 위해 기억하고, 시험을 잘 보기 위해 기억해놓은 많은 것은 결국 쓸데없어진다. 하지만 특정한 지식의 가치는 시간에 따라 높아진다. 왜냐하면 목표를 달성하는 데 그것을 활용하거나 중요한 객관적 사실이 되기 때문이다.

위대한 사람들의 삶을 들여다보면, 그들이 잡다한 것들에 대해서는 거의 알지 못했다는 사실을 발견할 수 있다. 그들이 위대한 일들을 해낸 것은 어쩌면 필요한 한 가지만 익히고 연습했기 때문이었을지도 모른다. 모차르트가 민주주의를 실현하는 방법이나 열역학법칙을 알고 있었을까? 스티브 잡스는 아마도 자동차 엔진을 만들거나 에일 맥주 제조법에 통달하지는 못했을 것이다. 이런 사람들의 뇌는 그들이 관심을 가지고 있는 분야의 특정한 지식들로 가득 차 있으며, 그들이 하는 일에 유용하지 않은 것들을 익히기 위해 시간을 쏟지 않을 것이다.

자신이 관심을 가진 분야에 대해 더 많이 익히도록 하자. 성공한 사람들의 일화들을 읽고, 그들이 남긴 어록들을 살피고, 그들이 취한 전략과 자신의 일에 특별히 필요한 정보들을 찾아보자.

마이클 조던은 골프와 야구를 몹시도 좋아했지만 그가 만약 골프와 야구와 농구를 익히는 데 똑같이 시간을 들였다면 '명예의 전당'에 헌액된 농구선수는 되지 못했을 것이다. 그는 자신이 가장 사랑했던 농구 하나에 인생의 대부분을 바쳤다.

수없이 듣는 얘기지만, 21세기에 가장 위대한 성취를 이룬 사람들과 영향력을 가진 사람들은 자신의 전문 영역에 대해 얘기할 때 하나같이 입을 모으는 말이 "제게 가장 맞는 하나만을 생각합니다"라는 것이다. 이 말에 정답이 있다고 믿는다. 그들은 자신을 즐겁게 하는 무언가를 발견하고, 거기에 가장 맞는 사람이 되고, 거기에 몰두하고, 직업으로 삼았다. 삶의 특정한 며칠만을 투자하는 식으로는 결코 살지 않았다. 그들은 자신을 즐겁게 하는 것들을 십여 가지씩 고르지 않았고, 매주 서로 다른 것을 시도하지도 않았으며, 딱 하나에 전념했다. 그들은 한 가지를 골라 완전히 몰두할 수 있도록 자신을 독려했다.

버키 라섹을 인터뷰하는 과정에서 이 사실은 더욱 분명해졌다.

"저는 그저 몰두했을 뿐입니다. 최고의 것 하나에 초점을 맞추었고, 매일 더 나아질 수 있도록 노력했습니다."

그는 정말이지 매일 그렇게 했다. 라섹은 자신의 집 뒷마당에 사발 모양의 커다란 스케이트 연습장을 만들어놓고 하루에 다섯 시간씩 연습에 몰두했다. 나는 실제로 라섹이 여러 가지 일에 자신의 에너지를 쓰는 걸 본 적이 없다. 그는 오직 스케이팅과 가족밖에 몰랐다.

"여러 해 동안 저는 어떻게 하면 새로운 기술을 연마할지, 스케이터로서 나 자신을 어떻게 진화해 나갈지에만 집중했습니다."

뭔가에 전문가가 되기 위해 딱 일 년만이라도 자신의 삶을 바친다면 자신에 대해 경이로움을 느끼게 될 것이라고 생각한다. 이는 자신의 분야에서 정상에 올랐던 수많은 사람의 성공 비밀 중 하나다. 자신이 사랑하는 일을 하며 점잖게 살아가는 것도 쉬운 일은 아니다.

그 일에조차도 시간을 온전히 바쳐 몰두하지 않으면 이루어낼 수가 없기 때문이다. 드문드문해서는, 제대로 한다는 느낌이 들 만큼 시간을 바치지 않는다면, 한가한 시간을 골라 하는 식으로는 아무것도 이뤄낼 수 없다. 취미로 즐기는 식으로는, 분위기를 즐기는 식으로는 이뤄내지 못한다.

가능한 한 최선을 다한 집중이 필요하다. 때로 이것은 돌아갈 다리를 불태워 버리는 것을 의미하기도 하고, 다른 계획들을 아예 없애버리는 것을 뜻하기도 하며, 실패했을 때 도망칠 수 있는 일상들조차 버려 버린 상태를 말하는 것일지도 모른다. 플랜 B, 플랜 C 따위가 존재하지 않는 상태 말이다. 자신이 상상해 왔던 그 삶을 제외하곤 다른 어떤 삶도 보지 않아야 한다.

내가 가장 좋아하는 뮤지션 중에 한 사람은 밥 딜런이다. 나는 내가 진정으로 존경하는 사람들을 알기 위해 많은 시간을 들였다. 당연히 밥 딜런에 대해서도 많은 시간을 들여 알아보았다. 밥 딜런에 대해 내가 발견한 흥미로운 사실 하나는 다른 많은 뮤지션들과 비교했을 때 그의 보컬이 평범하다는 것이다. 어느 날 알게 된 그에 관한 어록 하나에 비밀이 숨어 있었다.

"딜런은 재능을 타고난 사람이 아니었어요. 그는 어디든 꼭 기타를 둘러메고 갔어요. 그러니 어디서든 늘 기타를 퉁겼지요."

여기에 중요한 가르침이 있다. 집중하고 집중하면 결국 위대한 면모를 나타내게 된다.

주위에는 학교 공부를 많이 한 사람들이 있다. 내가 아는 어떤 사람은 아이비리그 대학을, 그것도 두 곳이나 다녔고, 박사학위도 2개나 가지고 있었다. 그는 정규교육에 관한 한 누구도 따를 수 없는 성취를 이룬 사람이었다. 하지만 그는 학위 같은 게 그리 필요치 않는 일을 했고, 연봉도 만족스럽지 못했고, 더구나 학자금 융자를 갚는 데 평생을 바쳐야 했다. 어느 날 이 사람과는 전혀 다른 사람의 이야기가 들려왔다. 그는 겨우 고등학교를 졸업하고 대학은 중도에 포기했다. 어떤 과목도 그다지 특별하지 않았고, 무미건조한 정보들만 가득 나열돼 있을 뿐이라고 생각했다. 그는 기업을 운영하는 사람이 되기로 결심했다. 그래서 그는 기업의 전략과 자기계발의 원리를 집중적으로 탐구하기 시작했다. 20년간 지속된 그의 탐구는 그를 억만장자로 만들어놓았다.

자신의 비전에 아무런 쓸모도 없는 정보를 그러모으는 데 시간을 허비하지 말자. 그 시간을 어떤 일에 열정을 바친 사람들에 대한 탐구에 쏟고 최선을 다해 집중하자.

'교육받는다'는 의미

인간 존재의 가장 큰 비극 중 하나는 배움을 중단할 때다. 교육을 의미하는 단어 education의 어원은 라틴어로 '~로부터 끌어내다'는 뜻의 educo이다. education의 진짜 의미는 바로 이것이다. 우리가 행동하는 것을 결코 멈추지 말아야 하는 이유는 행동이 멈추어질 때 우리의 영혼도 사라지게 될 것이기 때문이다. 행위의 중단은 삶의 아름다움, 삶의 경이로움, 삶의 고통이 멈춘다는 것을 뜻한다. 새로운 것을 끊임없이 익히게 될 때, 우리의 삶과 자신을 더 나은 방향으로 이끌어가고, 우리가 가진 것들을 세상과 공유한다. 많은 사람이 배움을 중단하고, 하루 다섯 시간 동안 텔레비전이나 들여다보면서도 한 시간만 볼 뿐이라고 거짓말을 늘어놓는다. 이것이 우리의 현재다. 기업철학가 짐 론이 말했다.

"95퍼센트의 인간들로부터 떠나라. 그들이 하는 것을 하지 말고, 그들이 먹는 것을 먹지 말며, 그들이 하는 방식을 따라 하지 말라."

진정으로 높은 수준의 교육이라면 인간의 자아를 탐구하는 교육이 이뤄질 수 있어야 하지 않을까? 가장 높은 수준의 지식이라면 이런 것이지 않을까? 자신이 누구인지, 무엇을 사랑하는지를 이해하는 것보다 더 위대한 일이 무엇인가? 자신이 어떤 재능을 타고났는지, 어떤 재능을 연마해 나갈 것인지를 아는 것보다 더 중요한 일이 있을까? 무엇이 중요한지, 느낌은 어떤지를 명확히 이해하는 것이 자신이 진정해야 할 일이 아닌가?

자신이 누구인지를 앎으로써 만족감을 느끼게 하는 것이 가장 위대한 형태의 교육이다. 이런 형태의 교육이 얼마든지 존재할 수 있지만 불행하게도 대부분이 이런 방식의 교육을 시도하지 않는 이유는 학위를 수여하지 않기 때문이다. 대다수가 원하는 건 학위와 자격증이므로, 어떤 배움이 중요하고 어떤 배움이 중요하지 않은지를 자신이 아닌 다른 사람에게서 듣기를 바란다.

진정한 교육을 받는다는 것은 자신이 성숙해져야 한다는 것을 의미한다. 무엇을 배워야 하는지를 찾아내는 것은 전적으로 자신의 책임이라는 사실을 자각해야 한다. 상황에 어떻게 대처하는지를 알게 되거나 습성들을 인지하게 된다면, 사업을 어떤 방식으로 시작하느냐는 문제가 되지 않는다. 그것을 배우는 것은 자신의 책임이기 때문이다. 행위자가 자신이든, 누구든, 우리 모두가 행동하게 될 때, 진정한 교육이 이루어지는 사회가 될 것이다. 교육은 교실을 떠나서도 여전히 존재하며, 죽을 때까지 함께한다.

진정한 교육을 받는 데는 나이가 얼마든 상관이 없다. 배움을 주는 것은 언제든 있게 마련이고, 타인과 영감을 나누어 가지는 것 역시 언제 어디서든 가능하다. 하지만 이것이 가능하려면 배움을 멈추지 말아야 하며, 새로운 것을 시도하고, 좋은 기분을 가져다주는 것이 무엇인지, 감정을 흐트러뜨리는 것은 어떤 것인지를 인지하고, 더 많이 배우고 싶은 것이 무엇인지도 알아야만 한다.

자신의 고유한 방식을 안다는 것은 세상을 떠돌며 끊임없이 낯선 곳, 낯선 경험을 해나가더라도 언제든 집으로 돌아가는 방법을 아는 것과 같다. 우리는 자신과 동심원을 그리며 연결되어 있다. 이것은 내면에서 꺼낸다는 의미를 가지고 있다. 이것이 바로 교육받는다는 의미다.

'교육받은 사람'이라는 말의 정의

사람들은 내게 묻는다.

"학위는 갖고 있겠죠?"

그들의 물음에는 내가 하는 일이 학위 없이는 불가능하다는 뉘앙

스를 가지고 있다. 그런 물음을 받으면 웃음이 절로 난다. 이런 유형의 사람들은, 학위를 그렇게 강조하면서도 정작 교육의 진정한 정의에 대해선 아무 생각이 없다. 그래서 이렇게 되묻곤 한다.

"왜 어떤 사람이 믿을 만한 사람인지를 남들이 발행한 종이 한 장으로 평가해야 하죠? 거기엔 그 사람의 시험 성적밖엔 적혀 있지 않잖아요. 그렇지 않나요?"

그는 내 질문에 답을 하지 못했다.

성적이 교육을 받은 사람인지 아닌지를 드러내는 지표가 되는 게 현실이다. 도장이 선명하게 찍힌 종이들은 수없이 많다. 엄청나게 많은 학자, 교육받은 사람들이 자신들이 배운 것을 과연 얼마나 그들의 삶에 활용하고 있을까. 교육이라곤 받아본 적이 없는 많은 사람이 세상에 또렷하게 족적을 남긴 사례는 얼마든지 있다. 그들 가운데는 인간의 역사를 바꾸어놓은 사람들도 있다. 사실, 거의 모든 분야에서 대학 학위를 가지고 있지 않고도 정상에 서 있는 사람들은 무수히 많다. 리처드 브랜슨(사업), 스티브 잡스(공학), 브래드 피트(영화), 엘렌 드 제네레스(미디어/영화), 마크 주커버그(공학), 제임스 카메룬(영화), 헨리 포드(사업), 토머스 에디슨(발명), 파블로 피카소(미술), 월트 디즈니(영화), 빌 게이츠(공학), 데이빗 카퍼(공학) ······. 일일이 열거하자면 한도 끝도 없다. 지금 열거한 사람들이 공통으로 가지고 있는 능력은 자신들이 하는 일에서 무한한 가능성을 발견했다는 것이다. 그들은 자신들이 꾸는 꿈이 그저 상상의 한 조각으로 남겨지지 않고 현실로 이루어지는 모습을 보고 싶어 했다.

'교육받은 사람'이라는 말의 정의는 자신의 염원들을 구성해내는 능력을 가진 사람, 그 염원들을 현실화하기 위해 지식과 계획과 전략을 활용하는 사람, 문자 그대로 '밖으로 끌어내어 뭔가를 얻어내는' 사람이다. 이것이야말로 교육이 가장 우선하는 요점이 아닐까? 세상에 어떤 결과물을 가져오도록 도와주는 것으로 이것 외에 또 무엇이 있을까? 원하는 결과물을 가져오도록 도와주는 것들을 학교에서 배울 수 있다면 도대체 누가 학교에서 뛰쳐나올 생각을 했겠는가?

베스트셀러 작가 나폴레옹 힐은 이렇게 말했다.

"교육받은 사람은 타인의 권리를 침해하지 않고서 자신의 정신이 지닌 능력을 개발해 자신이 원하는 것이 무엇이든 그것을 성취해내는 사람이다."

우리는 왜 그토록 많은 일반적 지식을 집어넣고 있는 것일까? 다른 사람들이 한 말을 빠뜨리지 않고 기억하는 것이 그렇게 중요할까? 혹시 누군가 물었을 때 그들이 원하는 답을 해줌으로써 스스로 교육받은 사람이라는 자부심을 손상시키고 싶지 않기 때문은 아닐까? 우리들 각자가 무한한 힘과 풍부한 지식과 엄청난 가능성을 가진 존재라는 사실을, 그래서 우리가 성취하려는 것을 성취하게 해준다는 사실을 외면해야 할 이유가 대체 무엇인가?

우리는 너무 많은 것을 알고 있다. 온갖 공식과 정의, 역사적 사건이 일어난 날짜, 법칙들, 책의 정보를 기억하고 있다. 뇌에는 그런 것들로 꽉 들어차 있어서 때로는 삶의 새로운 경험을 시도하려거나 필요한 것들을 익히려는 우리를 가로막는다.

모차르트와 그의 제자가 나눴던 대화다.

학생: 교향곡은 어떻게 쓰는 겁니까?

모차르트: 미뉴에트부터 시작해 보게.

학생: 하지만 선생님은 아홉 살 때 교향곡을 쓰셨잖아요!

모차르트: 그랬지. 나는 누구한테도 교향곡을 어떻게 쓰는지 물어 보지 않았으니까.

모차르트의 말은, 진정으로 아무런 준비도 하지 않고 열정적 야망만을 가진 상태가, 궁리에 궁리를 거듭한 끝에 남들이 따라올 수 없을 정도로 완벽하게 준비가 된 상태보다 낫다는 뜻이다. 문제는 온갖 사실들을, 공식과 절차를, 역사를 모두 알고 있다는 것이다. 하지만 내면이 이끄는 소리에 귀를 기울이는 법을 알지 못한다.

정신은 외부에서 제공된 온갖 정보들로 빼곡히 채워져 있다. 그래서 내면이 들려주는 소리가 들어올 공간이 없다. 스탠퍼드 대학교 졸업식 축사에서 스티브 잡스는 이렇게 말했다.

"늘 갈망하고stay hungry. 우직하게 나아가라stay foolish."

그의 말은 지나치다 싶을 만큼의 야망을 가지라는, 자신의 꿈이 '불가능'한 이유 따위는 완전히 잊어버리라는 의미다. 꿈을 좇는 어린아이처럼 되어 보자. 열정이 자신을 인도할 수 있다는 사실을, 첫걸음을 떼기에 아직 충분한 준비가 되어 있지 않다는 생각이 들 때조차 열정이 자신을 이끌어 갈 수 있음을 믿도록 하자.

시간을 들이면 무엇이든 성취할 수 있다는 것 외엔 아는 게 없는 사람이 매일 뭔가를 하게 된다면, 그는 그 일을 할 수밖에 없을 것이고, 성취하게 될 것이다.

하는 습관과 하지 않는 습관

> 습관의 고리는 그냥 느끼기에는 너무 약해서,
> 끊어지기에는 너무 강력하다는 걸 안 후에야 비로소 느낄 수 있다.
>
> — 새뮤얼 존슨

자신의 습관을 모를 때는 삶 또한 굴러가지 않는다. 작가이자 기업가이며 동기부여 강연가인 하브 에커Harv Eker에 의하면, 습관에는 하는 습관과 하지 않는 습관 두 종류가 있다. 우리가 자각하는 습관은 대부분 빈번하게 행동으로 표현되는 것들이다. 반면에 하지 않는 습관은 잘 드러나지 않는다.

나는 늘 불편한 일은 하지 않고, 일상에서 벗어나지 않고, 긍정적인 면을 보지 않고, 목표를 기록하지 않고, 열정을 따르지 않고, 나 자신보다는 다른 것에 더 큰 신뢰를 보낸다. 이 사실을 자각했을 때, 습관의 새로운 면모를 개발하기 시작했다. 가령 압도당하는 느낌을 받는 곳이나 완벽하게 끝내기엔 너무도 험난하다는 생각이 드는 일처럼 나를 불편하게 만드는 상황에다 나 자신을 끊임없이 몰아넣는 것이다. 이제는 이렇게 하면 기분이 좋아진다. 이것을 통해 자신에 대해 더 많은 것을 배울 수 있기 때문이다.

밥 말리가 말했다.

"강해지는 것만이 자신이 할 수 있는 유일한 선택이라는 사실을 알기 전까지는 자신이 얼마나 강한 존재인지를 결코 알지 못한다."

행동하는 습관을 만들어 주는 상황으로 자신을 몰아가는 것은 중요한 일이다. 그때 강해지고 긍정적으로 되는 일만이 우리가 할 수 있는 유일한 선택이라는 사실을 알게 된다. 이런 상황으로 자신을 몰아넣으면 넣을수록, 삶은 더 풍성하게 발전하며 지속적으로 성장하게 된다. 뭔가를 하고 있지 않는 습관을 직시해야 한다. 꿈을 좇지 않으려는 습관, 목표를 설정하지 않으려는 습관, 제대로 먹지 않으려는 습관 같은 것들. 이런 습관을 직시함으로써 변화에 대해 어떤 생각을 가지고 있는지를 명확하게 알 수 있기 때문이다.

우리는 하지 않고 있는 것이 무엇인지를 알아야 한다. 만약 세일즈에 젬병이고, 방향을 잡는 데 젬병이고, 친절과는 거리가 멀고, 미소 지을 줄도 모르는 사람이라면, 이런 것들을 변화시키는 일을 당장 시작하자. 혹은, 자신이 잘하지 못하는 것들에 대해 도와줄 수 있는 사람과 일을 하자.

자신은 분명 알고 있다. 더 나은 삶을 살 수 있다는 사실을. 자신이 도달해 있는 곳은 의식적이든 무의식적이든 자신이 행한 결과다. 무엇보다 먼저 자신의 습관을 자각하자. 시종일관 무엇을 하는지, 혹은 무엇을 하지 않는지를.

II

자신 있게,
긍정적으로,
창조적으로

자신에게 허용하는 만큼

삶 이 아 름 다 울 수 있 다 는 사 실 을

인지하게 될 것이다.

그 렇 게 될 때 삶 은

전혀 새로운 의미를 가진 무엇으로 시작된다.

긍정적 생각은 부정적 생각보다 모든 일을 더 잘하도록 이끌어 준다.

– 지그 지글러(미국 작가, 동기부여 강연가)

자신을 둘러싸고 있는 모든 상황이 사실상 부정적으로 작용한다고 느껴진다고 해도 행복과 만족감을 얻으려면 긍정적 상태를 유지해야만 한다. 이렇게 할 수 있는 유일한 방법은 원하는 것이 무엇인지 분명히 하고, 찾아내고, 실현하기 위해 행동을 취하는 과정들 사이에 일정 부분 시간적 차이가 존재한다는 사실을 기억하는 것이다. 원하는 것을 행동으로 옮기는 동안에도 시간 차가 있고, 현실로 드러나는 데도 시간 차가 있다. 이런 차이는 어느 때든 늘 일어나게 마련이다. 일종의 신비라 할 수 있다.

정신을 집중하고, 자신의 비전을 마음의 중심에 가져가기 위해 이 사실을 꼭 기억해야 한다. 삶의 본질적 법칙이라고 할 수 있는 이 사실을 이해하면, 원하는 것을 성취하는 데 도움을 주고, 원하는 인생을 영위하는 데 도움을 주며, 주변 사람들을 도와줄 수 있다. 일정 시간이 걸리겠지만 머지않아 일어나게 된다는 믿음을 가지면 그 일을 할 수 있다. 오직 자신이 하고자 하는 일에 집중하면 말이다.

미국의 동기부여 강연가이자 베스트셀러 작가인 에스더 힉스Esther Hicks의 설명에 따르면, 자신이 집중하고 있음을 인지한다는 사실은 그 자체로 굉장히 중요한 일이다. 우리는 원하는 것에 집중하거나 혹은 원하지 않는 일에 집중한다. 이것은 꼭 알아야만 할 일이다. 꿈을 실현하게 해줄 기회를 가져다주든가 아니면 그 기회를 앗아갈 것이기 때문이다. 예를 들어, 돈을 벌고 싶은데 돈을 벌지 못하고 있다는 사실에 집중하게 된다면, 육체적 감각들은 그 현실에 집중하게 되고 결국 그것은 실패로 돌아가게 된다. 돈을 벌지 못하는 현실에 더 많은 에너지를 쓴다는 건 비능률적일 수밖에 없다. 이것은 우정이나 사랑, 직장, 성격 형성에도 똑같이 적용된다. 이런 식으로 원하지 않는 부정적 결과나 사실에 집중한다면 정신과 마음이 부정적 현실과 유사한 상태를 계속해서 재생산해내는 꼴이 된다.

긍정적 상태를 유지한다는 것은 너무도 중요한 일이다. 정신과 마음은 가장 집중하는 것을 생산해낸다. 꿈꾸는 것을 실현하는 데 집중하자. 상상력을 새로운 방식의 삶과 연결하는 데 사용하자. 이전에 경험했던 것들과는 다른 방식의 삶에 육체적 감각들을 사용하도록 하자. 잊지 말자. 만약 비전을 가진 사람이 되고자 한다면 깊이 만족하고 목적을 향해 달려가고, 감동적인 인간이 되고자 한다면 자신이 가진 상상력을 발휘해야만 한다. 창조적 인간이 되자. 자신이 가진 재능을 찾아내고, 그것을 세상과 공유하자.

'~할 때'라는 말의 힘

앤드류 뉴버그와 마크 로버트 월드먼이 쓴 『왜 생각처럼 대화가 되지 않을까?(원제: *Words Can Change Your Brain*)』를 보면, 생각하거나 발설하는 어떤 말들이 자신의 느낌을 창조해낸다는 사실을 뇌과학이 입증했다. '태도'를 나타내는 단어 애티튜드attitude는 비행기가 하늘을 날고 있을 때 수평선과 비행경로(항로)가 이루는 각도, 즉 '비행 자세'를 나타낸다. 비행기의 뾰족한 앞부분이 올라가거나 내려갈 때, 이 비행 자세가 바뀐다. 인생에서도, 직면하는 문제에 대한 생각의 방식이 '비행 자세'를 만들어낸다.

이 책은 사전에서 '문제'라는 단어를 없애 버리라고 제안한다. 그 단어가 스트레스와 공포를 불러일으키기 때문이다. 대신 '도전'이나 '상황' 같은 단어를 사용하라고 권한다. 만약 뭔가를 '문제'보다 '도전'이라고 생각한다면, 상황을 반전시킬 수 있는 기회가 된다. 그래서 자신을 훨씬 덜 위축시키고, 마음이나 몸에 일어나는 혼란과 긴장을 줄여 준다. 만약 '선택'이라는 말을 의식한다면 그것은 '나쁘다, 안 좋다, 문제가 있다'라는 측면보다는 긍정적인 면에 집중하도록 도와줄 수 있다. 미국의 제조업자 헨리 카이저Henry Kaiser는 이런 말을 했다.

"문제란 앞으로 나아갈 수 있는 기회일 뿐이다."

문제는 상황을 반전시키고, 힘 쓰고, 해결책을 찾는 도전일 뿐이다.

우리가 하는 말들은 감성과 삶에 커다란 영향력을 행사한다. 작가 헨리 터커먼Henry Tuckermun은 이 사실이 최선이라고 설명했다.

"각각의 사람들이 사용하는 어휘를 보고 성격을 파악할 수 있다.

형용사는 온도계의 눈금처럼 항상 기질을 알려준다."

결국 우리가 사용하는 언어를 자각하도록 노력해야만 한다. 말하고 생각하는 것이 우리 자신의 일부이기 때문이다.

의심이 들거나 뭔가 충돌이 일어나는 걸 느낄 때, 종종 '만약'이라는 단어를 무심코 사용한다. '만약' 이 일을 완벽하게 할 수 있다면 …… 하는 식으로. 목표와 꿈과 희망을 묘사할 때도 많은 사람이 '만약'이란 단어를 사용한다.

20세기에 가장 영향력 있는 현자 중에 한 사람이었던 크리슈나무르티는 이렇게 말했다.

"하든지 하지 않든지, 일단 시작하라!"

우리는 진정으로 뭔가를 원하고 그 원하는 것을 포기하지 않는다면, 반드시 그것을 이룰 수 있다는 사실을 너무도 자주 잊어버린다. 대신 대부분은 운명만이 기회를 만든다고 생각하며, 꿈이 가능하다는 사실을 의심한다. 그러면서 '만약에'라는 말을 중얼거린다. 높은 성취욕을 가진 사람은 '만약에'라는 단어를 함부로 사용하지 않는다. 그 대신 '~할 때'라고 표현한다.

다음 두 가지 말을 유념하자.

첫째, 이 일 혹은 어떤 일이 더 나아질 때 ……
둘째, 만약 이 일이 일어난다면 ……

첫 번째 진술이 더 긍정적이라는 데 동의하는가?
높은 성취욕을 가진 사람들은 '이 일 혹은 어떤 일이 더 나아지다'

라는 말을 사용하는 것은 긍정적 결과를 향해 열어 두는 것이고, '만약에'라는 말을 사용하는 것은 원하는 삶을 만들어 갈 수 있는 잠재력의 크기를 이해하지 못하고 있음을 의미한다는 사실을 알고 있다. '만약에'라는 말 대신 '~할 때'라는 말을 하면, 내면에는 그 일이 일어나게 될 것이고, 더 나아질 때까지 결코 포기하지 않을 거라는 사실이 담기게 된다. 그런 말들은 좋은 일들이 일어나게 되는 공간을 마련한다.

'만약에'라는 말을 자주 하는 것은 '~할 때'라고 말할 때 받는 압박감이 두렵기 때문이다. '만약에'라고 말한다면, 일어나기를 바라는 일이 일어나지 않는다 해도 상관없다는 것과 같다. 이것은 부정적 형태의 심리를 반영한다. 어떤 일이 일어날 것이라고 말할 때의 절박함을 만들어내지 못하기 때문이다. 많은 사람에게 '뭔가가 일어날 것'이라고 말하는 것은 스트레스로 작용한다. 일어날 가능성에 대해 압박감을 느끼기 때문이다. 이것이 바로 '만약에'라고 말하는 이유다. 특히 자신에 대해 얘기할 때 더욱 그렇다. (이것이 습관을 만들어내는 최초의 형태다.)

그래서 누군가에게 말할 때 "이 일이 일어날 때 혹은 뭔가 더 나은 일이 일어날 때 ……"라고 말하는 건 중요하다. 이렇게 할 때, 원하는 것이 소중하다고 말하는 것이고, 머지않아 그것을 성취하게 될 것이고, 뭔가가 더 나은 모습으로 일어나게 될 것이다. 자신이 가진 가장 높은 가능성과 잠재력 외엔 그 무엇에도 기댈 필요가 없다. 사전에서 '만약에' 같은 부정적 의미가 담긴 단어를 지워 버리자. 특히, 꿈에 대해 말할 때!

세상에 존재하는 모든 것이 에너지가 된다. 이는 과학자들이 입증한 사실이다. 전자현미경을 들여다보면, 딱딱하게 굳은 것처럼 보이는데 실은 다른 형질, 다른 형태, (나무에서 기체까지) 고체처럼 보이는 다양한 수준의 뭔가를 만들어내는 진동하는 에너지라는 것을 알 수 있다. 이러한 자연계의 본질적인 법칙은 인간에게도 고스란히 적용된다. 우리들 역시 에너지다. 심장이나 뇌가 에너지를 생산하고 전달하는 기능을 멈추어 버린다면, 우리는 죽게 될 것이다. 병원에 입원했을 때, 심전계는 심장이 나타내는 전기 자극을 측정한다. 기계가 멈추면, 혹은 그래프가 수평상태를 나타내면, 죽은 것이다.

지금은 세상을 떠난 스티브 잡스가 언젠가 "혁신은 단지 점과 점의 연결"이라고 말한 적이 있었다. 이것은 바로 이 책에서 제안한, 당신이라는 점과 나라는 점을 연결하는 일이다. 우리의 감성을 포함해, 세상 만물이 에너지다. 이제 과학자들은 생각을, 생각의 전기적 자극을 측정할 수 있다. 그렇다. 이것은 우리가 어떤 좋은 느낌을 가지는지, 삶이 얼마나 잘 진행되어 갈 것인지를 에너지의 수준에서 인식할 수 있음을 의미한다. 우리가 가진 에너지를 증가시키는 건 중요한 일이다. 그렇게 할 수 있는 방법은 무엇일까? 생각과 말을 통해 삶에 부정적 혹은 긍정적 생명을 불어넣을 수 있다. 가령, "나는 저걸 할 수 없어"라거나 "불가능해"라거나 "난 아직 준비가 되어 있지 않아"라고 말하는 순간 그 일은 정말 할 수 없는 일, 불가능한 일이 되어 버린다. 이런 경험을 분명히 해봤을 것이다. 당연한 일이다. 그런 말을 사용하는 순간 그 말은 잠재의식에게 시도해 봐야 소용이 없다고 말하고 있기 때문이다.

레어드 해밀턴과의 인터뷰 때, 그는 해변에서 만난 한 여자에 대한 얘기를 해주었다. 어느 날 한 여인이 그에게 말을 건넸다. 그가 생존하는 가장 위대한 서퍼 중의 한 사람이라는 사실을 그녀는 알고 있었다. 그래서 그녀는 자신을 도와줄 수 있겠냐고 물었다.

"죄송한데, 제게 파도타기를 가르쳐 주실 수 있나요? 정말이지 엉망이거든요."

해밀턴이 그녀에게 한 말은 이랬다.

"지금부터는 이렇게 말하세요. '난 서핑을 잘 해'라고요."

그러고는 더 이상 "난 엉망이다"라고 말하지 말라고 했다. 그녀는 그렇게 했고, 해밀턴은 그것이 서핑의 첫 수업이라고 말해 주었다.

우리가 원하는 결과를 만드는 데에는 대부분이 심리적인 면과 관련되어 있다. 그것은 마음에서 시작하고, 생각과 말이 되고, 그 생각과 말은 우리가 살고 있다고 믿는 세상의 모습을 그려내며, 결국 그 세상이 우리가 보고 경험하는 세상이 된다. 알베르트 아인슈타인은 가장 중요한 결정은, 우호적인 세상에 살지, 적대적인 세상에 살지를 결정하는 것이라고 했다. 21세기에 우리가 하는 가장 큰 선택은 삶이 가능성으로 가득 차 있는지, 불가능으로 가득 차 있는지를 선택하는 것이다. 불가능은 "이건 정말 힘들어"와 "난 이걸 할 수가 없어"와 "이건 불가능해"와 같은 문장으로 표현된다. 이런 말들에 우리가 가진 에너지들을 집중하게 되면, 발걸음은 얼어붙고 만다. 아무런 희망도 없다면 해봐야 무슨 소용이란 말인가? 설사 발걸음이 얼어붙지 않고 행동을 취한다고 하더라도, 불가능으로 가득 찬 우리에게 끊임없이 '한계'를 일깨우게 할 것이다.

어렸을 때, 시간만 나면 형과 폭스바겐 비틀을 봤을 때 먼저 "펀치버기punch-buggy"를 외치면 이기는 게임을 했었다. 이긴 사람은 폭스바겐 비틀이 다시 나타날 때까지 진 사람을 주먹으로 때릴 수가 있었다. 차를 타고 가는 동안 내 팔은 늘 시퍼렇게 멍이 들곤 했었는데, 거의 이기질 못했다. 그래서 이렇게 투덜거리곤 했다.

"왜 형 눈에만 비틀이 보이는 거야!"

실제로 그랬다. 지금 와 생각해 보면, 그럴 만한 이유가 있음이 분명했다. 정말로 형의 눈에만 비틀이 보인다고 믿고 있었던 것이다. 하찮은 사례일지 모르지만, 무의식적으로 우리가 하는 말의 내용이 실제로 그렇게 되어 버리는 경우를 얼마든지 확인할 수 있다.

"개처럼 벌어서 정승같이 쓴다"라는 말이 있다. 이 말은 오랜 세월 진리처럼 굳어졌다. 하지만 이건 사실이 아니다. 누군가는 우아하게 벌었고, 지금도 그렇게 번다. 무서운 것은, 이 말을 하는 사이에 마음에 "누구나 돈을 개처럼 번다. 우아하게 버는 사람은 아무도 없다"라는 사고가 깊이 박혀 버린다는 사실이다. 마음은 생각하는 것이 옳다는 것을 입증할 증거를 찾는다. 행동으로 옮기기도 전에, 단순한 단어 몇 마디로 무엇이 가능하고 가능하지 않은지를 단정해 버린다.

부정적 표현을 긍정적 표현으로 바꾸는 데 집중하자.

"난 이걸 할 수 있어."

"이게 가능하다는 걸 난 알아."

이런 말들은 되도록 큰 소리로 말하자. 이 말들이 얼마나 큰 힘을 발휘하는지를 지켜보자. 온몸이 바뀌고, 목소리가 바뀌는 것을 느끼게 될 것이다. 또 하나 우리가 걷어내야 할 커다란 장애물이 있다.

"난 충분히 (   ) 하지가 않아"라는 말이다.

괄호 속에 넣고 싶은 게 있을 것이다. 충분히 똑똑치 못해, 충분히 예쁘질 않아, 충분히 나이 먹질 않았어, 충분히 젊질 않아, 타고난 재능이 충분치 못해, 충분히 날렵한 몸매를 가지고 있지 않아, 충분한 경험이 없어, 등등. 다시 말하지만, 만약 자신에게 충분하지 않다고, 뭘 하기에 충분한 자격을 갖추지 못했다고 말한다면, 어떤 상황을 자신의 마음이 만들고자 하는 것일까? 난 충분히 (   ) 하지가 않다에서 괄호에 들어갈 만한 어휘를 찾아 증명해 보기 바란다.

우리는 실패가 두려워서, 학교 교육은 많이 받지 않았지만 엄청나게 똑똑한 사람들이 자신의 목표를 멋지게 달성해낸 사례들이 많다는 사실을 기억하지 못한다. 뚱뚱한 사람도, 야윈 사람도, 나이 많은 사람도, 어린 사람도, 그들이 세운 목표를 멋지게 달성한 사람들은 얼마든지 있다. 성공의 기회는 세상의 실제 모습보다는 그 세상을 우리가 어떻게 보는가와 더 밀접하게 관련되어 있다. 삶은 우리의 생각에 반응한다. 충분한 준비가 되어 있지 않거나 충분한 경험을 가지고 있지 않다고 믿는다면, 생각대로 그렇게 될 것이다.

꿈이 현실이 되는 생각의 힘

생각이 나를 지금 이곳으로 데리고 왔다. 생각이 나를 데려가는 그곳에
내일의 내가 있다.

– 제임스 앨런

우리들 각자가 가진 독특한 힘을 자각할 때 삶에는 더 큰 의미가 생겨난다. 우리가 가진 가장 위대한 힘 중 하나는 생각의 힘이다. 우리를 가장 무기력하게 만들 때는 자신의 고유한 생각과 마음의 가치를 인식하지 못할 때다. 흔히 다른 사람들의 마음이 지닌 위대함과 잠재력은 잘 인지한다. 그들의 생각이 자신의 것과 그리 다르지 않을 때조차도 그렇다. 이런 현상은 생각과 행동을 일치시키는 것에 집중하지 않기 때문에 생겨난다. 생각은 변화와 변형을 일으키는 능력, 개인과 사회를 더 나은 방향으로 이끄는 능력, 심지어 타인의 삶을 향상시키는 능력까지도 가지고 있다. 생각을 지속적으로 원하는 방향으로, 진정으로 가고자 하는 방향으로 나아가도록 해야 한다. 의식적으로 생각의 방향을 설정하면 할수록, 이 새로운 습관이 자리를 잡고 삶에 더 많은 도움을 주게 될 것이다.

나는 "기적은 일상에서 일어난다"를 이메일 서명으로 쓴다. '기적'은 논리적 혹은 합리적 사고로는 설명할 수 없는 무엇이다. 나는 가장 진기한 상황에서 가장 믿기 힘든 사람들을 만난다. 어떤 사람은 이런 일을 우연이라고 부르지만, 나는 그것이 기적이라는 것을 안다. 내가 "기적은 일상에서 일어난다"라는 이메일 서명을 만든 이유는, 누구든 그것을 읽는 짧은 순간에 에너지가 우주로 뿜어져 나가 기적을 만들어냈으면 하는 바람 때문이다.

나는 늘 안 좋은 뭔가가 골목 뒤편에 숨어서 기다리고 있다는 생각을 하곤 했었다.

"행운 따위가 날 찾아올 리가 없지!"

그렇게 중얼거리곤 했다. 대학 신입생 때 그런 식의 삶을 살아가고 있다는 걸 알았고, 그게 나 자신에게 솔직한 거라고 생각했다. 내가 하는 생각들이 실제로 내 삶의 많은 부분에, 그리고 거의 모든 감정에 영향을 끼칠 뿐만 아니라 그것들을 만들어낸다는 사실을 경험과 연구를 통해 알아냈다. 내가 하는 생각들이 얼마나 부정으로 가득 찬 것이었는지를 자각하고 있었다.

생각은 습관이 되고, 그러다 세상을 보는 시각을 형성하며, 반복적 순환으로 굳어진다. 생각의 순환 안에서 생각을 선택한다. 자멸에 빠지든가, 아니면 믿기 힘들 정도로 아름답고 평화롭고 충만한 상태가 되든가. 사고방식이 어떠하든, 자신이 져야 할 책임을 회피해선 안 되며, 느끼고자 하는 감정을 자신이 만들어낼 수 있다는 사실을 알고 있어야 한다. 기억하자. 자신이 원하는 어떤 방식으로든 생각할 수 있다.

내가 가진 생각의 힘을 알았을 때, 여행을 시작했다. 생각을 고양하는 긍정적 문장들을 계속 만들어 소리 내어 중얼거리곤 했다. 더 나은 삶을 살아가고 있으며 더 평화로운 삶을 살아가고 있다는 것을, 내가 사랑하는 일을 잘 해내고 있으며 나 자신을 자랑스럽게 생각하고 있다는 것을, 더 흥미로운 소식들을 받고 있으며 재미있고 성공적이고 가슴 따뜻한 사람들과 만나고 있다는 것을, 하루 30분의 시간을 할애해 노트에다 기록했다. 이후에도 오랫동안 지속적으로 자신에게 말하고, 썼다. 4년 뒤, 내 꿈은 더 이상 꿈이 아니라 현실이 되었다.

내 꿈은 책을 출간하고, 시를 쓰고, 강연을 하고, 기존과 다른 방식으로 배운 것들을 남들과 공유하는 것이다. 이것들이 가장 큰 즐거움을 가져다준다. 생각을 최대한 활용할 수 있다면 삶에서 느끼는 즐거움 또한 최고의 상태에 이를 것이다. 우리는 얼마든지 그렇게 할 수 있다!

지속적으로 생각을 향상하고 그것을 생각하는 방식에 반영한다면, 원하는 방식으로 살아갈 수 있다. 생각의 주머니를 확장하자! 자신 있게 생각하자! 긍정적으로 생각하자. 창조적으로 생각하자. 책임감을 가지고 생각하자. 다르게 생각하자. 사랑을 바탕으로 생각하자. 흔들림 없이 생각하자.

영화배우 윌 스미스의 믿음

잊지 말자. 행복은 자신이 누구인지, 무엇을 가지고 있는지에 달려 있지 않다. 행복은 전적으로 무엇을 생각하는지에 달려 있다.

— 데일 카네기(미국 작가, 연설가)

래퍼 제이지와 나눈 인터뷰에서 유심히 들은 이야기는, 높은 수준의 성공을 이룬 누군가를 만날 때, 눈에 확 띄는 뭔가를 이룬 사람을 만날 때, 그들은 하나같이 "어떻게?"라고 묻는다는 것이었다.

"어떻게 하면 그런 자리에 오를 수 있나요?"

"어떻게 하면 그렇게 할 수 있나요?"

누군가가 한 일에 관심이 가면 나 역시 "어떻게?"라고 묻게 된다.

영화배우 윌 스미스는 존경하는 인물이다. 자신이 해야 할 일에 전력을 다하는 모습 때문이다.

"윌 스미스는 어떻게 지금의 자리에 오를 수 있었을까?"

인터넷 덕분에 굉장히 많은 정보를 얻을 수 있다. 유튜브에서 윌 스미스를 검색하면 그가 가진 색다른 신념들, 진실한 얘기들이 담긴 동영상이 나온다. 그는 생각은 바로 그런 것이라고, 생각은 삶에 물리적 영향을 가한다고 말한다. 그는 만약 뭔가를 꿈꾸고 명확히 그림으로 그려낸다면 그것이 현실이 될 것이고 자신이 하고자 한 그것을 하게 될 것이라고 믿는다. 그는 만약 뭔가를 할 수 없다고 말한다면 현실에서도 그렇게 되고 말 것이라고 믿는다. 생각은 느낌과 믿음들을 만들어내고, 느낌과 믿음 그대로의 세상을 실현해낸다.

하지만 윌 스미스만이 멋진 것을 만들어내고 많은 사람에게 영감을 불어넣어 주는 유일한 사람은 아니다. 적어도 행복하고 충만하며 성공적이고 창조적이며 건강하고 부유한 사람들 10명 중 8명은 긍정적인 생각을 하는 삶을 살아간다. 왜냐하면 그들은 생각의 힘을 이해하고 있기 때문이다.

모든 것이 에너지다. 그러므로 알베르트 아인슈타인이 주장한 것처럼 열망하는 것의 파장과 일치하고 그 흐름과 함께한다면, 그것을 성취하지 않을 수가 없다. 원하는 바와 느끼고자 하는 방향으로 생각의 포인트를 맞춘다면 모든 집중이 이루어질 수밖에 없다. 삶의 모든 상황을 조정할 수는 없지만, 삶에 대응하는 방식은 조정할 수 있다. 만약 무언가가 부정적 상황인 듯싶으면, 긍정에 초점을 맞추고 부정적 상황에서 벗어나 힘을 실어주는 것에 집중할 수 있다. 느끼는 방식만큼은 자신이 선택할 수 있다. 다른 것들이 느끼는 방식에 영향을 줄 수는 있지만 궁극적으로는 의미 있는 무언가는 자신의 선택이며, 그 모든 것이 생각과 함께 시작된다.

생각에 가치를 더 많이 부여하면 할수록, 자신이 가진 힘과 잠재력을 더 깊이 인식하게 된다. 또한 이 모든 것을 더 깊이 자각할수록, 자신이 지닌 내면적 가치를 확인하게 될 것이다. 자신이 얼마나 많은 자질을 가지고 있는지를 알게 되고, 자신이 능력 있고 중요한 사람이라고 자각하게 될 것이다. 자신에게 허용하는 만큼 삶이 아름다울 수 있다는 사실을 인지하게 될 것이다. 그렇게 될 때 삶은 전혀 새로운 의미를 가진 무엇으로 시작된다.

'어떻게'라는 질문의 힘

제대로 된 질문을 던져야 제대로 된 답을 얻는다. 때로는 전혀 답을 기대하지 않았던 곳에서 답을 찾기도 한다. 하지만 일단 답을 얻는다면, 알게 된다. 기도와 꿈과 질문에 대한 답을 얻는다는 것은 놀라운 경험이다. 답을 얻으려면 무엇보다 먼저 제대로 된 질문을 던져야 한다.

질문하자. 그러면 얻을 것이다. 질문의 방향을 의식적으로, 생각한 것을 행동으로 옮기듯, 올바르게 잡도록 하자. 그러면 삶이 질문에 응답의 선물을 줄 것이다.

이 책에서 "어떻게?"라는 질문을 자주 한다.

"그들은 어떻게 길을 올바르게 잡은 것일까?"

"그들은 해야 하는 것을 어떻게 실천할까?"

"그들은 느끼는 것을 어떻게 생각할까?"

"그들은 어떤 방식으로 어떻게 살아갈까?"

"나는 그것을 어떻게 할 수 있을까?"

"나는 이것을 어떻게 경험할 수 있을까?"

"나는 저것을 어떻게 가질 수 있을까?"

"우리는 이것을 어떻게 공유할 수 있을까?"

"이것은 어떻게 가능해질 수 있을까?"

우리는 또한 시각화하는 방식으로 이런 유형의 질문들을 던질 수도 있다.

"일은 어떻게 현실화될 수 있을까?"

"나는 어디로 가고 있는 걸까?"

질문하자. 그러면 모든 것이 신비로운 방식으로 연결되어 있고 함께 움직이고 있다는 것을, 흥미로운 사건들로 가득 차 있다는 것을, 보고 느끼게 될 것이다. 삶이 뒤죽박죽이거나 잘못된 방향으로 가고 있을 때, 흔히 "나는 왜 이렇게 어리석지? 대체 어떻게 된 거야? 난 안돼, 실패할 수밖에 없어. 내 인생은 왜 늘 이 모양이지?"라는 식으로 생각한다. 이런 식의 질문을 던질 때, 마음은 그 질문 안에서 답을 찾아낸다. 찾아낸 답은 뻔하다.

"그래, 넌 어리석어. 넌 충분하지 않아. 근사하지 못하다고. 제대로 하는 게 없어. 넌 그저 혼란만 일으키게 되어 있다고."

부정적 생각에는 부정적 결과가 따라오기 쉽다. 이 사실을 받아들일 수 있을 때, 한 차원 높은 질문들을 던질 수가 있다.

"어떻게 하면 이것을 향상시킬 수 있을까?"

"어떻게 하면 더 나은 느낌을 받을 수 있을까?"

"어떻게 하면 내 인생을, 나를 더 나아지게 할 수 있을까?"

"어떻게 하면 우리 사회를 더 나은 방향으로 이끌 수 있을까?"

"좀 더 활력을 느낄 수 있으려면 어떻게 해야 할까?"

수많은 긍정적인 "어떻게?"가 샘솟듯 솟아난다.

이런 식의 질문을 던지게 될 때, 이 질문들을 자신의 잠재의식으로 끌어들인다. 잠재의식은 이미지로 작동한다. 어떤 질문을 하게 될 때, 잠재의식은 1000분의 1초 사이에 수없이 많은 이미지를 만들어낸다. 이런 일은 미처 인식하기도 전에 상상 속에서 일어난다.

12

나는
그 누구도 아닌
나

세상을 더 나은 곳으로 만들기 위해

오늘 무엇을 할 수 있는가?

사랑하는 것을 하고

재능을 세상과 공유하는 것으로 시작하자.

이것이 바로 위대한 변혁이다.

혁신은 누가 리더이고 누가 따르는 자인지를 구별해 준다.

– 스티브 잡스

스티브 잡스의 성공담과 그가 창조해낸 것들에 대해서는 잘 알려져 있다. 어떤 사람들은 독특한 그의 직업윤리와 식단, 정신세계를 논하기도 하고, 그가 어떻게 자신이 하는 일에 몰두했었는지를 거론하기도 한다. 하지만 많은 사람은 그가 이루어낸 성공이 '외골수'였기 때문이라고 말한다. 하지만 나는 전혀 다른 이유를 대고 싶다. 스티브 잡스의 성공은 극단적일 만큼의 현실 감각이 만들어낸 결과라 할 수 있는데, 이는 쉽게 간과되는 부분이기도 하다.

잡스는 결코 미래의 고객들에게 그들이 원하는 바가 무엇이냐고 묻지 않았다. 그는 시장의 경쟁 상황을 점검하지도 않았고, 고객의 트렌드를 연구하지도 않았다. 그는 사람들이 무엇을 원하는지 신경 쓰지도 않았다. 그는 사람들이 진정으로 원하는 것은 자신들을 최고라고 느끼게 만드는 무엇이라고 믿었다.

"여러분들은 고객에게 무엇을 원하냐고 물을 수 없습니다. 그들이 원하는 걸 주도록 노력하십시오. 여러분이 그걸 만들어낼 때, 사람들은 새롭게 만들어진 그것을 원하게 될 겁니다"라고, 잡스는 말했다. 그러고는 이렇게 덧붙였다.

"우리의 목표는 세상에 있는 것 가운데 가장 대단한 것을 만들어내는 것이 아니라 최고의 창작품을 만들어내는 것입니다. 우리는 여러분이 만져 보고 싶을 만큼 멋진 버튼을 화면 위에다 달아놓았습니다."

그는 사람들이 원한다고 생각하는 것을 제공하기보다는 아직 존재하지 않는 무언가를 만들어내는 데 집중했다. 사람들이 좋아할 것을 만들어냄으로써 자연스럽게 사람들의 마음을 끌도록 했다. 이것이 바로 혁신이다. 혁신이란 뭔가에 대한 수요를 창조하는 일이다. 사람들이 자연스럽게 끌리는 좋은 제품을 만들면 수요가 일어난다. 이를 두고 잡스는 "자기 자신이 그 제품의 질을 가늠하는 척도가 돼라"라고 말한 바 있다.

거의 모든 상거래 산업의 배후에 있는 유일한 동기가 이윤이라고 주장하는 사람들도 있다. 이윤을 남기는 일이 핵심 요소이긴 하다. 하지만 잡스는 그런 방식으로 바라보지 않았다. 잡스가 우선시하는 요소는 탁월함이었다. 탁월함이 있으면 이윤이 발생하고, 세상을 바꿀 수 있다고 믿었다. 그리고 그 탁월함이 바탕이 되었기에 그는 역사를 만들 수 있었다.

잡스가 우선하는 이 탁월함은 그가 애플을 떠났을 때 여실히 드러났다. 그가 본의 아니게 애플에서 쫓겨나자 회사는 내리막을 달리기 시작했다. 그는 회사가 질보다는 이윤을 좇는다고 느꼈다. 자신의 목표가 만약 오랜 세월을 버텨내는 데 있다면 성실하게 일하고 더 많은 이윤을 창출해내는 제품을 만들어내는 일이 중요하다. 하지만 여기에는 혁신이 없다. 단지 버티는 데 그치지 않고 발전하고 성장하려면 혁신이 필요하다.

끝 모를 암흑 속으로 치닫고 있다는 자각이 일어났을 때, 애플은 모든 상황을 돌려놓기 위해 잡스를 다시 불렀다. 그는 탁월함과 목적의식과 혁신을 다시 외쳤고, 애플은 이전에 경험하지 못한 성공의 가도를 달리기 시작했다. 지금의 애플을 보자!

잡스는 인류의 역사를 바꾸어놓았다. 이렇게 할 수 있었던 것은 자신이 하고 싶은 것을 발견할 때까지 어디에도 안주하지 않았기 때문이다. 그는 자신에게는 물론 주위의 사람들에게도 탁월함을 요구했다. 그는 가혹하게 일했고, 대충대충 넘어가지 않았다. 그는 이윤보다는 품질에 더 큰 가치를 두었다. 그렇게 하는 것이 이윤을 만들어 줄 것이기 때문이었다. 이것이 바로 잡스를 혁신가로 만든 이유다. 그는 자신에게 몰입하고, 아이디어를 찾아내고, 결국 그것을 만들어냈다. 그 모든 일을 가능하게 만든 것은 그의 열정이었다. 그는 극단적으로 탁월함에 집중해 만들어낸 제품은 고객의 수요를 자연스럽게 창출할 것이라고 확신했다.

하지만 오늘날, 우리는 복제자에 불과하다. 외부에서 얻어온 아이디어를 토대로 모든 것을 복제한다. 복제자도 성공을 거둘 수는 있지만 결코 혁신적인 제품을 만들지는 못한다. 잘 팔리는 것이 무엇인지, 트렌드가 무엇인지, 돈이 될 만한 트렌드는 어떤 것인지만 보려할 뿐이다. 오늘날 시장은 이윤만을 좇을 뿐 제품의 창조적인 측면은 완전히 붕괴되어 버렸다. 비전을 가진 사람은 지극히 소수에 불과하며, 대부분은 생각조차 유행을 좇기에 급급한 채 비전을 포기해 버렸다.

잡스는 탁월함의 기준과 위대함을 실천하는 방법에 대해 다음과 같이 설명했다.

"만약 아름다운 서랍장을 만드는 목수라면, 합판 쪼가리를 이어 붙여 만들려고 하지는 않을 것입니다. 아무도 눈치채지 못한다 하더라도 말입니다. 자신은 알고 있기 때문이지요. 분명 좋은 목재를 사용할 것입니다."

잡스는 품질에 관한 한 결코 타협하지 않았다. 합판 쪼가리를 사용하지 않았다. 어떤 큰 불이익이 따르더라도 결코 그렇게 하지 않았다.

사업이든, 사람이든, 세상이든, 양보다는 질을, 탁월함을 필요로 한다. 이것은 자신의 비전에 대한 믿음으로부터 시작된다. 시장을 좇아가기만 해서는 안 된다. 비전을 가진 존재가 되자. 혁신가가 되자. 뒤쫓아가는 자가 되지 말자. 내면에 존재하는 것을 창조하자.

뮤지션 밥 딜런의 멈추지 않는 열정

지금 멸종위기에 처한 동물, 즉 우리 각자를 구하기 위해 싸우고 있다.

– 마티 루빈

밥 딜런은 대중음악계에서 가장 뛰어난 싱어송라이터 중에 한 사람이며, 21세기에도 여전히 가장 널리 알려지고 가장 성공한 뮤지션 가운데 한 사람이다.

딜런은 수백 장의 앨범을 세상에 내놓았으며 그 위세는 여전히 꺾이지 않고 있다. 70대 중반에 이른 나이임에도 불구하고 그의 투어 공연은 계속되고 있다. 딜런의 이런 위상이 가능한 것은 남다른 끈기와 의지 때문이다.

딜런을 특별한 존재로 만들어 주는 이유는 사람들이 늘 그를 포크송 가수로 분류함에도 불구하고 포크송 밖으로까지 영역을 넓혀 간다는 사실이다.

성공을 이루어낸 데는 그의 노래가 가진 가사들이 다른 포크송 가수들의 노래와 차별화되어 있기 때문이다. 그는 솔직하며, 포크음악의 전통을 답습하지 않는다. 권위에 도전하는, 정치적이고 실천적인 가사들을 써 왔다. 시대마다 그의 노래들은 전혀 들어 보지 못한 곡들이었는데, 다른 포크 뮤지션들이 그를 비난할 정도였다. 딜런은 이런 상황에 전혀 흔들리지 않았다. 그의 열정은 타협을 거부했다. 그는 자신을 표현하기 위해 그런 삶을 고집했고, 내면이 시키는 대로 했다. 자신이 공유하고 싶어 하는 것을 공유했고, 만들고 싶은 음악을 만들었다. 지금도 여전히 그렇게 살고 있다.

이렇게 크게 성공한 아티스트로부터 우리는 창조력을 지속적으로 펼쳐 나가야 함을 배울 수 있다. 만약 창조적인 사람이라면, 아티스트라면, 멈추지 말자! 창조적 행위를 결코 멈추지 말자. 성공하기 위해서 해야 하는 모든 일을 해내려는 노력을 멈추지 말자. 그 일들을 하기 위해 힘쓰자. 무슨 일이든 오직 최선을 다하기 위해 전념하자.

밥 딜런은 아름다운 가사를 쓰고 새로운 멜로디를 만들어내는 일에 최선을 다했다. 그래서 그는 매일 그 일에 집중했다. 기존의 틀에 자신을 맞추려 하지 않았다.

자신의 고유한 열정을 하나의 틀, 세상의 유행에 맞추려 하지 말자. 나답게 행동하자. 자신에게 가장 좋은 것을 행하고, 타협하지 말자. 시장에서 특별하다고 내세우는 부분, 이미 일단락된 사업이 내세우는 방식, 이미 완성된 예술이 가진 방식, 관계로 얽히고설킨 방식과 타협하지 말자.

자신이 느끼는 방식으로 행하는 것이 최선이다. 가슴이 시키는 대로 따르자. 다른 사람들의 입맛에 맞추려 하지 말자. 결코 모든 사람으로부터 인정받을 수는 없다. 불만은 늘 있게 마련이며, 끝없이 터져 나온다. 아무리 열심히 하더라도 모든 사람을 만족시킬 수는 없다. 최선을 다할 수 있는 그것을 지속적으로 행하는 데 집중하자. 그러면 모든 것이 제자리를 잡을 것이다.

결코 포기하지 말자. 밥 딜런의 성공은 하룻밤 사이에 일어나지 않았다. 그가 결코 포기하지 않으리라 결심했기 때문에 가능한 일이었다. 한때 방 한 칸짜리 집조차 없어서 남의 집 소파에서 잠을 청해야만 했었다. 어디서든, 힘과 자신감과 경험을 지속적으로 쌓을 수 있는 곳이면 어디서든 공연을 했다.

우리도 그렇게 해야만 한다. 힘을 기르고, 자신감을 키우고, 경험을 쌓자. 멈추지 말고 계속하자. 남들과 다른 존재가 되자. 그러면 모든 것이 열릴 것이다.

타협하지 않는다는 것

세상이, 부모가, 친구들이 우리에게 하도록 요구하는 것만을 하지 말자. 무엇이든 타성이 되어 버리면 자유는 제한되고 만다. 자유가 제한당하고 있다는 사실을 자각조차 하지 못할 때가 있다. 그것이 자신이 알고 있는 전부라고, 당연하다고 생각하기 때문이다. 그럴 때 자신의 위대한 존재, 그 고유함을 자각하기보다는 잠재력을 일상적이고 일반적인 수준으로 끌어내리는 소용돌이에 휘말린 채 추락하기 시작한다. 세상이 요구하는 것과 타협하지 않을 때, 위대함이 태어난다.

유행하는 생각, 트렌드, 일시적 경향에 굴복하지 말자. 그 어떤 것도 실재가 아니며, 그 어떤 것도 자신이 아니다. 그것들은 다른 사람들을 위한 것이다.

미디어가 입어야 한다고 떠드는 방식으로 입지 말자. 미디어가 들으라고 하는 음악만을 듣지 말자. 그건 틀에 박힌 무엇일 뿐이다. 자신이 좋아하는 것을 찾도록 하자.

가장 위대한 성취자, 사회적 공헌자, 존경받는 자들은 하나같이 타협하지 않은 사람들이었다. 그들은 이미 존재하는 방식이 아니라 그들이 원하는 방식으로 세상을 만들었다.

그들은 누군가 만들어놓은 길이 아니라 자신의 길을 따라갔다. 세상은 일정한 방식으로 생각하고 행동하라고 일러준다. 그들은 그것을 맹목적으로 따르지 않았다.

우리는 자유를 원한다. 나는 예속되기를 원한다고 말하는 사람을 만나 본 적이 없다. 독립적 존재로 살아가려면 자유로워야 한다. 독립은 곧 타협하지 않음이다. 자신이 되지 않고는 독립적 존재가 될 수 없으며, 독립적 존재가 되지 않는 한 충만한 존재로 살아갈 수 없다.

우리가 원하는 것은 더 높은 질의 삶이거나 세상을 바꾸는 큰 목표를 달성하는 것이다. 그렇다면 생각할 건 하나밖에 없다. 해야 하는 것은 뭔가 달라야 한다. 수천 년 동안 답습해온 그것을 하는 것이 아니다. 자신의 고유한 시선으로 세상을 보아야 한다. 사회가 만든 안경을 통해 세상을 보려고 하지 말자. 자신을 둘러싸고 있는 세상의 시각, 믿음, 생각, 두려움을 결연히 던져 버려야 한다. 자신이 내리지 않은 판단의 사슬로부터 벗어나야 한다.

타협하지 않는 존재가 된다는 것은 스스로 판단해야 한다는 것을 의미한다. 무엇이 가능하고, 어떤 삶이 자신의 것인지를 찾아야 한다. 자신만의 견해를 가지고 학교를 보자. 자신의 고유한 생각을 가지고 종교와 직장을, 몸과 관계를, 영적 상태를 보자. 거기에 얼마나 많은 자신의 시간과 돈이 소비되고, 규칙과 법칙이 소모되고, 교육의 기회들이 날아가는지를 보자. 이 모든 것에 대한 자신만의 생각을 형성해야 한다. 그렇게 하지 못한다면, 정신은 사회가 만들어놓은 견해에 의해 조종되고 말 것이다.

통찰력 있는 눈으로 더 깊이 볼 수 있다면, 트렌드를 따른다는 것이 자유를 구속한다는 사실을, 그저 많은 사람 중의 하나가 되는 것일 뿐임을 자각하게 될 것이다. 하나의 상자에 집어넣어지고, 모든 사람이 줄지어 선 그 어딘가에 서 있게 될 것이다. 그 상자로부터 빠져나와야 한다.

타협하지 않음은 도미노 현상을 일으킨다. 다른 사람들이 그것을 보게 될 때, 그들은 영감을 받게 되고, 그들 역시 그렇게 하고 싶다는 생각을 하게 된다. 타협하지 않음은 혼란이 아니다. 타협하지 않음은 혼란이 아니라 질서다. 그것은 경험에 의해 만들어진 질서다. 상자 속에 있다는 것은 경험해야 하는 것을 경험하지 못하도록 만든다. 그저 모든 사람이 원하는 삶을 경험할 뿐이다.

랠프 왈도 에머슨이 말했다.

"완전한 사람이 되려는 자는 타협하지 않는 자가 되어야 한다."

이 말을 나는 이렇게 되새겼다.

"진정한 삶을 살고자 하는 자는 타협하지 않는 자가 되어야 한다."

만약 충만한 삶을 살고자 한다면, 그래서 더 깊은 수준에서 자신을 알고자 한다면, 무엇과도 타협하지 않고 자신이 누구인지를, 무엇을 좋아하는지를, 얼마나 강한 존재인지를, 얼마나 많은 것을 해낼 수 있는지를 발견해내야 한다. 이것들을 행하기 시작할 때, 조종하고 억압하고 거짓을 일삼는 모든 시스템이 무너지고 사라질 것이다. 더는 의존적 인간이 되지 않을 것이며, 서로에게 의지가 되는 존재가 될 것이다.

자신이 믿는 바에 따라 살아갈 때, 믿음은 다른 사람들의 삶과 다르게 되며, 그들을 도울 수도 있고 그들이 당신에게 도움을 줄 수도 있다. 서로 다른 시각으로 바라본다는 것은 시각의 확장을 통해 서로에게 열려 있게 되며 따라서 서로가 도움을 줄 수 있는 관계를 이루게 된다.

모든 창의성은 타협하지 않는 곳에서 태어난다. 높은 차원의 삶 또한 그곳에서 태어난다. 세상을 바꾸었던 사람들은 모두가 타협하지 않았던 사람이다.

라이트 형제는 금속 조각을 가져다 구부려 하늘을 날아오르게 하는 건 불가능한 일이라는 사람들의 믿음과 타협하지 않았다. 그들은 당시의 공학이 공고하게 지키고 있던 믿음과 타협하지 않았다. 그들이 비행기를 만들어 하늘에 떠운 것은 자신들을 둘러싸고 있는 믿음들에 맞서 싸운 결과였다.

자신이 살고 싶은 방식의 삶을 살아야 한다. 그렇게 하지 않는다면, 결국 온전한 삶을 살아내기 힘들다. 우연에 기대는 평범한 삶을 살아간다면, 삶은 우연의 연속에 불과해지고 만다.

"아, 빌리가 자신이 원하는 삶을 살아갈 수 없었다는 건 참 슬픈 일이었어. 그 사람 참 멋있었는데. 그는 항상 사람들이 그에게 원하는 것들을 할 뿐이었어. 사람들은 기억하지. 전혀 말썽을 부리지 않는 사람이라고 말이야. 너도 전혀 문제를 일으키지 않는 사람이 되고 싶지 않아?"

이 말에 속아 넘어가지 말자. 일정 부분 문제를 일으키도록 하자. 일정 부분 무질서를 경험하고, 혼란을 겪어 보자. 진정으로 질서가 무엇인지를 아는 건 자신의 고유한 체질, 고유한 원리에 따라 살아갈 수 있게 하는 무엇이다. (하지만 이것은, 거듭 말하지만, 남들을 악의적으로 해코지 한다거나 괴롭힐 수 있는 구실이 되어서는 안 된다.)

자신이 행동하는 원칙이 무엇인지를 알고 있을 때, 당당해질 수 있다. 다른 사람들의 원칙과 타협하지 말자. 자신이 사랑하는 일, 영혼이 시키는 일만을 하자. 무리를 따르지 말자. 그러지 않으면 남들이 싸놓은 똥을 밟을 수밖에 없다.

　내가 제시하는 방법을 따르는 사람이 아무도 없다는 것을 확인하는 데는 그리 오랜 시간이 걸리지 않았다. 나는 페이스북 팬 페이지를 개설한 날 밤 삭제해 버리려고 했었다. '좋아요'를 누르는 사람이 거의 없어서 당황했다. 고등학교 동창 몇 명만이 "제이크 듀시가 자신의 페이지에 '좋아요'를 눌러 달라고 당신을 초대했습니다, 지금 당장!!!"이라는 글을 남겼던 걸 기억한다.

　그 당시 나는 채워지지 않는 허기와 고집으로 똘똘 뭉쳐 있었다. 내가 누구인지를 사람들에게 보여주고 싶었다. 하지만 저항이 만만치 않았다. 어떤 사람은 가짜 페이스북 페이지를 만들어서 내 개인계정과 공식계정에 하루도 빠짐없이 악플을 달고 상태글을 올리며 내 이름과 내 작업을 모욕했다. 그들의 악플은 "그는 이 책을 쓰지 않았다"에서부터 "그는 내용을 완전히 꾸며냈다"까지 참으로 다양했다. 그들은 또한 내가 죽었으면 좋겠다는 내용의 메시지를 보내기도 했다. 예전에 차가 뒤집어지는 사고가 났을 때 내가 죽었어야 했다는 말까지 서슴지 않았다. 그들은 내가 어떠한 성과도 얻지 못했을 거라고 말했다. 그들 말대로라면 나는 사기꾼이었고, 포기해야만 했다…….

　가짜 페이스북 페이지를 만들어 내가 올려놓은 사진과 수백 개의 담벼락 글에 악플을 달며 시간을 축내고 있던 그들이, 내 눈엔 스스로의 삶을 비참하게 만드는 사람들로만 보였다. 그런데 여기에 더해 친구들까지 고등학교 동창까지 끌어모으려고 파티 얘기를 꺼내는 거라고 빈정거렸다.

"제이크는 제정신이 아니야. 완전히 돌았어. 멍청한 놈."

사람들의 댓글이 나를 할퀴었지만 멈추지 않았다. 그럴 때마다 밥 말리의 말을 되뇌었다.

"이것은 내가 할 일이다. 나를 충만하게 해줄 일이다 ……."

그리고 책이 출간되었고, 이틀이 지나지 않아 아마존 베스트셀러 목록에 올랐다. 등을 돌렸던 옛 친구들이 내게 사과와 축하가 담긴 페이스북 메시지를 보내기 시작했다. 하지만 저항도 끊이질 않았다. 여전히 그들은 내가 죽기를 바라고 있었다. 여전히 나를 사기꾼으로 불렀고, 더 이상 글을 쓸 수 없을 거라고 말했다. 그들에게 나는 여전히 너무도 멍청해서 진지한 얘기를 할 수 없는 사람이었다. 그러는 동안 책은 매진을 거듭했고, 내 책은 계속 베스트셀러 목록에 올라 있었다.

그때 절친인 루크가 했던 말은 지금도 잊히지 않는다.

"네가 하는 말을 모두 헛소리라고 생각하는 사람들이 도대체 왜 널 팔로우하겠니?"

그때까지도 전혀 생각하지 못했고 정말이지 신경 쓸 여력조차 없었다. 궁금할 시간도 없었다. 정신을 온통 나의 미래에 집중하고 있어서 다른 사람이 날 어떻게 생각하는지, 그들이 왜 그런 행동들을 하는지에 대해 생각할 시간이 없었다. 시간이 아까웠다!

내가 있는 곳은 오늘이라는 시간이었고, 다른 곳엔 신경 쓸 필요가 없었다. 자신에 대해 신경을 써야 할 사람은 오직 자신뿐이다. 우리가 진정으로 해야 하는 일은 선이 악을 이기도록 해야 한다는 것임을 자각하는 것이다. 악보다 선이 훨씬 중요하다는 사실을 깨달아야 한다. 만약 자신의 비전에 온전히 도달하고자 원한다면 더욱더 선에 집중하고 악을 잊어버리자. 비전에 온전히 도달했을 때가 되면 아마 그곳에는 나를 죽을 때까지 미워하는 수많은 사람이 있을 것이다.

미국의 대중연설가이면서 작가인 바이런 케이티Byron Katie가 이렇게 말했다.

"나를 좋아하는 일은 당신의 일이 아니다. 그건 내 일이다."

인생에서 가장 하기 쉬운 일은 '싸우지 말자'고 하면서, 결국 한통속이 되어 자신의 꿈과 자유를 꺾는 것이다. 사람들은 저마다 자신을 좋아해 주길 원한다. 그게 편하기 때문이다. 다르게 보고 다르게 생각하고 서로 다른 것을 믿고 매일 다른 태양을 맞으며 침대에서 일어나는 사람들을 사귀는 것보다는 확실히 덜 부대끼는 일이다. 사람들이 만약 저마다 다르게 보고 다르게 생각하고 서로 다른 걸 믿고 매일 다른 태양을 맞으며 침대에서 일어난다면, 정말이지 환상이다. 그들은 비로소 그들 자신이 될 것이다. 하지만 이런저런 이유를 대며 우리는 이 사실을 망각한다.

우리는 자신을 행복하게 하는 것이면 무엇이든 추구한다. 대부분은 환상으로 통하는 문을 찾고 인어로 가득 찬 바다로 떨어지기를 기대한다. 그런 삶이 편하고 안락하기 때문이다. 하지만 들여다보는 거울에 자신만 빼고 다른 모든 사람의 얼굴이 있다면, 삶이란 숨 막힐 정도로 재미없다. 거울에 그 이미지들이 비치는 것은 다른 사람의 믿음에 의해 자신의 삶을 결정하도록 허락했기 때문이다. 그렇게 해야 삶이 더 쉬울 거라고 생각한 것이다.

사회는 호사스러운 테니스 클럽과 같다. 거기에 어울리는 분홍색 셔츠에 넥타이를 매고 스웨터를 걸쳐 입지 않으면 적잖은 저항에 부딪치게 된다. 클럽에 어울리는 차림이 아니니 떠나라는 소리를 듣든가 왕따가 될 수밖에 없다. 그래서 홀로 떠나는 사람들은 아티스트, 은둔자, 혁신가들이다. 그리고 그들이 사회를 앞으로 이끌어 나아간다.

죽을 수밖에 없는 존재

"하지만 미친 사람들 사이에 끼어 있고 싶진 않아." 앨리스가 퉁명스럽게
말했다.
"아, 넌 그럴 수밖에 없을 걸." 고양이가 말했다.
"여기선 모두가 미칠 테니까. 나도 미쳤고, 너도 미쳤어."
그러자 앨리스가 "내가 미쳤다는 걸 어떻게 알아?" 하고 물었다.
"넌 분명히 미쳤어." 고양이가 말했다.
"그렇지 않다면 여기로 오지 않았을 테니까."

– 루이스 캐럴, 『이상한 나라의 앨리스』 중에서

삶이란 어떤 확실한 보장도 없이 용감하게 자기 자신을 찾아가는 모험이거나, 아니면 안전이니 유행이니 하는 이름의 거짓 희망으로 포장된 너무도 위험한 게임이다. 인간의 문화는 모든 사람이 하는 것을 따라 하기만 하면 된다고 속삭인다. 아홉 시에 출근해 다섯 시

에 퇴근하는 직장을 얻고, 집을 구하고, 시장에 널려 있는 물건들을 소비하고 …… 그러면 안락과 행복이 찾아올 거라는 거짓 약속을 던진다. 하지만 결국 우리는 죽을 수밖에 없는 존재다. 누구도 안전을 보장해 줄 수 없다. 그렇다면 모험의 삶을 살지 못할 까닭이 무엇인가? 하고 싶은 것을 한다는 인식하에 죽어가지 않을 이유가 무엇인가?

인생은 짧다. 스릴은 새롭고 낯선 곳에서, 다른 사람의 의견에 귀를 기울이지 않는 곳에서 찾아낸다. 왜냐하면 우리는 안정을 원하기 때문에, 자신을 판단하는 사람들의 충고를 따르는 것이 안전하다는 믿음 때문에 다른 사람의 의견에 귀를 기울인다.

엉뚱한 사람들로부터 충고를 들으려 하지 말자. 자신이 귀를 기울이고 있는 사람이 누구인지를 확인하는 일은 중요하다. 건강이든 행복이든 부든 관계든, 그 밖의 무엇이든 자신이 원하는 것을 가진 사람들을 살펴보자. 자신에게 충고하는 사람들이, 충고할 만한 사람인지를 곰곰이 생각해 보자.

별난 존재와 행복한 인생

오늘의 튼튼한 떡갈나무는 그 자리를 지켜낸 어제의 씨앗이다.

— 데이빗 아이크

비행기, 영화, 라디오, 컴퓨터, 전화기, 전기용품 등 현대를 더욱 편리하게 만든 대부분의 발명을 생각할 때, 발명가와 그들의 동료들이 작업을 할 당시에는 대부분 미친 사람 취급을 받았었다. 스티브 잡스, 라이트 형제, 월트 디즈니, 니콜라 테슬라, 알베르트 아인슈타인은 오늘날 수많은 우상 중 극히 일부에 불과하다. 그들은 모두가 어제의 '씨앗들'이다. 인터넷 같은 발전된 기술을 통해 현대인들의 생각과 규범과 신념이 뜸 들일 시간도 없이 즉각적으로 전 세계로 퍼져 나간다. 그것을 토대로 생각을 다듬어내고, 행동방식을 결정한다. 그 것들이 보편적이고 멋지고 쉽게 받아들일 수 있는 것이기 때문이다. 하지만 역사를 살펴보며 보편적 규범을 따르는 것이 인류에 결코 많은 공헌을 할 수 없다는 사실을 알게 된다. 진정으로 세상을 바꾸는 사람들은 언제나 괴짜로 불린 부적응자들이었다.

수많은 인류를 탐구해 본 결과, 가장 행복한 인생을 산 사람들이 가진 교집합은 결코 보편적이고, 소극적이고, 무던한 사람들이 아니라는 결론에 도달했다. 그들은 늘 적어도 일정 부분은 별난 존재들이었다. 그들은 새로운 유행 선도자, 별종 제작자, 사회 혁명가들에 가까웠다.

우리는 자기 자신이 되기를 원한다. 그렇지 않은가? 행복해지기를 원한다. 그렇게 하자! 하지만 우리가 별난 존재로 살아가고, 두려움을 극복하며, 무엇이든 행동으로 옮기는 삶을 살아가려면 단 한 가지 길 밖에는 없다. 진짜 궁금한 것이 무엇인지를 질문하고, 지나치게 '현실적'인 것이 있으면 검증해 보는 일부터 시작하자! 자신이 가진 신념은 스스로 만들어낸 것인가? 혹시 부모나 친구나 미디어가 만들어놓은 것을 그대로 받아들인 것은 아닌가?

시민 불복종의 의무

> 혁명은 언제나 젊은 사람들의 손에 쥐어져 있다.
> 젊은이들은 항상 혁명을 물려받는다.
>
> — 휴이 뉴턴

　나는 현재 상황에 대한 변화를 강조하는 더 많은 사회적 움직임을 만나고 싶다. 참수와 교통사고와 폭격과 우울증과 인플레이션과 총기 난사에 관한 기사들이 아닌 다른 소식들을 전해 주는 새로운 뉴스 채널을 보고 싶다. 덜 조종당하고 싶고, 공항에서도 테러리스트처럼 취급당하고 싶지 않다. 우리가 내는 세금이 원치도 않는 더러운 전쟁에 사용되는 것이 아니라 지역의 학교에 사용되기를 원한다. 더욱 강화되어가고 있는 페티의 법칙Petty-Clark's law(국민소득 증대에 따라 산업구조가 1차→2차→3차 산업으로 비중이 옮아간다는 법칙)이 지금 당장 위세가 수그러들었으면 좋겠고, 돈이 정치와 선거에 집중되지 않았으면 좋겠고, 기업의 압박과 탐욕을 꺾어놓았으면 좋겠고, 연방준비은행 따위는 막을 내렸으면 좋겠다. 무엇보다 민주주의와 자유의 이름을 내건 채 내 이메일을 몰래 들여다보는 사람들이 사라져 주었으면 좋겠고, 세금이 공동체의 이익을 위해 더 많이 사용되었으면 좋겠다. 만일 이런 일들을 정부가 이미 하고 있다면, 더 이상 소리치며 주장하지 않겠다.
　하지만 노동자들의 주머니에 남은 마지막 한 푼까지 털어가고, 오지의 아이들을 이용해 먹고, 교육 대신 전쟁에 자금을 대고, 평화를 불어넣는다는 미명하에 침공을 일삼는, 그래서 고결과 정직을 시시

각각 상실하는 정부라면 얼마든지 거부할 수 있어야 한다. 세계에 더 많은 평화를 만들어내고 환경을 파괴하지 않으면서도 지속가능한 발전을 이끌어내는 정부라면 얼마든지 지지할 수 있다. 오늘날 정치는 역설적이게도 여전히 "국민에 의한, 국민을 위한" 것으로 간주되고 있지만, 실상은 소수의 사람들에게만 봉사하는 정부가 되어 있다.

지적하고 싶은 것은 단지 하나, 진정한 정통적인 문제들은 거론되고 있지 않다는 (그런데 개인으로서 지금 당장 변화를 만들어낼 힘을 가지고 있다.) 사실이다. 사람들은 거대 기업들의 경제적 착취를, 어떤 변화도 일어나고 있지 않은 현실을, 우리 행성이 파괴되어가고 있다는 것을, 십대의 자살률이 치솟고 있음을, 공무원들의 철밥통을, 사회적·경제적 양극화가 나날이 심화되고 있음을, 전 세계의 자원이 철저하게 가난한 사람들을 외면하고 있음을 알고 있다. 이 모든 사실보다 더 나쁜 것은 이런 주제들에 대한 문제 제기가 이뤄지지 않고 있다는 사실이다.

우리가 무언가를 옹호 할 때 삶이 훨씬 더 많은 의미를 갖는다는 것은 바람직한 상황이다. 우리는 지금 당장 이것을 할 수 있다. 타인을 도울 수 있으며, 개인의 능력을 공유할 수 있으며, 의문이 있으면 언제든 문제를 제기할 수 있다. 우리는 위급한 상황에 대처할 수 있어야 한다. 이것이 더 나은 세상을 만드는 일이다! 지금 세상을 떠난 철학자들을 우리 시대로 끌어와야 한다는 주장을 하는 건 아니다. 에머슨이 말했다.

"정부의 독성을 해독하려면 개개인이 영향을 미쳐야 한다. 즉 개인의 성장이 필요하다."

더 나은 삶을 지향하는 일을 삶의 중요한 한 부분으로 삼는다면 분명 더 나은 세상이 될 것이다. 이렇게 할 때, 우리가 만든 미래에 책임을 진다는 것을 알게 된다. 미래의 성장은 우리가,

두려움에 맞서고,

소리 높여 외치고,

진지하게 생각하고,

비전을 가지고,

더 나은 습성을 가지고,

남들을 돕고,

보살피며,

자신을 믿고,

우리가 하는 일을 공동체와 연결하고,

스스로 권위를 가지고,

사랑하는 일을 함에 있어 위험을 무릅쓸 때,

마침내 이루어진다.

그러지 않고서는 결코 더 나은 시대를 기약할 수 없다. 더 나은 세상을 만들어야 한다는 절체절명의 사명감을 가져야 한다. 작가 파울로 코엘료가 인간의 조건에 대해 한 얘기를 읽었을 때, 나는 절실히 느낄 수 있었다.

"우리는 어떻게 이다지도 오만할까? 지금 이 세계는, 과거에도 그랬지만, 늘 우리보다 훨씬 강하다. 우리는 이 세계와 대적할 수 없다. 만

약 이 세계가 그어놓은 경계를 넘어간다면, 세계는 너무도 간단히 우리의 존재를 감쪽같이 지워 버릴 것이다. 왜 세계가 우리를 파멸시키지 못하도록 소리 내어 말하지 않는가?"

해가 거듭되어도 똑같은 걸 듣고, 이뤄지지 않는 약속을 목격하고, 쓸쓸하게 끝나 버리는 희망을 보며, 그러는 동안 세상은 끊임없이 나락으로 떨어진다. 더 많은 전쟁이 일어나며 빈곤과 부채와 불확실성과 부패는 더욱 늘어난다. 그리고 사람들은 이따금 묻곤 한다.

"희망은 어디에 있을까?"

이 물음에 대한 대답은 내가 보는 세상에 있다. 대통령 집무실에 있는 게 아니다. 다른 어디에도 없다. 변화는 사람들로부터, 다른 누군가가 아니라 자신으로부터 나온다.

우리는 '지도자들'의 지시를 기다릴 필요가 없다. 생각과 추진력을 가지고 있으며, 세계 어디서든 즉각적으로 소통할 수 있다. '코니KONY 2012 운동(소년납치와 미성년 강간 등 반인륜적인 범죄를 저지른 우간다의 반군지도자 조셉 코니를 규탄하는 유튜브 동영상이 페이스북 등 소셜 네트워크를 타고 옮겨지면서 게시 이틀 만에 조회수 2200만 건을 넘어 SNS가 국제범 공개수배 역할까지 하고 있음을 드러낸 사건)'은 자신의 메시지가 몇 주 안에 수억 명의 사람들에게 전해질 가능성을 가지고 있음을 보여주었다.

혁명은 '아랍의 봄Arab Spring(튀니지에서 일어난 대규모 시위를 시작으로 이집트, 리비아, 시리아 등 아랍 세계로 번진 민주화 운동)'의 진원지인 중동지역에서 이미 일어나고 있으며, 인터넷의 도움을 받아 변화와 희망의 메시지가 전해지고, 영감을 서로 주고받는 현상이 일어나고 있다.

이제 우리가 일어나야 할 시간이다. 세상을 더 나은 곳으로 만들기 위해 오늘 무엇을 할 수 있는가? 사랑하는 것을 하고 재능을 세상과 공유하는 것으로 시작하자. 이것이 바로 위대한 변혁이다.

I3

마음의
소리를
듣는 시간

나는 더 많이 인내하고 싶다!

지금 모든 것을 원한다.

명상을 하려고 노력해 왔지만,

가만히 앉아 있기가

정 말 이 지 힘 들 다.

나는 가만히 앉아

명 상 에 잠 기 기 를 좋 아 한 다.

약자는 용서할 수 없다. 용서는 강자의 상징이다.

— 마하트마 간디

25년이 넘도록 부당하게 감옥에 갇힌 신세가 되어 있다고 상상해 보자. 1962년 8월 5일, 넬슨 만델라에게 바로 이 일이 일어났다. 그날 경찰이 그의 손에 수갑을 채웠다. 그의 삶은 더 이상 그의 것이 아니었다. 그는 국가를 전복하려 했다는 음모에 휘말렸고, 유죄를 선고받았다. 남아프리카 공화국에서 일어난 일이다. 그는 백인 교도관들로부터 온갖 언어폭력과 신체적 폭력에 시달렸고, 몇 년이 흐른 뒤 석회 채석장으로 옮겨질 때까지 바위를 깨트려 자갈로 만드는 일을 하며 시간을 보내야 했다.

전대미문의 사회운동가였던 한 인물이 감옥에 갇힌다는 건 미칠 지경의 일이다. 그는 엄청난 능력을 가진 사람이었지만, 하는 일이라

곧 바위를 깨뜨리는 일뿐이었다. 이런 일이 우리에게 일어난다는 건 상상조차 하기 싫을 것이다.

석회 채석장으로 옮겨진 만델라는 선글라스 착용이 금지되었다. 석회암에 반사된 햇볕으로 인해 그의 시력은 치유 불능의 손상을 입었다. 내게 만약 그런 고통이 가해졌다면 고통을 가한 자들을 용서할 수 없었을 것이다. 하지만 만델라는 이렇게 말했다.

"누군가에게 적의를 가지는 것은 독을 마시는 것과 같습니다. 당신은 희망이라는 독으로 적을 죽일 수 있습니다."

시력에 치명적인 위해를 입은 그는 거의 볼 수 없었지만 감옥에 갇혀 있는 동안 공부를 게을리하지 않았으며 시간을 지혜롭게 사용했다. 어떤 시련이 있어도 그는 여전히 낙관주의자였다. 종신형을 선고받았음에도 자서전을 집필하며 또 다른 기회가 올 것이라는 희망을 버리지 않고 공부에 몰두했다. 그는 오지 않을 수도 있는 기회를 위해 철저히 준비한 것이다.

상상할 수 없을 만큼 고독한 상황이었음에도 불구하고 그의 낙관적인 전망은 믿을 수 없을 정도로 강렬했다. 그는 면회객들의 모습을 거의 알아볼 수도 없었지만 그나마 찾아오는 사람들도 매우 드물었다. 13년이 흐르는 동안 그의 딸들조차 보기 힘들었다. 하지만 그의 긍정적 태도는 수그러들지 않았으며, 최악의 환경에 처해 있을 때도 마찬가지였다. 만델라는 자신이 견지할 수 있는 최선의 아름다움에 집중했다. 축구를 몹시 좋아했던 그는 끔찍한 상황에 놓여 있음에도 불구하고 축구는 그에게 살아 있음과 승리할 수 있음을 느끼게 해주었다고 말하기도 했다. 상황은 점점 나빠져 갔다. 그는 마침내 극심한

결핵에 걸렸고, 독방의 어둠 속에 방치되었으며, 눈은 거의 보이지 않았다. 그는 어머니와 첫 아들의 장례식 부고를 들었고, 그렇게 27년이란 긴 시간을 감옥에서 보냈다. 그리고 1990년, 마침내 그는 감옥에서 풀려났다. 그가 겪은 끔찍한 공포에도 불구하고 그는 자신에게 고통을 가했던 사람들을 용서했고, 자신이 집중해 온 것에 여전히 집중했다. 그는 고통이나 분노가 자신을 집어삼키도록 내버려두지 않았다. 그는 "했을 텐데"와 "할 수 있었을 텐데"와 "해야만 했을 텐데"라는 말에 자신을 엮지 않았다. 그는 과거에 살지 않았다. 그는 현재를 살았으며, 다가올 미래에 거머쥐게 될 승리를 그렸다.

그는 고통을 미래에 대한 전망으로 환원한 사람으로 기억되기를 소망했다. 우리는 뭔가 잘못되었다는 것을 느낄 수도 있고, 고통을 느낄 수도 있고, 뭔가에 이용당하고 있다는 느낌을 받을 수도 있다. 우리가 만약 이런 느낌에만 집중하게 된다면 결국 우리는 우리가 가진 힘을 발휘하지 못할 수밖에 없다.

만델라는 감옥에 갇혀 있는 동안 자신의 모든 시간을 어디에 집중해야 하는지 알았고 그 집중력을 흐트러뜨리지 않았다. 그는 최선을 다해 준비했고, 감옥에서 풀려나자마자 10만 명의 군중들 앞에서 연설을 했다. 나는 그가 온갖 고초를 겪었음에도 여전히 긍정적이었고 희망을 버리지 않았다는 사실에 깊은 감명을 받았다.

"저는 근본적으로 낙관주의자입니다. 태어날 때부터 그랬는지, 그렇게 키워졌는지 말하기는 힘듭니다. 낙관주의자가 된다는 것은 우리의 머리가 땅바닥을 향하지 않고 태양을 향한다는 것을 말합니다. 인간에 대한 저의 믿음이 견디기 힘든 시험에 들었을 때, 수많은 암울

한 순간이 닥쳐왔습니다. 하지만 저는 자신을 결코 절망에 내주지 않았고, 내어줄 수도 없었습니다. 그것은 곧 패배고, 죽음이기 때문이었습니다."

수많은 용서가 담긴 이 낙관주의적 철학은 그를 인류의 역사에서 가장 위대한 행동가이며 지도자로 만들어 주었다. 그의 낙관주의적 신념은 감옥에서 풀려났을 때 그로 하여금 분노가 아닌 평화에 머물도록 허락했고, 자신의 나라에 자유를 가져오도록 만들었고, 세계를 변화시키도록 만들었다. 이 모든 사실이 마침내 그에게 노벨평화상(1993)을 안겨 주었다.

보장된 것이 아무것도 없다는 것을 알고 있을 때조차 앞으로 나아가야만 한다. 넬슨 만델라가 한 말처럼.

"작은 물에서 놀 때나 힘들이지 않고 할 수 있을 정도의 일에 안주하고 있을 때는, 열정을 발견할 수가 없습니다."

누군가가 우리 삶에 태클을 걸어온다고 느껴지면 그가 남자든 여자든 맞서 싸우지 말자. 맞서 싸우는 것은 자신을 딱딱하게 굳혀 버릴 뿐이다. 싸움은 자신을 옴짝 못하게 만들고 만다. 대신, 친절과 용서를 실현할 기회가 온 것이라고 생각하자. 그것을 통해 사람들에게 감동을 줄 수 있고, 자신을 전혀 다른 세상에 풀어놓아 줄 수 있으며, 더 행복하고 충만한 삶을 살아갈 수 있기 때문이다.

우리는 고통과 직면한다. 상처를 입고, 곤궁에 처하기도 한다. 하지만 이것은 곧 기회이기도 하다. 더 큰 뭔가를 얻을 수 있는, 앞으로 성큼 나아갈 수 있게 만드는 기회. 개의치 않고 성큼 앞으로 나아가는 순간, 더 큰 무언가가 선물이 되어 나타날 것이다. 내버려두자. 고통과 상처와 곤궁이 지나가도록 그냥 내버려두자. 용서는 영혼을 황금으로 바꾸어 줄 수 있는 연금술이라는 사실을 기억하자. 용서는 영혼에 무한한 가능성이 되어 돌아올 것이다. 가능성들이 돌아오도록, 용서하자.

창조적으로 저항하는 것

진정한 용서는 자신에게 이렇게 말할 때 일어난다.
"이런 경험을 하게 해주셔서 감사합니다."

– 오프라 윈프리

지금부터 하려는 이야기의 주인공은 죄수번호 99번, 바로 나다. 2013년, 나는 샌디에이고에서 워싱턴 D.C.로 날아갔다. 비행의 목적은 지구상에 드리워진 가장 어두운 그늘 중 하나에 빛을 비추려고 백악관 앞에서 평화 시위를 하기 위해서였다. 그늘은 대부분이 알지 못하는, 캐나다의 알버타에 드리워져 있었다. 알버타는 울창한 숲으로 덮여 있지만 땅속은 끈적거리는 역청으로 가득하다. 역청은 정제를 하면 캐나다 타르샌드 오일이 된다. 이렇게 되려면 막대한 가치의 땅과 엄청난 양의 맑은 물과 지구상 최고의 탄소 매장지 하나를 포기해야 한다. 이 모든 것은 '키스톤 XL 송유관the Keystone XL Oil Pipeline'으로 수렴된다.

이것이 내가 이윤만을 생각하는 다국적기업에 맞서려 한 이유였다.

또한 이것이 혐의도 없는 우리 64명을 정부가 억류한 이유이기도 했다. 정부는 우리에게 권리를 읽어 주지도, 판사를 접견할 기회도 주지 않았다. 또한 국제환경단체인 350.org를 통해 합법적 시위의 권리를 얻었다는 사실도 전혀 감안하지 않았다. 당시 이런 상황은 아무런 도움이 되지 못했는데 어처구니 없게도 오바마 대통령이 범죄 여부를 따지지도 않고 누구든 체포할 수 있도록 정보기관에 권한을 부여했기 때문이었다.

체포되기 전날 밤, 오래된 공동체 건물에 앉아 오바마 정부가 자주 언급하곤 했던 기후학자 짐 핸슨Jim Hansen의 이야기에 귀를 기울이고 있었다. 그는 인류가 지구온난화를 누그러뜨리거나 늦추기를 기대한다면, 화석연료를 2030년까지 단계적으로 줄여 나가야 한다고 했다.

"만약 타르샌드가 뒤섞이기 시작한다면 기후 얘기는 더 이상 할 필요가 없어집니다. 끝난다는 거죠."

핸슨의 경고였다.

이러한 사실에도 불구하고 많은 사람은 액슨Exxon과 트랜스캐나다TransCanada가 포함된 키스톤 XL 송유관이라는 거대한 괴물이 깨어나기를 요구했다. 이 기업들은 타르샌드 오일을 미국까지 연장하자고 제안하고 있었다. 우리는 이 계획을 중단시키려 했고, 그래서 다음 날 우리는 유치장으로 보내졌다. 오바마가 마서스 빈야드Martha's Vineyard(미국 매사추세츠 주 케이프 코드 연안의 고급 휴양 피서지로 사용되는 섬)에서 휴가를 즐기던 중이었다.

체포되기 전, 350.org는 경미한 교통방해죄가 적용되어 벌금형이 내려질 거라고 귀띔해 주었다. 하지만 제재는 훨씬 강했다. 강제로 정보기관의 밴에 태워진 나는 용의자의 권리나 범죄 혐의와 관련된 어떤 말도 듣지 못한 채 사흘 동안 유치장에 갇혀 있었다. 그렇게 갇힌 사람들 사이에서 생산적 토론이 급격하게 이루어졌다. 자연스럽게 게임에 돌입했는데, 가장 좋아하는 감동적인 인용구들을 골라 몇 시간에 걸쳐 목청이 터져라 외쳐대는 것이었다. 그러는 동안 우리들 사이에 깊은 유대감이 생겨났다.

일련의 일들이 일어나는 동안, 적지 않은 고통과 불만 또한 똑같이 일어났다. 여섯 명이 병원으로 옮겨진 것은 물이 충분히 공급되지 않았기 때문이었다. 매캐한 연기가 피어오르는 듯한 워싱턴 D.C.의 유치장에서 열두 시간마다 공급되는 170밀리그램의 물은 충분하지 않았다. 더구나 간수는 거의 온종일 물을 가져다주는 것을 잊어버리거나 가져다주겠다고 말만 했을 뿐이었다.

갇혀 있던 방의 천장은 유난히 낮아서 머리 바로 위의 커다란 형광등에서 떨어지는 불빛도 견디기 힘든데 물도 제대로 주지 않아 갈증으로 정신이 혼미하기까지 했다. 처음 열여덟 시간에서 스물네 시간 사이에 간수들은 시위로 잡혀온 사람들을 뿔뿔이 흩어놓기 시작했고, 밤새도록 다른 구치소로 이송했다. 우리 모두를 수용할 공간이 없다고 변명했다. (사실상 공간은 전혀 좁지 않았다.) 새로 옮긴 구치소에서도 점검이 끝나자 또다시 꽉 찼다고 말했는데, 그때 내가 화장실을 사용하고 싶다고 간수에게 부탁했다. 그러자 간수는 다른 구치소로 가서 방이 정해질 때까지 기다려야 할 거라고 말했다. 하지만 그때까지 기다릴 수가 없었다. 더구나 화장실은 우리와 같은 방을 쓰고 있는 사람들 맞은편 바로 옆에 있었다. 나는 그 사실을 알리지 않고 그저 지금 당장 화장실을 사용해야 한다고 말했다. 이 말을 들은 그는 나를 아래층으로 데려갔다. 그곳은 지저분하기 짝이 없었다. 그곳에는 시위와 관련이 없는 진짜 범죄자들인 듯 보이는 사람들로 가득 차 있었는데, 그들이 나를 유심히 지켜보았다. 지저분한 바닥에 (바닥이 한 번이라도 깨끗한 적이 있었는지 의심스러웠다.) 발이 닿는 순간 내게 남아 있던 품위는 홀연히 사라져 버렸고, 팔다리를 제대로 뻗을 수조차 없었다.

"이봐, 흰둥이."

화장실 볼일을 끝내고 나오자 수감자 하나가 크게 말했다.

나는 결국 경찰 밴으로 돌아왔지만 그날의 일들을 똑똑히 기억한다. 정부에 의해 유린되고 있는 사람들의 영혼을 내 두 눈으로 똑똑히 목격했다. 많은 사람이 의학적 치료가 필요하다고 요구했지만, 간수들은 들으려 하지 않았다. 팔과 다리가 묶인 채로 땀을 흘리며 그곳에 있는 동안 한 연로한 남자에게 약해지면 안 된다고 용기를 북돋아 주었던 것을 기억한다. 그분은 그렇게 할 수가 없었다. 그의 눈에서 생기가 사라져 가는 것을 볼 수 있었다. 그는 몹시 곤궁하고 불편한 상황에 처해 있었다. 미열이 있었고, 탈수 증세를 보였으며, 두려움에 싸여 있었다. 간수들이 우리를 다른 감방으로 몰아가는 동안 수감자 하나가 분노에 찬 목소리로 타르샌드에서 기름을 뽑아내는 게 청정지역을 얼마나 훼손하는지, 얼마나 많은 숲과 생명체들을 죽이는지에 대해, 그리고 때로는 30미터 아래까지 파괴하는 일이라는 것을 분노에 찬 목소리로 외쳤다. 기업들은 시꺼먼 연기를 뿜어내는 연통과 쇠 이빨이 달린 거대한 움직이는 기계들을 앞세운 채 땅과 전쟁을 벌이고 있었다. 걸쭉한 검은 기름 덩어리가 3억 년이나 된 오래된 집에서 꿀컥대며 나오면, 독성을 가진 수백 개의 화학물질이 분리된 뒤 얇게 펴지거나 두껍게 뭉쳐져 좀 더 시장성이 높은 슬러지로 바뀌길 기다렸다.

취임식 연단에 서서 지구를 보살피는 환경보호자가 되겠다고 당당히 약속했던 오바마 대통령의 임기 중에 어떻게 이런 일이 일어날 수 있었을까? 그가 했던 공약은 내 기억에 고스란히 남아 있었다.

"해수면 상승 추세는 현저히 떨어지게 될 것이고, 우리의 행성은 치유되기 시작할 것입니다."

지구를 보호하고 평화롭게 살아갈 수 있으리라 믿었던 우리는 미란다 원칙도 듣지 못한 채, 그리고 무슨 죄를 지었는지조차 듣지 못한 채, 구치소 감방에 앉아 오바마가 행하려는 환경 재앙이 멈추어지기만을 속절없이 기다리고 있었다.

이 감방에서 저 감방으로 옮겨 다니며 콘크리트 감옥에 쪼그리고 앉아 있던 끔찍한 시간들은 사흘이나 계속되었다. 그러는 동안 손과 발에 채워진 수갑은 한 번도 풀리지 않았다. 마지막 날, 법원의 심리가 열리기만을 고대하던 우리는 범죄에 대한 어떤 설명도, 범죄가 아니라면 무슨 일이 일어난 것인지에 대한 어떤 해명도 듣지 못한 채 구치소를 나왔다.

구치소에서 나온 우리는 하나같이 병원에 입원을 해야 할 정도로 심각한 상태였다.

"어떻게 그들을 용서할 수 있겠어?"

워싱턴 D.C.에서 로스앤젤레스로 막 돌아온 나는 가장 친한 친구에게 이야기를 들려준 뒤 투덜거렸다. 화를 억누를 수가 없었다. 내 혈관들은 증오로 들끓었다. 우리에게 일어난 일 때문만이 아니었다. 마음만 먹으면 그들이 언제, 어디서든, 무슨 일이든 할 수 있을 거라는 생각이 든 때문이었다. 나는 뒷마당 수영장 곁 테라스에 앉아 콘크리트 벽에 얼굴을 박고는 어린아이처럼 울었다. 내가 한 일이라곤 워싱턴 D.C.에서 수천 명의 사람들이 아침밥조차 제공받지 못하는 동안 마서스 빈야드의 수백만 달러짜리 정원을 바라보며 호화로운 브런치를 즐기며 우리의 구금을 명령했을 오바마 대통령과 그의 측근들을 떠올리며 땅바닥을 내려친 것이 고작이었다. 그때는, 살아오면서 누군가 혹은 무언가에 가장 큰 증오를 느낀 순간이었다.

"어떻게 그들을 용서할 수 있겠어?"

나는 그 말을 반복했다.

어떻게 용서할 수 있는지 알지는 못했지만 그렇게 해야만 한다는 것을, 그러지 않으면 그것이 나를 영원히 삼켜 버릴 거라는 사실은 알 수 있었다. 내가 용서하지 않는다면 나는 결코 헨리 데이비드 소로가 되자고 말했던 '기계를 멈추는 역마찰a counter- friction to stop the machine'은 될 수 없을 터였다. 깊은 증오와 제어하기 힘든 분노가 한편으론 당연했지만 더 나은 세상을 만들어내는 데는 전혀, 결코, 도움이 되지 못한다는 사실을 그때는 알지 못했다. 하지만 내가 인식하고 있었던 것은 지나친 두려움에 휩싸여 있는 한 글을 제대로 쓸 수 없다는 사실이었다. 내가 분노를 제어하지 못한다면 우리가 겪은 이야기를 효과적으로 전달할 수 없을 거라는 사실도 알고 있었다.

로스앤젤레스로 돌아온 나는 여전히 트라우마에 시달리며 눈물을 흘렸고, 그런 경험을 한 사람이면 누구나 느끼게 될 비통함에 젖어 있었다. 자유의 땅이라고 생각해 왔던 미국이란 나라가 실은 그렇지 않다는 것을 통감했다.

"자유의 땅이라면 이렇게 할 수는 없어 ·······."

나는 내가 겪은 일들을 친구 콜에게 계속 설명해 나갔다.

"정말 엿같은 일이군, 제이크. 언제쯤이면 이런 일이 일어나지 않을까?"

콜의 물음에 가슴이 아팠다. 그게 언제인지는 알 수 없었지만, 내가 그들을 용서할 수 없다면 결국 그들이 이기는 꼴이 된다. 그때가 바로 그런 때였다. 그들이 그것을 원했을 것이다. 우리는 그저 감정을 제어할 수 없는 분노에 찬 한 무리의 사람들에 불과했다. 그들은 우리가 잠잠해지기를 원하지 않았다. 잠잠해진다는 건 정부와 기업의 결점투성이 시스템을 뒤집어엎을 해결책을 발견하게 된다는 의미기 때문이었다.

나는 모든 종류의 스트레스를 온통 다 받을 수도 있었다. 하지만 우리가 만약 그들이 행하는 것을 자각할 수 없다면 우리에게 일어났던 일로부터 결코 벗어나지 못할 것이라는 사실을 알게 되었고, 이 사실은 나로 하여금 아주 명확한 인식에 이르도록 도와주었다. 우리들 각자는 서로 다른 가치들을 가지고 있고, 그 가치들에 따라 저마다의 행동이 결정된다. 정부는 경제적 성장과 통제를 가치 있는 것으로 상정한다. 결국 그들은 환경을 파괴할 수 있음에도 불구하고 원유 생산이 지닌 수백만 달러의 가치를 날려 버리게 만들 수도 있는 저항들을 멈추게 하기 위해 무고한 사람들을 기꺼이 억류한다. 하지만 나는 그와는 정반대의 가치를 가지고 있고, 그 가치는 지구를 건강하게 지킬 때 일어난다.

용서는 지금의 그들처럼 다른 사람들을 받아들이는 행위다. 그들이 살아가는 방식이나 그들이 해온 일에 동의하지 않더라도 그들을 받아들이는 것이 곧 용서다. 용서는 다음과 같이 질문하는 능력이다.

'이것으로부터 나는 무엇을 배웠는가? 내게 일어났던 일들로부터 어떻게 하면 힘을 얻을 수 있을 것인가?'

우리가 어떻게 부당한 대우를 받게 되었는지에 집중하는 것이 아니다. 나는 내가 얼마나 강한지를 배웠다는 점에 감사한다. 내가 한 선택으로부터, 특히 그것이 내가 한 유일한 선택일 때, 나 자신이 엄청난 힘을 지닌 존재일 수 있다는 것을 배웠다. 또한 다른 사람들에게 자유를 주기 위해 자신의 자유를 기꺼이 포기했던 63명의 다른 사람들이 있음을 배웠다. 그 사실이 내게 영감을 주었고, 그것을 경험한 사실에 감사한다.

구치소에 수감되어 있는 동안에는 어떤 식으로든 물리적으로 저항할 수 없다는 사실을 알았다. 그런 상황에서 저항한다는 것은 스스로를 죽이거나 완전히 고립시키는 결과를 초래할 뿐이다. 내가 할 수 있는 것은 창조적으로 저항하는 것이다. 글을 통해, 연설을 통해, 행동윤리를 통해 사람들을 자유롭게 할 수 있다. 이 사실을 인식하는 일은 나로 하여금 분노를 억제하고 그들을 용서하도록 도와주었다. 우리의 분노를 창조적 표현과 불굴의 행동으로 승화시켜야만 한다.

영국의 소설가 조지 오웰이 말했다.

"속임수가 일상인 시대에 진실을 말하는 일은 혁명적 행동이다."

나는 여기에 한 가지를 더하고 싶다. 진짜 혁명은 용서라고. 진짜 혁명은 분노를 없애고, 투쟁을 지속하며, 권력에 맞서 봉기하는 것, 자유를 외치고, 행성을 예전으로 돌리는 것이다. 이것이 오늘 내가 있어야 할 곳으로 나를 데려다주는 신념이다.

용서를 구하는 일

용서라는 단어에서 우리는 보통 타인들, 지나간 경험, 곤궁에 처했다고 느끼는 시간 등, 자신 이외의 것들을 떠올리게 된다. 우리의 감각 행위들을 바탕으로 하는 모든 것이 존재하는 곳, 우리가 알고 있는 것들로 이루어진 물리적 세계에 살고 있는 인간은 흔히 내면에서 감지되는 것에 대해서는 기억하지 못한다. 너무도 많은 일이 내면에서 일어나고 있다는 사실을 잊어버리고, 미쳐 가고, 자신에게 낙담한다. 그러다가 자신을 용서하는 것도 잊고, 기억과 연결되어 있는 느낌과 경험들을 흘려보내며, 결국 자신에 대한 생각조차 거의 하지 않게 된다.

"호오포노포노Ho'oponopono"라는 말은 고대 하와이에서 만트라처럼 읊조려졌다. 이 말은 "미안해, 사랑해, 날 용서해줘"라는 뜻이다. 아름답지 않은가?

이 말을 생각할 때면 나는 즉시 누구든 용서해야겠다는 생각이 들곤 한다. 그리고 누구에게든, 우주나 어머니 지구에게도 용서를 구해야겠다는 생각이 든다. 하지만 내가 권하는 것은 자신에게 용서를 구하는 일이다.

"사랑해, 미안해, 날 용서해줘."

다른 누군가에게가 아닌, 지금 당장, 자신에게 말이다.

"사랑해, 미안해, 날 용서해줘."

인생은 실수 투성이다. 첫 책을 출간하는 과정에서 나는 완전히 엉망이 되었다. 그때 많은 사람으로부터 온갖 경멸스러운 말들을 들었다. 천하태평이라는 소리도 들어야 했지만, 때로는 온갖 욕도 다 들어야 했다. 그럴 때마다 내 자아는 나를 주체하지 못했다.

첫 번째 책의 홍보 동영상에 대해 내가 했던 얘기가 있다. 한 사이트 담당자로부터 동영상이 거절되었을 때, 내 홍보 담당자는 그들이 내 동영상에 질투를 느낀 거라고 말했다. 그때 나는 정말이지 미칠 지경이었다. 그럴 수밖에 없었던 건, 동영상을 만든 내 의도는 사람들에게 영감을 주고 도움을 주기 위해서였기 때문이었다. 나는 블로그에 올라와 있는 다른 동영상들을 보고 내 동영상이 더 풍부한 의미를 담고 있다고 확신했었다. 나는 그 블로그의 대표에게 언성을 높여서 미안했다고 말하긴 했지만, 진정으로 필요했던 것은 나 자신을 용서하는 일이었다.

실수를 하거나 누군가의 기분을 상하게 했을 때, 혹은 누군가를 실망시켰을 때, 대부분의 사람은 자신을 호되게 몰아치는 경향이 있다.

"난 정말이지 바보 같은 놈이야. 어쩌다 이 지경이 됐지? 완전히 개자식이야. 난 나쁜 놈이야. 어쩌고저쩌고 ……."

이런 생각은 영원히 계속된다. 그러니 세상을 더 좋은 곳으로 만들고 싶다면, 더 행복해져야 하고, 그러려면 자신을 용서할 수 있어야한다. 자신은 유일한 존재이며, 자신이 할 수 있는 최선을 행할 수 있는 사람이다. 세상에 그 어떤 멋진 인간도 실수를 저지른다. 간디조차 그랬다.

간디의 아내가 병이 났을 때, 병원에 데려가지 않아 결국 아내를 죽게 만들었다. 간디조차 그랬다! 이 아름다운 성자도 아내를 병원에 데려가지 않아 죽음에 이르게 했다. 얼마 뒤 자신이 아팠을 때는 병원으로 갔다. 고결한 행위라고 볼 수 없는 장면이다. 하지만 지극히 인간적인 장면이다. 우리는 항상 정의로운 일만을 하는 건 아니다. 항상 완벽한 상태에 있지는 못한다. 이 사실을 인정해야 한다.

"미안해, 사랑해, 날 용서해 줘."

자신을 사랑하는 일

> 문제는 자신이 하찮다는 생각에 너무도 깊이 사로잡혀 있다는 것이다.
>
> — 람 다스

때로 거울에 비춘 자신을 보며 이렇게 말할 필요가 있다.

"난 널 너무너무 사랑해. 고마워, 고마워!"

불행하게도 우리는 정반대로 이 세상을 살아간다.

"네가 충분히 날씬하다고 생각해?"

"네 복근에 식스팩 만들어놓았어?"

"네가 얼마나 멍청한지 늘 생각해!"

태블릿피시 커버에 쓰여있는 문구다.

미디어는 우리가 얼마나 미덥지 못한 인간인지를 드러내는 수천 가지 이유를 전해 준다. 세계는 온갖 종류의 불안정과 불확실과 자기 혐오를 부추기는 것들로 우리를 포위해 버린다. 사람들은 그야말로 스스로를 죽이고 있다. 동성애자는 사회로부터 받아들여지지 않기 때문에 스스로 목숨을 끊는다. 그들은 자신들의 정체성에 대해 굉장히 화가 나 있다. 사회가 절대로 그들을 받아들이지 않을 거라고 주장하기 때문에, 목숨을 끊는 것만이 해결책이라고 생각한다.

어떤 여성들은 아름다워지기 위해 목숨을 걸고 굶는다. 어떤 사람들은 대학에다 엄청난 돈을 쏟아붓는다. 하지만 만족할 만큼의 성적을 올리지 못한다. 스스로 충분히 똑똑하지 않다고 생각하기 때문이다. 이런 식의 목록은 끝이 없다.

왜 이렇게 하는 것일까? 모든 것에 답할 수는 없지만, 이 자체가 문제라고 생각하지는 않는다.

"나는 왜 충분히 착하지 않고, 예쁘지 않고, 성공적으로 살지 못할까? 난 왜 너무 뚱뚱하고, 불안정할까?"

이런 식의 질문들을 계속해 보자. 마음은 자신에게 백만 가지 이유를 알려줄 것이다. 질문하자. 그리고 받아들이자. 하지만 "왜?"라고만 계속 묻지 말고, 해결책을 찾아보자. "어떻게?"라고 한번 물어 보자.

"어떻게 하면 내가 이것을 개선할 수 있을까?"

어떻게 하면 자신을 더 사랑할 수 있을까? 사소한 것에 대한 집중을 통해 그렇게 할 수 있다. 일상에서 일어나는 일에, 자신이 하는 일에 집중하자. 이것이 바로 신념이 어떻게 지금의 우리를 구성하는지, 무엇을 성취할 수 있는지를 가늠하게 해주는 결정적 요소다.

여기에 몇 가지 질문과 제안이 있다.

1_ 자신에게 영양이 되는 것을 먹는가? 아니면 잠깐 동안의 즐거움을 느끼기 위해 먹는가? 만약 후자라면, 먹는 행위는 자신이 감지하지 못한 깊은 감성을 덮어 버리는 일이 될지도 모른다.

그리고 어쩌면 자신에 대한 불만족에서 기인할지도 모르며, 이 사실을 결코 자각하지 못한다. 왜냐하면 늘 차분히 앉아 식사를 하지 못하고 어딘가로 분주히 쏘다니며 조금씩 뜯어먹듯 하기 때문이다.

2_ 다음의 빈칸을 채워 보자.

"나는 _____이다/하다." 맨 먼저 떠오르는 형용사가 무엇인가? 사람들이 사용하는 형용사를 보면 그 사람의 내면을 알 수 있다. 개인적으로, 나는 위의 빈칸을 '힘차다'라는 형용사와 '섹시하다', '똑똑하다', '유능하다' 등의 형용사로 채웠다. 빈칸을 어떤 말로 채웠는가? 형용사가 덜 이상적이라고 생각된다면, 잠깐 시간을 가지고 새로운 형용사로 채워 보자. 평소와는 다른 패턴으로 사고해 보고 마음에 떠오르는 것을 적어 보는 연습을 해보자.

3_ 거울을 볼 때 무엇을 하는가? 거울을 보자마자 얼굴에서 결점을 찾는 건 아닌가? 그랬다면, 마음을 바꾸어 보자. 지금, 있는 그

대로의 자신을 사랑한다고 말해 보자. 물론 처음이라면 왠지 어색할 것이다. 하지만 어쨌든 그렇게 해보자!

거울 보기

2~3분, 혹은 4~5분 정도 시간을 가지고 거울 앞으로 바짝 다가서 보자. 눈을 지그시 바라보고 자신에게 칭찬을 시작하자. 이따금 사랑한다는 말을 해보자. 자신의 얼굴을 주목하자. 몸을 주목하자. 성격을 주목하자. 자신을 칭찬하자.

칭찬은 짤막하게 끝나겠지만 중단하지 말고 계속하자. 자신에게 전넘하기만 한다면 엄청난 역량을 발휘하게 된다. 단 몇 분 사이에 엄청난 자신감을 얻게 될 것이다. 한 주 동안 매일 아침 연습해 보자.

내면의 아름다움

아름다움이란 내면을 어떻게 느끼는가다. 그것은 눈에 나타난다. 그것은 육체적인 어떤 것이 아니다.

－ 소피아 로렌

나는 글쓰기와 관련해 학위 같은 것을 가지고 있지 않기에 얼마간의 두려움을 갖고 있었다. 영어 성적은 늘 C 이하였고, SAT(미국 대학입

학자격시험)에서도 2400점 만점에 1470점을 얻었다. 하지만 다른 사람들은 나의 이런 상황에 대해 그다지 신경 쓰지 않았다. 많은 사람이 내게 해준 말은, 글을 쓰기 전에 대학에 가서 글쓰기와 관련된 공부를 할 필요가 있다는 거였다. 항상 우리가 얼마나 놀랍고 아름다운 존재인지에 대해 의심한다. 하지만 자신에게 "봐, 나는 내가 아름답다는 걸 알아. 그러니 난 내가 가야 할 그곳으로 갈 수가 있어. 이유는 간단해. 난 아름답고, 할 수 있고, 똑똑하고, 헤아릴 수 없이 많은 능력을 가진 존재니까"라고 말해야 한다.

일단 겁을 집어먹거나 남의 시선을 의식하게 되면 어찌할 바를 몰라 자신이 아닌 다른 뭔가를 드러내려 하거나 완벽하게 실력을 발휘할 수 없게 되며, 머리나 옷, 신발, 치아, 피부, 근육, 복부 같은 것에 신경을 쓰게 된다. 이런 경우엔 남들이 자신에 대해 가진 이미지가 어떤 것인지를 알아내려는 데 신경을 집중하게 된다. 나는 무엇을 입고, 어떻게 말하는지, 어떻게 보는지, 무엇을 하는지에 대해 사람들이 어떻게 느끼는지를 궁금해한다. 사람들이 자신을 규정할 때 어떤 말들을 사용하는지를 알려고 애쓴다. 하지만 결코 그것을 알아낼 수 없을 뿐더러 알아낸다 해도 달라질 건 없다.

의구심을 가지면 가질수록 잃어버리는 것도 많아진다. 자신이 어떤 사람인지에 대해 내면에 간직되어 있는 꿈이야말로 유일하게 중요한 이미지라는 사실을 잊지 말아야 한다. 자신이 어떤 사람인지, 어떤 사람이 되고 싶은지, 그리고 드러내고 싶어 하는 것이 무엇인지에 대한 상상 속 이미지가 모든 문제의 핵심이다.

남들 눈에 자신이 어떻게 보이는지, 혹은 어떤 말들을 하는지에 대해 무척이나 마음이 쓰일 것이다. 하지만 사실, 우리는 처음부터 아름다운 존재로 시작되었고, 그것을 기억하는 한 아름답다. 진부하게 들릴지는 모르겠지만, 이것이 전부다. 이것이 사실이기 때문이다.

우리가 아름답다는 것을 알 때, 다른 누군가의 승인을 필요로 하지 않는다. 누군가가 우리에게 말해 줄 필요가 없을 때, 놀랍게도 모든 사람이 우리가 얼마나 아름다운지를 말해 준다. 아름답다고 생각하든 않든, 내가 바라는 것은, 이제부터라도 자신의 가능성과 소통하라는 것이다. 우리는 아름다움의 가능성 그 자체다. 이 말의 의미와 소통하고, 어떤 느낌인지를 느껴 보자. 그리고 믿음이 어긋나더라도 상관하지 말자. 만약 충분히 오랜 시간을 이것에 대해 생각한다면, 결국 성공할 것이다. 사람들은 말하기 시작할 것이다.

"와우, 멋진걸."

아름다움은 자신의 배에 식스팩이 있느냐 없느냐에 근거하는 것도 아니고, 멋진 엉덩이나 가슴에 근거하는 것도 아니다. 그런 구태의연함에 자신을 맞추지 않고 세상을 변화시킨 수많은 사람이 있다는 사실을 우리는 알고 있다. 내면에 깃들어 있는 아름다움과 소통하자. 그러면 세상도 그것을 인식하기 시작한다.

아름다움은 만질 수 있는 것이 아니다. 아름다운 것은 몸이 아니다. 아름다운 것은 움직이는 느낌이다. 영감을 불어넣어 주고 자신감을 가져다주는 느낌. 아름다움은 외형이 아니라 내면의 감정에 기반을 두고 있는 느낌이다. 외면적인 세계는 이차적인 것이다. 피부 색깔, 머리 모양, 날씬한 몸매는 내면에서 좋은 느낌을 받지 않는 한, 어떤 차이도 만들지 못한다.

자존감

자존감이란 어떤 것의 가치를 알아보기 위한 질문이다.

— 존 디디온(미국 작가)

자존감은 인간이 가질 수 있는 가장 중요한 특질 중의 하나로, 높은 기준을 설정함으로써 얻어진다. 누구와 사랑에 빠지는지, 어디에서 일하는지, 무엇을 하며 시간을 보내는지, 자신의 몸을 어떻게 대하는지 등등 모든 것에 대해, 누구를, 무엇을 자신의 삶에 들여놓을 것인지 명확한 기준을 가지고 있어야 한다. 그 기준을 향상시킬 때, 자신을 존중하는 수준도 높아진다. 즉 자존감이 높아지는 것이다.

무언가에 스트레스를 받아 삶에 부정적 영향을 미치게 되면, 가능한 한 그것을 경험에서 배제시켜야 한다. 원하는 기준에 미치지 못하거나, 좋은 영향으로 작용하지 않는다면 두려워하지 말고 그것을 없애 버리도록 하자. 이건 고민할 필요도 없는, 너무도 간단한 일이다. 만약 삶에 의미를 부여하고 싶다면, 삶의 다른 영역에서 그것을 찾아볼 필요가 있다.

생애 첫걸음

인생, 사랑, 창의성, 지혜의 기준을 높이 설정하자. 이것에 대한 우리의 기대치가 낮다면, 제대로 된 경험을 하기 힘들다. 기준을 높이 설정하는 것은 하루하루, 한 해 한 해, 더 높은 가치를 발견하게 해준다.

– 그렉 앤더슨

어느 날 나는 살고 있는 샌디에이고의 해변을 달리고 있었다. 달리기를 마치자 피곤이 밀려왔다. 바다로 뛰어들었다 나온 뒤, 해변에 앉아 내가 얼마나 지쳤는지에 대해 생각해 보았다. 그때, 내 앞을 지나 달려가는 사람이 눈에 들어왔다. 생각을 멈추고 그를 바라보았다. 그의 두 다리에 장착된 보철물이 보였다. 그런데도 그는 정말이지 빠른 속도로 내 앞을 지나갔다. 나는 멍하니 앉은 채로 마냥 그를 지켜보았다. 그때 그 사람이 설정한 그만의 기준을 보았다. 그리고 그의 가능성을 보았다. 큰 충격이 나를 휩쓸고 지나갔다. 그 순간, 우리의 마음이 얼마나 자주 '현실적인 것'에 대해 얘기하는지를 깨달았다. 우리는 자신의 평범함을 정당화하곤 한다.

장애가 있든 실패를 거듭했든, 똑똑하지 않거나 능력이 없다고 느끼든, 준비가 되어 있지 않다고 여기든, 첫 발걸음은 자신이 어떤 사람이 되고자 하는지, 생애에 하고 싶은 일이 무엇인지를 결정한다.

'NO'라는 마법의 단어

"노"라고 말할 수 없다는 것은 자신을 지치게 만들 수도 있고, 스트레스를 받게 할 수도 있고, 짜증나게 만들 수도 있다.

– 올릭 아이스

타인을 즐겁게 해주고, 멋진 사람이 되고, 남들을 도와주는 일을 삶의 바탕으로 삼는 사람들이 아주 많은 세상에서, 우리는 종종 "노!"라고 말하는 걸 잊곤 한다. '노'는 마법을 가진 단어다. 모든 일에 '예스'라고만 말할 수 없다. 충만을 향해 가는 여정에서 자신을 지나치게 확장시키지 않는 건 매우 중요한 일이긴 하다. 그렇지만 우리는 자신을 안전지대 밖으로 끌어내고 도전해야만 한다. 그렇게 하려면 모든 것에 '예스'라고만 해서는 안 된다. 그렇게만 하면서 살아가기엔 삶은 그리 길지 않다.

최선을 다하는 일에 집중하자. 그리고 그것을 통해 남들을 도와주자. 만약 목표를 가지고 일을 하고 있고 자신에게 가장 중요한 어떤 일을 가지고 있다면, 그에 부합하지 않는 어떤 일에는 "노"라고 말할 수 있어야 한다. 때로 이렇게 하는 건 정말 힘든 일이다. 하지만 자신이 가진 원대한 비전이나 목표와 충돌한다면, 가족이나 친구라 할지라도 "노"라고 말해야 한다.

그렇게 하는 것이 자신에게 더 많은 시간을 확보해 준다는 점에서, 그리고 최선을 다해 해야 할 일에 집중할 수 있도록 해준다는 점에서 때로 이것은 참으로 필요한 일이다. 어쩌면 언젠가 멈추어야 할 시점이 있을 거라는 점에서도, "노"라고 말하지 않아서 더 나빠질 수 있다는 점에서도, "노"라는 말이 필요할지도 모른다. 휴식의 시간, 재충전하는 시간, 아무것도 하지 않는 시간을 갖는 것은 목표에 도달하기 위해 정말로 필요한 일이다.

"노"라고 말하는 것은 자신을 사랑하는 연습이며 훈련이다. 선을 분명히 긋는다면 누구도 화를 내진 못할 것이고, 그들이 화를 낸다

해도 곧 사라지게 될 것이다. 언제까지나 남들의 의견에 끌려다니며 살 수는 없다. (설사 그들을 도와주고 싶다고 해도 마찬가지다.) 자신에게 혼자만의 시간을 부여하는 것은 더 나은 삶을 위해 필요한 일이다. 이것은 충만을 느끼는 유일한 방법이며, 다른 사람에게도 충만함을 부여하는 기능을 함유하고 있다.

명상을 해야 하는 이유

> 나는 더 많이 인내하고 싶다! 지금 모든 것을 원한다. 명상을 하려고 노력해 왔지만, 가만히 앉아 있기가 정말이지 힘들다. 나는 가만히 앉아 명상에 잠기기를 좋아한다. 만나는 사람들마다 내게 명상이 얼마나 좋은지를 말해 주었다. 하지만 마음을 완전히 내려놓을 수가 없다. 참고 배우는 게 열쇠다.
>
> – 엘렌 드제네레스

요즈음엔 일을 너무 많이 해서 이따금 일 외의 것을 해나가기가 쉽지 않을 때가 있다. 어떤 일을 할 때 스트레스가 모두 거기서 생겨난다는 느낌이나 고역이라는 느낌을 받지 않으면서 일을 끝까지 해내기는 쉽지 않다. 만약 매일 아침과 밤에 명상에 잠기지 못한다면 아마도 다 타서 없어지거나, 병이 들거나, 아무것도 하지 못하는 사태가 벌어질 것이다. 명상을 하는 이유는 거기에 창조력과 의식의 무한한 근원이 있기 때문이다. 그것이 현실과 생각에 힘을 실어 주고, 지탱해

주는 에너지를 제공한다. 이 모든 것들과 연결되고 싶어 하지 않는 사람이 있을까? 그런 사람이 있을 리가 없다! 명상은 텔레비전이나 보는 삶을 완전히 바꿀 수 있다. 명상은 인생에서 성공과 충만을 불러오는 데 꼭 필요하다.

다음은 명상을 해야 하는 세 가지 이유다.

1_ 명상은 신경계가 휴식을 취하는 데 도움을 준다. 세계가 맹렬한 속도로 달려가고 매일이 총알처럼 지나간다는 사실을 부인할 수 없다. 거의 모든 사람이 항상 스트레스에 시달리고 있다. 신경계는 바쁜 업무와 해야 할 일의 목록이 주는 스트레스로 과부하에 걸려 있다. 이런 생활방식은 신경계가 한시도 쉬지 못한다는 것을, 병에 걸리는 이유를, 그리고 행복감을 느끼지 못하는 이유를 설명한다. 고요히 앉아 (즉 명상에 잠겨) 호흡에 집중하는 것은 멈춤의 순간을 발견하는 기회를 제공한다. 명상은 육체적 생명력과 면역력을 고양시킨다. 이유는 간단하다. 매일매일 겪는 과부하의 상태를 해체시켜 균형을 잡아 주기 때문이다.

2_ 명상은 창조력에 스파크를 일으킨다. 모든 것을 내려놓고 내 생각과 계획과 삶에 대해 깊이 명상할 때 엄청난 아이디어들이 일어난다. 이것이 가능하다고 믿는 이유는 간단하다. 매일매일이 너무도 빨리 지나가 버리고, 수없이 많은 것을 처리해야 하는 상황에서는 창조적으로 생각한다는 것이 불가능하기 때문이다. 이것이 바

로 하는 일에 대한 생각을 멈춰야 하는 이유다.

3_ 명상은 온전히 자신의 시간이다. 명상을 하는 데 옳고 그른 방법이 있는 건 아니다. 사실, 명상은 무언가가 옳거나 그르다는 생각 너머로 건너가는 연습이다. 명상은 누군가의 기대나 판단에 부합하는지를 걱정하지 않기 위해 온전히 자신에게 몰두하는 시간이다. 명상할 때만큼은 자신에게 온전한 자유가 허용된다. 이런 식의 자유에 대한 감각을 더 많이 경험할수록, 일상과 더 깊이 결합할 수 있다.

명상을 충분히 해볼 만한 가치가 있다는 확신을 가졌으면 좋겠다. 명상을 시작하는 데 도움이 되는 세 가지 팁이 있다.

1_ 명상에 대해 너무 많은 것을 생각하지 말자. 명상을 잘못하게 되는 일은 일어나지 않는다. 명상의 포인트는 관찰하는 것, 희망을 버리지 않은 상태에서 분주한 일상을 줄이는 것, 마음과 끊임없이 대화하는 것이다. 자신이 하는 것이 옳은지 옳지 않은지에 대한 판단에 지나치게 얽매이지 말자.

만약 이런 생각을 한다면, 단지 자신이 하는 일을 관찰할 뿐 하늘에 뜬구름이 흘러가듯, 그래 좋아, 하는 심정으로 그저 흘러가도록 내버려 두자. 생각하는 것이 무엇인지, 어떻게 생각하는지를 인식하고, 어떤 고정된 생각이나 감정에 얽매이지 말자.

2_ 편안한 상태가 되도록 하자. 편안한 자리에 앉고, 등을 똑바로 세우고, 몸은 충분히 이완시키고, 호흡은 어디에도 구애받지 말고 자유롭게 쉬도록 하자. 만약 눕는 게 더 좋다면 그렇게 하자. 눈을 감고 호흡에 집중하면 그것이 곧 명상을 하는 것이다. 이때 호흡을 천천히 그리고 깊이 들이마시고 내뱉는 것이다. 5초 정도 들이마시고 5초 동안 내뱉도록 해보자. 그리고 이런 패턴으로 5분에서 10분 정도를 반복하자. 첫날에 1분 이상 할 수 없었다 해도 상관하지 말자. 작게 시작해서 조금씩 크게 넓혀 가면 된다.

3_ 앞뒤 재지 말고 그냥 해보자. 어떻게 하는지 알지 못한다는 이유로 우리는 흔히 시도조차 하려 하지 않는다. 하지만 앞서도 얘기했지만, 명상에는 확정된 방식은 없다. 그저 해보는 것이다. 직관을 이용해 자신에게 가장 잘 작동되는 방식을 찾으면 된다. 명상은 오직 연습뿐이다.

그러니 여러 생각하지 말고 그냥 해보자! 1분의 시간이라도 있다면 지금 당장 명상을 해보자. 곧 그 유익함을 알아차릴 것이고, 일단 알게 되면 완전히 빠져들 것이라고 확신한다. 명상은 자신과 연결하는 가장 멋진 방식이다. 명상은 자신의 진정한 모습, 진정으로 원하는 것과 동조하는 가장 훌륭한 방법이다.

14

일상을
흥미롭게 만드는
질문

당신의 감정에 맞서지 마라.

자신을 자유롭게 하고 싶다면,

감정을 사람들이 알도록 하자!

감정에 맞서지 않도록 하는 것이

바 로   자 신 감 이 다 .

소통은 모든 문제를 녹여 주며, 개인의 발전을 이루는 토대가 된다.

— 피터 셰퍼드

아테네의 입법가 솔론Solon은 범죄에 대한 논쟁을 금하는 법령을 제정한 사람이다. 솔론이 그렇게 한 것은, 감정이 명확하지 않다면 그 감정이 삶에 일어나는 경험을 통제하고 제한하게 될 거라는 사실을 알고 있었기 때문이다. 이 사실을 개념적으로는 이해하고 있었지만 진정한 의미를 이해한 것은 실제로 그런 일이 내게 일어났을 때였다.

최근 4년 넘게 사람들을, 특히 여성을 멀리했는데, 지나치게 내 경력을 쌓는 데만 집중한 탓이 컸다. 그래서 마침내 생애 처음으로 사랑에 완전히 빠져들었다. 그건 전혀 놀랄 일이 아니었다. 한 여자를 만났고, 우리는 진정으로 연결되어 있다는 느낌을 받았다. 그러다가 그녀는 일 관계로 6개월 동안 지구 반대편으로 날아가게 되었다. 최근 그녀는 다른 누군가를 만났고 그와 함께 유럽으로 간다는 사실을 알려 왔다. 그녀를 보지 못한 채 꽤 오랜 날이 지나는 동안 다른 사람들을 만나긴 했지만 여전히 그녀를 생각하고 있었고, 예전처럼 그녀와 많은 것을 함께할 수 있으리라는 희망을 가지고 있었다. 그런 탓인지 그녀의 얘기를 들었을 때, 마음이 크게 흔들렸다. 그리고 몇 주 뒤, 몹시 기분이 좋지 않았던 이유 중의 하나가 더 이상 연락을 주고받아서는 안 된다는 그녀의 페이스북 메시지를 받고 나서 무시당한 느낌이 들어서라는 걸 깨달았다.

어떤 기분이 된다는 건 전적으로 자신만의 것이겠지만, 결국 일 문제로 그녀가 떠나기 전에 마지막으로 했던 "난 처음부터 다시 사랑에 빠지고 싶을 것 같아 ……"라는 말을 지울 수 없다는 걸 알고 있었다. 우리는 같은 동네에 살았고, 그녀는 너무도 바빴고, 우리 둘 사이에 종지부를 찍을 시간조차 없었다. 그렇다. 그녀가 집에서 페이스북 메시지를 보내 자신의 상황을 설명했을 때, 나는 완전히 무시당한 느낌에 사로잡혀 버렸던 것이다.

"제이크, 난 누굴 만났고 유럽으로 갈 거야. 다 잘되길 빌자. 아직 여기 있지만 너무 바빠서 도무지 시간을 낼 수가 없어 ……."

이 메시지는, 그녀가 집에 있긴 하지만 이런 말을 메시지로 전해야 할 만큼 시간이 나지 않았다는 사실은 인간적으로 끔찍한 기분이 들게 했다. 내가 그녀의 삶에 조금이라도 영향을 미치려고 노력했다는 게 일생에서 가장 바보 같은 짓이었다는 걸 느꼈다.

우리가 함께 보낸 시간들이 모두 즐거웠고 거기에 감사한다고 단순히 답신했다. 그 후 다시없는 회신이 나를 얼마나 우울하게 만들었는지 그녀는 결코 알지 못할 것이다. 나는 여러 친구에게 우리가 나눈 대화를 보여주었는데, 그들은 한결같이 놀라워했다.

"때로 사랑은 힘겨워. 넌 그녀에게 말했어야 해. 네가 느낀 진짜 감정을 말이야. 그게 늘 네 마음에 자리하고 있다는 걸."

가장 친한 친구가 해준 말이다. 나는 그의 말을 귀담아 듣지 않았다. 대신 한 주 내내 우리에게 일어난 일을 곱씹고 또 곱씹으며 보냈다. 이때껏 그녀가 다른 누군가를 만났었다는 것에는 전혀 기분이 상하지 않았다. 그건 삶의 일부일 뿐이었다. 정말이지 나를 사로잡은 건 무시당했다는 느낌뿐이었다.

나는 그녀를 진정으로 보고 싶었고, 우리의 관계를 제대로 종결짓고 싶었다. 그렇게 하고 싶었던 건 토요일에 천여 명의 청중들 앞에서 테드Ted 강연을 하기로 되어 있었기 때문이기도 했다. (그건 그때까지 내 인생에서 가장 큰 사건이었다.) 강연장까지 언짢은 기분을 끌고 가고 싶지 않았다. 역시 당연히도, 나는 그녀로부터 어떤 얘기도 들을 수 없었다.

강연이 있는 날 아침, 새벽 5시에 일어났다. 눈을 뜨자마자 그녀에 대한 생각이 밀려들었다. 결국 내가 어떤 감정을 가지고 있는지를 그녀에게 솔직히 글로 써서 전하기로 결정했다. 그렇게 하자 2주 동안이나 나를 가두어놓았던 것들로부터 벗어나는 기분이었다. 그제야 비로소 내가 얼마나 소외당한 느낌이었는지를, 내 느낌들을 그녀와 공유하지 못한다면 나 자신을 존중할 수 없을 거라는 사실을, 그녀에게 설명할 수 있었다. 내 느낌들을 공유함으로써 내 자신에 대한 사랑을 회복하고 싶었다.

이 과정을 거치면서 깨달은 것은, 서로가 진정으로 어떻게 느끼는지를 공유하지 않으면 감정이 우리를 통제하게 된다는 사실이었다. 일상생활이 너무 바쁘고 무엇 때문에 기분 나쁜지에 대해 의식적으로 생각하지 않는다 하더라도, 깊이 숨겨진 생각과 감정이 잠재의식을 괴롭힌다. 어떤 생각과 느낌들은 시간이 지나도 결코 사라지지 않는다. 그래서 주도권을 빼앗아 말끔히 제거할 필요가 있는 것이다.

많은 사람이 일정 부분 억제된 삶을 살아가고 있다. 이것은 절대 풀리지 않는 과거의 감정들로 채워져 있기 때문이다. 우리는 기꺼이 받아들이는 것이 성숙한 태도이며 어떻게 느꼈는지를 누군가에게 알리는 일은 유치한 짓이라는 말을 들으며 자라왔다. 할 수 있는 한 억제하는 쪽이 자신이 생각하는 바라면, 속내를 드러내지 말자. 하지만 자신의 생각은 진정한 자신을 찾아가는 길이고, 더 좋은 모습으로 성장하고 싶은 의지가 있다면, 자신을 드러내야만 한다.

살면서 하는 행동들은 자기애가 아니면 자기혐오에서 비롯된다. 스스로 '나 자신을 혐오하지 않아'라고 생각할 수도 있다. 하지만 스스로를 의식적으로 혐오하지 않을 수는 있지만, 자신의 내면에 오랫동안 모든 감정을 붙들어 두고 있는 것 자체가 이미 자기파괴적 행위라고 할 수 있다. 그런 자신을 인식하지 못할 수도 있다. 우리의 감정이 너무도 오랫동안 어딘가에 갇혀 있었다는 사실을 우리는 제대로 자각하지 못한다. 하지만 만약 일체의 움직임을 멈추고 자신이 행하는 것들을 관찰한다면, 자신을 혼란스럽게 하고 우울에 빠지게 만드는, 혹은 어떤 상황에 필요해서 취하는 것보다는 사적 욕심에 의해 더 많은 것을 취하려 한다는 사실을 간파해낼 수 있다. 이런 일이 일어

나는 것은 자신이 스스로 예전 것을 붙들어두고 있다는 사실을 알아
채는 좋은 조짐이다.

"이 오래된 것들을 놓지 않으면 넌 자유로워질 수가 없어. 그러니
내려놓도록 해. 네가 진정으로 어떻게 느끼는지를 표현해야만 해."

그런데 내려놓는다거나 감정을 표현하는 데 있어서 항상 말로 할
필요는 없다. 인정받는다는 느낌을 갖지 못하는 관계를 완전히 내려
놓는다는 것은 스스로 진정한 감정을 존중하고 공간을 비운다는 것
이다. 혹은 적어도 다른 사람들로 하여금 자신이 가치를 두지 않는다
는 것을 알게 하고, 그들이 만약 변화의 가능성을 가지고 있다면 그
것을 발견하도록 해주는 또 하나의 훌륭한 방법이다.

자신이 가치를 인정받지 못하고 존중받지 못한다는 느낌을 가져다
주는 관계에 계속 머무른다면, 그리고 그것에 관해 아무 얘기도 하지
않는다면, 이것은 스스로를 중요한 존재로 생각하지 않았다는 잠재
의식을 드러내는 일이다. 이것은 결국, 더 나은 관계들을 가질 자격이
없는 존재며, 특별하지 않은 존재며, 이 정도가 가질 수 있는 최선이
라며 자기비하를 일삼는 신념을 만천하에 증명하는 것이다.

감정 풀기

지금 당장 몇 분의 시간을 가지고 풀리지 않는 모든 갈등과 관계
들, 내면에 차곡차곡 쌓인 감정들에 대해 생각하자. 오랫동안 뭔가
말하고 싶었지만 말도 붙여 보지 못했던 사람이 있는가? 깨뜨려 버리

려고 노력했지만 여전히 꽁꽁 싸여 있는 과거의 트라우마나 고통이 있는가? 그것들을 놓아 버려야 한다! 놓아 버리도록 시도하자! 놓아 버리는 것이 더 자유롭게 해주기 때문이다.

불안, 분노, 고통, 화, 가슴앓이에 빠지게 한 사람에게 편지를 쓰자. 지금 당장. 감사하는 마음을 가지고 있다는 것과 감사한 마음이 어떤 느낌인지 그들에게 알려야 한다. 이 연습은, 설사 편지를 부치지 않는다 하더라도 자신을 도와줄 것이다. 때로는 편지를 쓰기만 하고 부치지 않는 게 더 현명한 방법이 될 수도 있다. 그 사람이 이미 세상을 떠난 뒤일 수도 있다. 이 연습이 강력한 이유는 그에게 편지를 보내지 않거나 그가 이미 세상을 떠난 후라도 효과를 발휘하기 때문이다. 편지를 쓴다는 것 자체가 후회의 감정을 풀어놓는 기회가 된다.

내려놓기

무언가를 사랑한다는 것이 모든 사랑을 쏟아붓는다는 걸 의미하지는 않을 때가 있다. 성숙이란 사랑이 향하고 싶은 곳에 대한 개인적 관심사를 넘어서는 원대한 그림이 존재한다는 사실을 인식하는 능력이다. 때로는 그것을 떨쳐 버려야 할 때가 있다.

상심하게 될 때, 더 큰 사랑과 새로운 가능성이 흘러드는 공간이 열린다. 나는 사랑하는 여자로 인해 일어난 일을 공유하기로 결정했지만, 내 기를 꺾어 버린 그 경험에 대해 다른 사람들에게 알리는 게 사실 두려웠다. 그 일이 있고 난 뒤 블로그에 간략하게 이 얘기를 올려 공유하긴 했지만, 정말이지 두려웠다. 사람들이 나를 어떻게 판단할지 너무도 걱정이었다. 하지만 그에 아랑곳하지 않고 이 두려움까지 공유하고 그녀가 제공했다고 생각되는 아픔으로부터 나 자신을 벗어나게 해주고 싶었다. 내가 블로그에 포스팅한 그 글은 그동안 내가 썼던 어떤 포스팅보다도 많은 공감을 끌어냈다. 상처를 입고 편하지 못한 상황에 놓이게 될 때, 마법은 일어난다.

누구의 삶이든 완벽하지 않으며, 늘 이런저런 도전에 직면하고, 다른 사람들이 모르고 지나가길 바라며 고통을 느낀다. 하지만 숨기는 건 결국 자신을 자유롭지 못하게 만드는 결과를 초래한다. 일어난 일들로부터 뭔가를 배울 게 있다는 사실을 이해하는 순간, 믿기 힘든 일이 일어나기 시작한다.

사랑한 여자와 관련된 이야기를 모두 쏟아놓고 몇 주가 지났을 때, 또 다른 책을 써야겠다는 생각이 들었다. 나는 에이전트에게 연락해 다음 책을 써야겠다는 얘기를 했고, (지금 당신이 읽고 있는 바로 이 책이다.) 불과 몇 달 사이에 원고를 마쳤다. 진정으로 고통 속으로 들어가자 모든 새로운 가능성이 열렸다. 만약 누군가와 사랑에 빠지지 않았더라면 누구에게도 이 얘기를 할 수 없었을 것이고, 이 책 또한 쓰여질 수 없었을지도 모른다.

얼마나 많은 관계가 두 사람 모두에게 손해 본 듯한 느낌을 남겨둔 채 끝나 버렸는지를 생각해 보자. 시간이 지나도 거부감과 실망감으로부터 풀려난 사람은 아무도 없다. 이것은 비단 사람 사이의 관계에서만 일어나는 현상은 아니다. 목표에 도달하지 못하거나 꿈을 실현하지 못했을 때도 똑같은 현상이 일어난다. 정말이지 '엿같은' 일이다.

그러나 원한을 품지만 않는다면 이 '엿같은' 일도 그리 나쁠 건 없다. 원한을 품는 건 건강에도 좋지 않다. 내면에 감정을 품고 있는 건 발암물질을 품고 있는 것이나 마찬가지다.

감정에 맞서지 말자. 자신을 자유롭게 하고 싶다면, 감정을 사람들이 알도록 하자! 고통을 풀어놓을 수 있는 유일한 방법은 고통을 공유하고, 거기에 대해 쓰고, 그것을 얘기하고, 맞서지 않는 것이다. 감정에 맞서지 않도록 하는 것이 바로 자신감이다.

아픔은 나쁜 것이 아니다. 누구나 아픔을 느낀다. 아픔은 사랑만큼이나 시적이다. 진보는 성장을 통해서만 이루어지지 않고, 파괴로부터도 이루어진다. 사랑은 육체적 친밀감에 의해서만 생겨나는 것이 아니라, 가까이 있지는 않더라도 사람을, 혹은 상황을 흘러가도록 놓아 두는 어떤 외경(畏敬)과 존경심으로부터도 생겨난다. 성공할 때만 삶에 의미가 있는 것이 아니라, 실망하고 거부당할 때조차 삶의 의미는 존재한다. 지금 당장 삶에 좋지 않아 보이는 뭔가가 있다면, 혹은 과거에 일어났던 무언가가 부정적으로 보인다면, 그저 그냥 감정에서 분리되어 슬쩍 비켜서는 연습을 하자.

머지않아 우리는 세상을 떠나게 된다. 그때 우리는 사랑하는 사람들, 그들과의 기억들을 모두 빼앗기게 될 것이다. 모든 것이 사라진다. 그러니 간직하는 동안 즐기자. 경험들이 더 이상 남아 있지 않게 되었을 때, 사람들이 떠나갈 때, 그 경험과 사람들이 당신과 함께했었다는 사실에 감사하자. 원한을 품게 만든 사람들에게, 원한을 품게 만든 상황들에게, 감사하자. 그 어떤 것도 진정으로 자신의 것은 없다. 공유하고 경험할 때 비로소 자신의 것이 된다.

경청하기

다른 사람들과 의사소통을 할 때, 귀를 기울여 듣는 일은 매우 중요하다. 귀를 기울여 들으면 들을수록 더 많은 사람이 함께할 것이다. 또한 다른 사람들의 말에 귀를 기울일수록 더 신뢰받게 되고, 상대방도 자신의 가치를 인정받고 존중받고 있다고 느끼게 될 것이다. 또한 귀를 기울여 들음으로써 더 많은 것을 배울 수 있다.

다른 사람의 말을 귀 기울여 듣는 네 가지 팁을 소개한다.

1_ 누군가에게 대답을 하기 전에 3초에서 5초 정도 가만히 있도록 한다. 그 멈춤을 통해 상대는 자신의 말을 가로막지 않았다는 신뢰감을 가질 것이다. 이는 또한 상대의 말을 잘 들었으며 깊이 생각했다는 경청의 태도를 보여준다.

2_ 상대가 한 말을 명확히 이해하기 위해 질문을 한다. 상대가 한 말을 추정해서 이해하지 않는다. 만약 의심이 든다면, "정확히 무슨 뜻이죠?"라고 물어본다.

3_ 상대방의 말을 자신의 말로 바꾸도록 한다. 얘기를 다 듣고 난 뒤, "그래서 선생님의 말씀은 ……" 하는 식으로 상대가 한 말을 되풀이해서 들려준다. 이것은 당신이 상대방의 말을 정확히 이해하는지 아닌지를 확인하는 데도 도움을 줄 것이다. 또한 상대에게 자신이 소홀히 대접받고 있지 않다는 느낌을 준다.

4_ 상대의 말에 개입하려 하지 말고 고개를 끄덕인다. 상대에게 자신의 말을 귀담아 듣고 있음을 보여준다.

흥밋거리 질문

대화를 나눌 때 진부하다는 느낌을 받은 적이 있는가? 다른 사람들과의 대화를 통해 유대감을 더 깊게 만들고 싶은가? 사람들의 귀를 솔깃하게 하는, 흥미가 일어날 수 있는 '16개 질문'을 해보고 싶은가?

누구나 매일 하는 보통의 대화는 이런 식이다.

"잘 지내요?"

"네, 당신은요?"

"좋아요. 좋은 소식 없어요?"

"뭐 그다지. 당신은 어때요?"

"비슷하죠 뭐. 새로 시작한 드라마 봤어요?"

그 뒤 어떤 의미도 찾아볼 수 없는 대화가 속절없이 맴돈다. 의미 없는 일상적인 잡담을 나누는 동안, 사실 속으로는 의미 있고 생생하고 진정한 대화를 나누고 싶은 마음이 굴뚝같다. 문제는 이런 뻔한 대화들에 너무도 익숙해져서 아무런 불편함도 느끼지 못할 뿐더러 약점들을 숨겨 버린다는 것이다.

이런 식의 '유대감을 끊어 버리는' 습관들로부터 벗어나기 위해, 제안한다. 제안은 사람들에게 "잘 지냅니까?"라고 묻지 말라는 것이다. 이 습관적인 인사에 완전히 사로잡혀 있다. 낯선 사람에게든, 친구에게든, 첫눈에 반한 사람에게든, 그저 "안녕하세요?"라고 대화를 시작한다. 너무도 평범하고 일반적이라 거부감을 주지도 않지만 흥미를 끌지도 못한다. 만약 상대를 흥미롭게 하거나 상대와 친분을 갖고 싶다면, 상대가 남자든 여자든 평범하지 않은 경험을 하도록 만들자. 그러지 않으면 금방 잊어버릴 것이다.

때로 나 자신을 어깨까지 내려오는 금발에 가무스름한 피부의 아름다운 여자인 것처럼 생각하곤 한다. 이런 생각을 할 때면 자신에게 묻는다.

"어떤 남자가 다가와서 '안녕하세요?'라고 묻는다면, 나는 무슨 생각을 하게 될까? (누구나 눈을 휘둥그레 뜨고 쳐다볼 만큼 아름다운 여인에게 걸어오는 말이 고작 '안녕하세요'라니!)"

나는 생각할 것이다. '참 지루한 남자군, 시간을 내서 얘기를 나눠보고 싶다는 생각이 들지 않아. 혼자 즐길 테니 방해하지 말아줘.' (난 쉽지 않은 여자임이 분명하다.) 내친 김에 계속 이런 여자인 척하며 내게 묻는다.

"어떻게 하면 나를 즐겁게 해줄 수 있을까? (이 연습을 해보자. 뭔가 가르침을 줄 것이다.)"

만약 누군가와 인터뷰를 한다고 하면, 인터뷰를 준비하는 과정에서 이 기법을 활용할 수도 있다. 직업적으로 인터뷰를 하는 사람이라고 상상해 보자. 인터뷰를 하는 방으로 걸어 들어가서 "안녕하세요?"라고 물었다고 상상해 보자. 이건 긴장하고 있다는 것을 상대방에게 알리는 꼴밖에 되지 않는다. 이렇게 하는 대신, 기분이 어떤지를 상대에게 말해 보자. 그렇게 말하는 순간, 상대에게 유대감이 일어날 것이다. 상대에게 자신의 상태를 전해 주었기 때문이다. 어쩌면 기분을 말한다는 것 자체가 이미 긴장하지 않는다는 얘기일지도 모른다. 대화를 시작할 때, 다음 2개 질문 중 하나를 던져 보자.

1_ 오늘 하루를 보내면서 가장 재미있는 일, 가장 멋진 일은 어떤 거였어요? (이 질문은 상대방이 긍정적이고 특별한 방식으로 생각하게끔 만든다.)

2_ 살면서 기분을 아주 좋게 만든 게 있다면 무엇이었나요? (이 질문은 상대의 잠재의식에 긍정적인 유대감을 심어준다. 사람들은 자신의 기분을 좋게 만든 것에 대해 얘기할 때 기분 좋은 떨림이 남기 때문이다.)

만약 상사가 자신을 색다르게 생각하도록 만들거나 영감을 불러일으키는 사람으로 생각하게 만들 수 있다면, 앞으로 멋진 일들이 일어나게 될 것이다. 이것은 삶의 전반적 영역에 모두 적용된다. 마음을 열고 얘기를 나누는 사람들에게 진정으로 흥미를 느끼고 있다는 것을 보여준다면, 대화는 진정으로 영감을 주고받는 행위가 될 수 있다.

다음 페이지에 제시한 16개 팁은 매일 반복되는 일상을 더욱 흥미롭게 만드는 질문들이다.

이 질문들은 사람들을 놀라게 할 것이고, 그들의 흥미를 자아내게 할 것이다. 이 가운데 하나만이라고 기억해 두었다가 꼭 활용해 보기 바란다. 그 효과를 즉시 확인할 수 있을 것이다.

1_ 만약 행복이 돈으로 쓰인다면, 어떤 일이 부자로 만들어 줄 것이라고 생각해요?

2_ 만약 평균수명이 40세라면, 생활 방식을 어떻게 바꾸시겠어요?

3_ 새로 태어나는 아이가 있어서 딱 한 가지 조언만 할 수 있다면, 뭐라고 말해 주실 건가요?

4_ 만약 세상을 바꿀 수 있다면, 어떤 걸 바꾸고 싶습니까? 한 가지만 말씀해 주세요.

5_ 정말 하고 싶은데 아직 하지 못한 것 한 가지만 말씀해 주실래요? 할까 말까 망설이고 있는 게 뭔가요?

6_ 사랑하는 사람을 구하기 위해 법을 어겨야 한다면, 법을 어겨서라도 사랑하는 사람을 구할 겁니까?

7_ 당시엔 미친 짓이었는데 나중에 보니 독창적이고 창조적 행위였다는 걸 알게 된 사례가 있나요?

8_ 지금 하는 일 중에 보통 사람들이 하는 일과 다른 게 뭔가요?

9_ 엘리베이터 버튼을 여러 번 누르나요? 그렇게 하면 엘리베이터

를 더 빨리 움직이게 할 거라고 믿나요?

10_ 감사의 마음을 가장 크게 일어나게 하는 건 어떤 일인가요?

11_ 가장 두렵게 하는 건 뭔가요?

12_ 어떤 사람과 아무런 얘기를 나누지 않고 걸어가 본 적이 있나요? 멋진 대화를 나누지도 못하고 헤어졌다는 생각을 해본 적이·있나요?

13_ 수중에 백만 달러가 들어온다면, 직장을 그만둘 건가요? 백만 달러가 생겨서 그만둘 직장이라면, 지금 그만두지 않는 이유가 뭔가요?

14_ 엄청나게 매력적인 사람이나 유명 인사가 되는 것과 10년의 수명을 맞바꾸어야 한다면, 기꺼이 10년을 내놓을 건가요?

15_ '살아 있다는 것'과 '진정으로 살아간다는 것' 사이에 어떤 차이가 느껴지나요?

16_ 어느 순간 아무도 자신을 비판하지 않는다는 것을 알게 되었다면, 뭐가 달라졌을까요?

자신 돌아보기

나는 농구를 하며 자랐다. 고등학교 고학년 때는 샌디에이고에서 가장 뛰어난 농구선수 중 하나였다. 모두들 남부 캘리포니아의 상위 리그 한곳에서 뛰는 톱클래스 선수가 될 거라고 입을 모았는데, 나 역시 대학 농구부에서 계속 농구를 할 생각이었다. 그때까지 농구공과 살았고, 가능한 한 열심히 노력했다. 대학에 입학하자 코트에 설수 있는 수많은 기회가 주어졌다.

하지만 일단 대학을 떠나기로 마음을 정하자, 더 이상 농구는 충족시켜 줄 수 있는 게 아니었다. 해야만 하는 일이 농구란 생각이 들지 않았다. 농구 코트에 설 때마다 헛된 일을 하고 있다는 기분이 들었다. 이따금 원하지 않는 일을 해야만 할 때도 있다. 이따금 책상 앞에 앉아 글을 쓰는 것도 싫을 때가 있다. 농구에 대한 생각은 그런 것과도 달랐다. 농구를 할 때마다 쓸데없이 힘겨운 일만 하고 있다는 기분이었다. 상황은 점점 더 심각해져 갔고, 학교에 남아 있으려면 다시 농구를 해야 한다는 사실이 내 열정을 갉아먹었다. 다른 일, 가령 여행 같은 데 흥미를 느끼기 시작했고, 마침내 학교도 농구도 그만두고 여행을 떠나기로 결심했다.

나는 전혀 다른 방향으로 걸음을 뗀 것이다. 배낭을 메고 전 세계를 다니기 시작했고, 머리칼이 점점 길어졌고, 매일 체육관으로 가던 걸음이 끊어졌다. 그랬다. 실제로 체육관을 완전히 끊었다. 누군가가 지금의 나를 본다면, 마치 스포츠를 혐오하는 사람처럼 보일는지도 모른다. 나는 엄청나게 긴 머리칼을 가지고 있고, 피골이 상접할 정도로 호리호리하고, 책을 쓰고 있으니 ……. 요가와 명상을 즐기는 모습도 그런 생각을 하게 만들 것이다.

하지만 사실 오늘의 나를 있게 만든 건 스포츠다. 부인할 수 없는 사실이다. 하지만 이런 자각에 이르기까지는 시간이 좀 걸렸다. 이 생각이 든 것은, 최근 내 매니저 빌 그랫스톤과 통화를 하면서였다. 그는 스포츠가 내 삶에 끼친 영향에 대해 물었는데, 이전에는 누구도 하지 않았던 질문이었다. 사람들은 종종 여전히 농구를 하냐고 묻곤 했지만, 농구를 통해 무엇을 배웠는지를 묻는 사람은 아무도 없었다. 그의 질문은 너무도 심오해서 이전에는 결코 하지 않았던 방식으로 나를 반성하게 만들었다. 치열하게 농구시합에 임하던 거의 끝자락에서 농구에 대한 흥미를 완전히 잃어버렸고, 모든 경험이 농구 때문에 가로막혀 버린 듯 우울했었다. 그런 기분에 휩싸여 있던 나는 왜 그런 기분이 들었는지, 농구를 사랑하게 된 이유가 무엇인지에 대해 진정으로 생각하지 못했다. 진지하게 나를 되돌아보지 않았던 것이다.

나는 결코 최고의 운동선수가 아니었다. 농구 그 자체에도 그랬고, 신체적 조건에서도 더 뛰어난 몸을 가진 사람들은 늘 있었다. 더 높이 점프하는 선수도 늘 있었고, 힘이 더 센 선수 또한 늘 존재했다. 그럼에도 불구하고 거의 매번 팀의 주장이었고, 코트에서 가장 빛나는 선수 중의 하나였다. 그건 신체적 능력 때문이 아니라 공을 향해 늘 저돌적으로 달려들었기 때문이었다. 공을 낚아챌 기회가 전혀 없을 때조차 공을 향해 달려들었다. 나는 슈터였고, 샌디에이고에서 3점 슛 성공률이 가장 높은 선수 중의 하나였다. 코트에 서 있도록 해준 것은 근면함이었다.

나는 아버지로부터 근면함을 배웠다. 중고등학생 시절, 새벽 2~3시쯤 화장실에 갔다 오다 창밖을 내다보면 그때까지 아버지의 사무실에는 불이 켜져 있었다. 아버지는 밤을 새워가며 일을 했다. 아버지의 주요 업무는 외국과의 거래였는데, 그 시간이어야 지구 반대편의 고객들과 업무를 볼 수 있었다. 낮 동안 아버지는 컴퓨터로 작업을 했고, 밤이면 지구 반대편의 고객들과 일을 했다. 그렇게 열심히 일을 하고 있었지만 내게 전혀 소홀하지 않았다. 스포츠를 가르쳐 주셨고, 늘 아버지의 자리를 굳건히 지켰다.

그때는 전혀 생각하지 못했었지만, 지금 돌이켜보면 번듯한 집에서 잘 자랄 수 있었던 건 모두가 아버지의 근면함 덕분이었다. 그래서 책을 쓰리라고 결심했을 때, 학위 같은 것도 없고 나를 믿어 주는 사람도 거의 없는 상태에서 내가 떠올린 사람은 아버지였다. 결코 포기하지 않고 아버지가 했듯 최선을 다해 노력한다면 훌륭한 작가가 되어 꿈을 이룰 수 있을 거라고 생각했다. 하지만 꿈을 이룬다는 건 내가 최선을 다해 열심히 일할 때에만 가능한 일이다. 이것은 때로 며칠 밤을 새워 건강을 해칠 수도 있음을 의미한다.

어떻게 꿈을 실현시킬 수 있을지를 생각할 때, 꼭 기억해야겠다고 생각한 것은 스포츠를 통해 배운 모든 것이었다. 배운 것들 가운데 가장 중요한 한 가지는 매일매일 해야 하는 것을 정하는 방법이었다. 자유투를 던질 때나 3점슛을 쏠 때나 나는 매번 같은 포지션을 유지한 채 공을 던졌다. 무릎과 팔꿈치와 발은 동일한 방식으로 자리를 잡고, 손 역시 매번 동일한 방식으로 움직였다. 공을 잡는 위치도 슛을 쏠 때마다 같은 곳, 즉 손가락 끝에서 이루어졌다.

글쓰기 습관을 들이는 데도 이 방식을 적용할 수 있다. 농구선수로서의 나는 매번 흘러나온 공을 향해 사력을 다해 달려들었다. 나는 우리 팀이 기대하는 선수였다. 이제 다른 길을 가고 있고, 그 길을 통과하는 법을 배우고 있다. 흘러나온 공을 향해 달려드는 농구선수 대신, 어떤 행사에서든 (설사 지쳤다 하더라도) 제시간에 있어야 할 곳에 있는 사람이다. 또한 가장 좋아하는 출판사가 나를 거절했을 때 글쓰기를 그만둘 수도 있었지만, 내 방식을 따랐고, 거기서 멈추면 내 꿈을 실현하며 살 수 없게 될 거라는 사실을 자각했다. 글을 쓰고 연설을 하는 것은 내 꿈이며, 운동할 때의 경험들은 그 꿈을 실현해 나가는 데 큰 힘이 되었다. 코트에서든 글쓰기에든 삶을 살아가는 일에든 끈기의 소중함을 일깨워 준 것이다.

내가 운동을 한 것이 매우 감사하다. 무엇보다 매니저의 질문을 통해 새삼 운동이 얼마나 많은 가르침을 주었는지를 알게 되었다. 살면서 많은 경험을 하지만, 그것을 되돌아보는 일은 거의 하지 않는다. 긍정적 상태에 있도록 도와주고, 다른 사람들을 이해하고 배려하도록 도와주며, 자신이 되고 싶은 사람의 모습을 그려보는 데 도움이 되는 것들을 삶에서 배운다.

하지만 지금의 우리를 있게 한 것이 어떤 연유에 의해서인지를 자각하지 못한다. 세상을 바라보는 방식이 수없이 많다는 사실을 잊고 있다. 뭔가를 행하거나 경험하는 데 지쳤을 때조차도, 지난 날들을 돌아보아야 할 시간을 가져야 하고 그것들로부터 배웠던 것들에 감사해야 한다. 어느 때든 우리가 행한 것들로부터 배우며, 그것들은 더 강인한 인간이 되도록 도움을 준다. 지겨웠든 황홀함을 주었든 행복감을 안겨 주었든 슬프게 했든 혹은 두렵게 했든, 살면서 경험한 것들을 되돌아보는 시간을 더 많이 가질수록, 더욱 성장하고 전진할 것이다.

돈과의 관계

> 돈 자체만을 버는 것은 그리 어렵지 않다. 어려운 부분은 인생을 송두리째 바칠 만큼 가치 있는 일을 하면서 돈을 버는 일이다.
>
> — 카를로스 루이스 사폰

돈을 포함해 세상 모든 것이 에너지다. 에너지는 태생적으로 플러스와 마이너스라는 양극성을 가지고 있긴 하지만, 이 본래적 양극성은 에너지를 사용해 만들어내는 결과물이 플러스냐 마이너스냐를 좌우하지는 않는다. 만들어낸 것이 긍정적이냐 부정적이냐를 가늠하는 것은 전적으로 우리의 판단이다. 가령 사람들은 흔히 "돈이 얼마나 많은 스트레스와 불안을 만드는지, 돈이 우리의 일상에 얼마나 부정적 영향을 미치는지를 보자. 돈은 악이다"라고 말한다. 사람들은 돈을 너무도 쉽게 악으로 치부해 버린다. 돈이 악한 에너지가 아니라는 사실을, 긴밀한 관계를 유지하는 에너지란 사실을 쉽게 잊어버린다. 과체중을 만들어 사망에 이르게 할 수 있다는 점에서 음식이 오히려 돈보다 더 나쁘다. 하지만 음식은 결코 악으로 취급받지 않는다.

사실, 돈이든 음식이든 의약품이든 그 어떤 것이든, 무책임하게 사용될 수 있다. 사람들은 돈과 섹스와 권력은 물론 텔레비전, 쇼핑, 음식, 직업을 포함해 온갖 것들에 대해 탐욕스러워질 수 있고, 그것들을 폭력적으로 행사할 수 있다. 또한 돈을 번다는 것이 돈을 벌지 못하는 것만큼이나 큰 스트레스를 야기할 수 있다. 하지만 이것을 꼭 사실로 받아들일 필요는 없다.

하지만 돈은 가치를 가늠하는 유용한 매체이며, 유익하게 활용하기 위해 돈과 긍정적 관계를 맺을 필요가 있다. 돈은 영양가 높은 음식과 물, 안식처, 옷가지를 얻는 데 도움을 줄 수 있으며, 여행을 다니고, 남들을 돕고, 유익한 프로젝트에 투자하고, 새로운 목표를 달성하는 능력을 가져다줄 수 있다. 돈을 가지고 있다는 사실은 스트레스를 최소화시켜 줄 수도 있다. 돈은 우리의 위상을 형성하는 데 도움을 줄 수도 있다. 물론 관대하게도, 이기적인 인간이 되게 할 수도 있다.

사람들은 흔히 부자는 탐욕스럽고 나쁜 인간이라는 잘못된 관념을 가지고 있다. 이 흔한 생각은 사실과 부합하지 않는다. 이제껏 만나본 사람들 가운데 가장 관대한 사람들 몇몇은 엄청난 부자였다. 미처 쓸 수 없을 만큼 많은 돈을 벌어들이지만 너무도 멋지고 행복한 사람들을 만나본 적도 있다. 반대로, 풍족하게 벌어들이지만 전혀 관대하지도 않고 친절하지도 않은 사람들 역시 만난 적이 있다.

돈은 그 사람을 더 풍부하게 만들어 준다. 긍정적이든, 부정적이든. 만약 누군가가 줄곧 두려움에 휩싸여 있는데 엄청난 돈을 벌어들이고 있다면, 돈은 결코 그의 두려움을 걷어내지 못할 것이다. 사실, 이런 사람들은 돈을 자신의 두려움을 영속시키는 데 사용할지도 모른다. 현금을 저장하고, 지나칠 정도로 경보 시스템을 갖추고, 안전장치를 구입하고, 얼마나 많은 돈을 쓰는가로 자신의 가치를 증명하려는 식의 너무도 뻔한 일에 돈을 낭비하는 것이다. 탐욕스러운 인간이라면 끊임없이 돈을 끌어모을 것이고, 돈은 결코 그의 탐욕을 줄여 주지 못할 것이다. 돈이 자신을 더욱 풍부하게 만들어 주는 기회를 제공하는 이유는, 돈이 더 많은 에너지를 제공해 주기 때문이다. 돈은 어떻게 쓰느냐에 따라 삶에 부정적 수단이 될 수도 있고, 긍정적 수단이 될 수도 있다.

돈은 사랑하는 일에 집중할 수 있도록 자유를 제공해 줄 수 있다. 또한 추구하는 일을 중단하게 될지도 모른다는 두려움을 제거해 준다. 돈은 꿈을 실현해나가는데 있어 뒷받침이 되는 든든한 배경이 될 수도 있다. 사람들이 돈을 벌어들이는 일에 일종의 방어막을 치는 것은 그것이 악이라는 속설 때문이다. 하지만 돈을 가지고 있지 않다는 사실로 인해 스트레스를 받을 수도 있고, 꿈을 실현하는 데 도움을 받지 못할 수도 있다. 돈이 악이냐 아니냐를 따지면서 시간을 낭비하는 대신, 시간을 열정을 실현하는 데 사용하면 안 될까? 무언가를 해서 돈을 번다면 무슨 일이 일어나는지를 확인하는데 시간을 사용하는 게 더 낫지 않을까? 돈을 가지고 있다는 것은, 돈을 가진 사람들을 욕하는 것보다 더 긍정적 방식으로 세상에 영향을 미칠 수 있을 것이다.

신발끈을 밟고 넘어져 팔이 부러졌다고 해서 신발끈을 나무랄 수는 없는 일이다. 그래서 신발끈을 없애 버린다면 더 이상 신발을 신을 수 없게 될 뿐이다. 자동차 사고가 나거나 자동차를 도난당했다고 자동차가 악하다고 할 수는 없다. 문제는 돈이 아니다. 문제는 그것을 어떻게 쓰는가, 필요한 뭔가를 얻는 데 사용할 수 있는가다.

사랑하는 일을 하면서는 충분한 돈을 벌 수 없다고 믿는다면 그것 또한 엄청난 실수를 범하는 것이다. 세상에는 사랑하는 일만을 하면서 엄청난 돈을 벌어들이는 사람들이 너무도 많다. 사실, 내가 이 책에서 언급한 수많은 사람이 바로 자신이 사랑하는 일을 함으로써 충분한 돈을 벌어들인 사람들이었다. 돈은 자신의 마음을 좇아갈 때 찾아온다.

돈은 목적을 달성하게 해주는 수단이지 목적 그 자체가 되어서는 안 된다. 만약 단지 더 많은 돈을 버는 일에 발이 묶여 버린다면, 중심을 잃게 될 것이고 건강한 방식으로 돈을 쓰지 못하게 될 것이다. 돈을, 더 많은 자유를 가져다주고 흥미로운 경험들을 더 많이 하도록 만들며 꿈을 실현하게 도와주는 도구라고 생각하자.

돈과의 관계에 대해 생각하고, 왜 돈을 원하는지에 대해 생각하자. 생각을 살펴보는 것은 돈과 맺고 있는 관계를 조정할 필요가 있을 때 그 관계를 적절하게 조정해 주도록 도와줄 것이다. 돈과 맺고 있는 관계에 대해 솔직해진다는 것은 더 건강한 삶을 살아가도록 도와주며, 삶과 맺어진 모든 관계들을 원활하게 해주는 훌륭한 연습이다. 돈과 맺은 관계를 사람과의 관계, 특정한 자리나 특정한 사물과의 관계를 돈독하게 하는, 삶을 전반적으로 윤택하게 하는 도구로 사용하자. 돈을, 사랑하는 일을 하면서 벌 수 있는 축복으로 바라보자. 더 많이 벌수록, 남들에게 더 많이 줄 수 있다.

15

원하자,
구하자,
준비하자!

원하는 것을 부탁하자.

자신이 원하는 그곳에 다다르기 위해서는

어떻게 해야 할지 탐색하자.

꿈을 갖고 살아가자.

결코 후회하지 않을 것이다.

원하는 것을 구하자. 그리고 그것을 성취하기 위해 준비하자!

- 마야 안젤루

잠재의식 속 자신에게 무엇을 원하는지 물어볼 때, 많은 경우 부정적 방식으로 묻게 된다. 여기서 문제는, 우리가 하는 모든 말은 그대로 자신에게 하나의 이미지로 전달되기 때문이다. 원하는 바를 소리로 옮겨 보면 이렇게 될 것이다.

"만약 그게 너무 곤란하게 한다면, 그래도 날 도와줄 수 있겠니? 제발, 도와주라. 난 네 도움이 정말로 필요해."

이런 방식으로 물으면 원하는 것을 가져다줄지도 모르겠지만, 잠재의식에 부정적 메시지로 전해지고 도와주기보다는 그것을 받아들이는 능력을 숨겨 버린다.

질문을 받았을 때, 사고방식은 지체 없이 질문을 분석하기 시작한다. 그렇게 1초나 2초쯤 뒤, 사고방식은 질문과 관련된 이미지들을 만들어낸다. 우리의 사고는 이런 방식으로 작동하기 때문에 뭔가를 부탁할 때 사용하는 언어는 정말이지 중요하다. 부탁을 할 때는 잠재의식에 담긴 사고방식을 더욱 폭넓게 프로그래밍 해야 한다. 절망적으로 들리거나, 무언가 일어나기를 구걸하는 식이어서는 안 된다.

잭 캔필드는 원하는 것을 구하는 방법에 대해 멋지게 설명한다. 이제 이런 식으로 부탁해 보자.

"어떻게 하면 이것을 가질 수 있을까요?", "어떻게 하면 이것을 할 수 있을까요?"

이때 부탁을 받은 사람 역시 물음을 갖기 시작한다. 그들은 이렇게 생각한다.

"음, 어떻게 하면 저 사람에게 실제적으로 도움이 될 수 있을까?"

잭의 설명을 들었을 때, 매우 흥미롭다고 생각했다. 나는 맹세했다. 기회가 생기면 그의 이론을 꼭 써먹을 것이라고. 그런데 기회가 찾아왔다. 대규모 연설박람회speaking expo가 열린다는 소식을 듣고 참가해서 연설을 해보고 싶었다. 하지만 대회까지는 겨우 한 달이 남아 있었다. 대회의 프로그램은 이미 완전히 확정되었고, 연설자들도 모두 구성이 끝난 상태였다. 남은 건 개막뿐이었다. 그때, 친한 친구가 박람회 준비위원들 중 한 사람과 통화를 할 수 있게 해주었다. 통화를 하는 동안 그 사람은 내게 매우 호의적이었다. 그는 내가 하는 일이 전율이 일어날 정도로 감동적이라고 말했다. 내 책과 웹사이트를 검색하고 나서 더욱 흥분했다. 하지만 여전히 한 가지 난제가 있었다. 아홉 달에 걸쳐 준비한 행사의 모든 구성이 이미 끝났다는 사실이었다.

연설자로 내정된 사람들 중에 중도에 포기한 사람이 아무도 없는 데다가 추가로 인원을 늘릴 만한 예산도 없는 상태였다.

"내년에는 제이크 씨를 꼭 부르고 싶어요. 그리고 가까운 때에 우리가 파트너로서 함께 일할 수 있을 것이라고 생각합니다. 정말 대단하세요. 제이크 씨의 활동을 보고 얼마나 흥분했는지 모릅니다! 진심입니다. 혹시 궁금하거나, 할 이야기가 있으신지요?"

나는 이렇게 대답했다.

"한 가지 질문이 있습니다. 이번 대회에 제가 나가서 연설을 할 수 있는 가능성이 얼마나 있나요? 어떻게 하면 제가 이번 대회에서 연설을 할 수 있을까요?"

그는 한동안 가만히 있다가 말했다.

"음, 방법이 하나 있긴 합니다. 조금 있다가 연락드리겠습니다."

얼마쯤 지난 뒤 그로부터 메시지가 왔다. 수석 코디네이터가 내 매니저와 통화를 하고 싶다는 거였다. 그리고 일주일 정도 여행을 하고 월요일 아침에 돌아왔을 때, 매니저가 전화를 했다.

"무슨 일이 있었는지 알아? 아마 믿지 못할 거야. 네가 연설을 하게 됐어. 게다가 대회 첫 연설자로 나서게 될 거래!"

그의 말을, 미소를 짓다가 웃음을 터뜨리며 듣고 있을 뿐이었다. 그것은 생애 처음으로 정중하게 그리고 완전히 긍정적 태도로 뭔가를 부탁한 최초의 순간이었다.

"어떻게 하면 제가 이번 대회에서 연설을 할 수 있을까요?"

내 마음이 누군가에게 질문을 할 때, 그 질문은 고스란히 내게로 돌아오게 된다.

"내가 할 수 있는 일은 무엇인가?"

누군가에게 정중히 부탁을 하면 상대방은 지체하지 않고 생각하게 된다.

"어떻게 하면 이번 대회에서 제이크 씨가 연설할 수 있도록 도와줄 수 있을까?"

그리고 그의 마음이 즉각, 부지불식간에, 답을 찾아냈다. 처음에 그가 한 말을 기억할 것이다. 그는 분명히 대회에서 연설할 수 있는 방법은 없다고 말했었다.

부탁을 할 때, 상대의 무의식에 숨겨진 마음의 방아쇠를 당긴다. 나는 완전히 긍정적 마음을 담아 부탁을 했고, 결국 그것이 긍정적 결과를 만들어낸 것이다. 이제 직접 시험해 보자!

"어떻게 하면 지금 제가 이것을 가질 수 있을까요?"

"어떻게 하면 이 일이 일어날 가능성이 생길까요?"

시험해 보자. 그리고 어떤 일이 일어나는지를 보자. 지금부터라도 어떤 방식으로 부탁하는지 잘 살펴보자.

멈추느냐 멈추지 않느냐

어떤 사람들은 자신 없이 부탁하고는 지레 포기해 버린다. 그들은 너무 일찍 그만둔다. 답을 얻을 때까지 계속 부탁하자. 한 번의 '예스'를 듣기 위해서는 보통 네다섯 번의 '노'를 들어야만 한다.

– 잭 캔필드

만약 원하는 것을 믿는다면, 그 원하는 것을 구해야만 한다. 만약 뭔가를 믿는다면, 그 뭔가에 당당해져야 한다. 그렇게 못한다면 결코 그 무언가로부터 자유로워질 수 없다. 무언가를 원하고 그것을 믿는다면, 뛰쳐나가 그것을 성취해야 한다.

잭 캔필드가 "SWSWSWSW"라고 이름 붙인 것을 기억하자. 4개의 SW는 'Some Will, Some Won't, So What? Someone's Waiting'을 의미한다. '누군가는 할 것이다. 누군가는 하지 않을 것이다. 그래서 뭐, 어떻다는 것인가? 누군가는 (당신을) 기다리고 있다'라는 뜻이다. 누군가에게 원하는 것을 청했을 때, 누군가는 도와주고 싶어 할 것이고, 누군가는 상품을 구입하고 싶어 할 것이고, 누군가는 도움을 주고 싶어 할 것이고, 누군가는 '예스'라고 말할 것이고, 누군가는 '노'라고 말할 것이다. 누군가는 부탁에 멋진 모습을 보일 것이고, 누군가는 천박하고 무례한 모습을 보일 것이다. 누군가는 ~할 것이고, 누군가는 ~하지 않을 것이다. 누군가는 '예스'라고 말할 테지만, 누군가는 '노'라고 말할 것이다. 그래서 어쨌다는 말인가? 계속 구하자. 부탁을 중단하지 말자.

잭이 내게 진정으로 힘이 되어준 것은 첫 번째 책을 출간하기 위해 동분서주하고 있을 때였다. 수많은 에이전트와 출판업자들이 '노'라고 말했다. 하지만 잭은 누군가가 '노'라고 말할 때마다 할 일은 그 다음 얘기를 하는 것이라고 가르쳐 주었다. (또한 '노'라고 큰소리로 떠들 필요는 없다. 하지만 자신에게 할 수는 있다.) 만약 뭔가를 원한다면, 다시 부탁하자. 그러면 누군가 또다시 "노"라고 말할 것이다. 그래서 그게 어쨌다는 말인가? 다음 사람에게 가 보자. 누군가는 기다리고 있기 때문이다.

그렇다. 바로 이것이다. 누군가 도와주기 위해 기다리고 있다. 누군가는 다른 누군가를 도와주고 싶어 한다. 그래서 그들에게 도와줄 수 있는지 물어 보라는 것이다. 무언가 일어나는 것에 대해 너무 겁내지 말자. 만약 진정으로 무언가를 원한다면, 그 무언가에 대한 부탁을 결코 중단하지 말아야 한다. 평범한 삶을 살아가는 사람과 특별한 삶을 살아가는 사람의 차이는 원하는 것을 성취하기 위해 부탁하는 것을 멈추느냐 멈추지 않느냐의 차이다. 원하는 것을 얻지 못할 수도 있지만, 때로 이것이 엄청난 행운이 될 수도 있다. 기억하자! 원하는 것을 혹은 더 나은 무언가를 부탁하자. 긍정적 지속력을 가지고 앞으로 꾸준히 나아간다면, 그에 합당한 무언가가 자신에게 일어날 것이다.

내 꿈은 첫 번째 책을 특정한 출판사에서 내고 싶다는 거였다. 내가 좋아하는 작가들의 책은 모두 그 출판사에서 출간되었고, 그래서 내가 집중한 것도 그 출판사에서 첫 번째 책을 내겠다는 그 한 가지였다. 일기에다 그 소망을 수없이 기록했고, 항상 (문자 그대로 한시도 빠짐없이) 그 일이 일어나리라고 자신에게 말했다. 심지어 그 출판사에서 출간된 포스터를 미리 만들어 벽에 붙여놓기까지 했다.

그런 다음, 원고를 모두 마쳤을 때, 정말로 그 출판사에서 내 원고를 가져갈 것이라고 생각했다. 출판사의 관계자 몇 사람을 만났기 때문이었다. 하지만 정작 제안을 했을 때, 그들은 '노'라고 말하면서 출판비용을 내가 부담하는 자비출판 얘기를 꺼냈다. 나는 즉시 맹렬하게 공격을 퍼부었다.

그러나 결국 내 출판 제안은 받아들여졌다. 나는 젊었고, 대단히 열정적이었다. 첫 책을 혼자 힘으로 팔았다. 투어를 다녔고, 수많은 사람에게 영감을 불어넣었다. 마침내, 새로운 출판사를 찾아냈고, 내가 상상할 수 있는 것 이상의 결과를 만들어냈다. 지금 읽고 있는 이 책은 세계에서 가장 큰 출판사인 '펭귄 랜덤하우스'에서 출간되었다. 결코 상상하지 못한 결과였다.

'노'라는 말에 직면했을 때 이 이야기를 떠올려 보자. 이것은 왜 기억해야만 하는지를 말해 주는 중요한 사례다. '노'는 종종 더 크고 더 나은 무언가를 열어 준다. 원하는 것을 구하고, 밀고 나가고, 긍정적 상태를 유지하자. 그러면 결국 원하는 것을 얻을 것이다.

열여섯 살 젊은 가수의 도전

기회를 구함으로써 스스로 기회를 만들어낸다.

— 패티 핸슨

테일러 스위프트는 해마다 음악상 시상식이 열릴 때면, 수상자가 될거라고 예상되는 뮤지션이다. 전 세계 수억 명과 음악으로 교류하는 젊은 컨트리 가수인 그녀 역시 원한 것을 구하지 않았다면 분명 우리가 알지 못하는 사람이었을 것이다. 열여섯 살이 된 그녀는 가수 팀 맥그로의 오프닝 무대를 장식하고 싶다는 바람을 가지고 믹스테이프를 만들었다. 하지만 맥그로와 접촉한 그녀는 그로부터 "오프닝 무대에서 사용하지는 못한다"라는 얘기를 들어야만 했다. 그러나 그녀는 2주 동안 계속 그에게 전화를 걸었고, 그럴 때마다 그는 괴롭히지 말라고 하면서 전화를 끊곤 했다. 그로부터 몇 주가 지난 어느 날, 그녀가 만든 믹스테이프를 귀 기울여 듣게 된 맥그로는 그녀에게 전화를 걸었다. 그리고 다음은 우리가 아는 그대로다. 그녀의 음악 인생이 시작된 것이다. 그녀는 팀 맥그로와 투어를 함께 다녔다.

우리는 스위프트가 무대 위에서 노래를 부르고, 온갖 음반 기록들을 깨고, 사람들과 음악으로 교류하고, 성공적인 인생을 살아가는 모습을 본다. 그녀는 모두에게 하나의 멋진 사례다. 하지만 그녀가 걸어온 길을, 어떻게 오늘의 자리에 서게 되었는지를 보려 하지 않는다. 그녀가 꿈을 실현하기 위해 디딘 첫걸음은 다른 어떤 사람의 첫걸음과 다르지 않았다.

원하는 것을 구하는 일

원하는 것이 무엇인지를 알지 못한다면 원하는 것을 구할 수 없다. 많은 사람이, 자신이 무엇을 원하는지조차 알지 못하거나, 충분히 가질 수 있는 것에 터무니없이 모자라는 정도만을 원한다. 무엇보다 먼저, 자신이 무엇을 원하는지를 알아야 한다. 두 번째로, 그것을 충분히 명확하게 확정해야 한다. 세 번째로, 그것을 가질 수 있을 거라는 믿음을 가져야 한다. 그리고 네 번째로, 배짱 두둑하게 그것을 부탁할 수 있어야 한다.

― 바버라 드 안젤리스

원하는 것을 온 세상에 부탁하자. 그러면 명확해진다. 만약 이 세상과 공유할 수 있는 무언가를 가지고 있다면, 혹은 더 나은 소통이든 더 나은 관계든 그 무엇이든 매일매일의 삶에서 원하는 것이 있다면 거리낌 없이 부탁하자. 우리는 너무도 자주 원하는 것을 부탁하는 데 두려움을 갖는다.

"그래, 그 사람을 억지로 밀어붙이고 싶진 않아. 그렇잖아, 내가 원하는 게 안 좋은 건지도 모르니까. 어쨌든 더 이상 귀찮게 하고 싶진 않아. 그 사람들은 바쁘기도 하고, 나도 그런 상황에서 부탁하고 싶진 않아. '노'라고 말하면 어떡할 거야. 괜히 그 사람들 성질이나 건드리면 곤란해질 뿐이야. 에이, 모르겠다. 그다지 큰 건수도 아닌데 뭘. 크게 중요한 것도 아니고 ……."

어디서 많이 들어본 말 같지 않은가? 이건 내가 늘 자신에게 하던 얘기랑 다르지 않다. 어느 날, 문자 그대로 일어날 수 있는 최악의 상황이라는 생각이 들었을 때에야 비로소 내가 아직 '부탁'을 하지 않았다는 사실을 자각했다. '부탁'도 해보지 못한 상태에서 최악의 상황을 맞이한 것이다. 원하는 것을 누군가에게 부탁할 필요가 있을 때 그 누군가가 '노'라고 말한다고 해서 새삼스럽게 더 곤란한 지경에 처하지는 않는다. 나빠져 가던 것이 최악을 향해 간다면, 그 자리에서 끝내 버리면 된다. 그러니 구하지 못할 이유가 무엇인가? 그게 무엇이든 상관하지도 말고, 하고 싶은 것이 무엇이든 상관하지 말고, 부탁해야 한다는 사실만 명심하자. 부탁하는 그것을 성취할 수 있도록 무언가, 혹은 누군가가 도와줄 것이라는 사실을 믿고 부탁하자. 만약 무언가 하려는 꿈을 가지고 있다면, 비이성적인 것을 부탁하는 게 아니라면, 부탁하는 것이 자신에게 위해를 가하는 것이라는 충분한 이유가 있지 않다면, 지체하지 말고 부탁하자.

인간이기 때문에, 열망을 느끼고 거기에 의거해 행동하는 것은 자연스러운 일이다. 하지만 열망에 의거해 행동하고 자각하기 위해, 혹은 원하는 방식으로 살아가기 위해, 용기를 가질 필요가 있고 열망하는 바를 구할 필요가 있다. 따라서 누군가에게 사업의 파트너가 되어 달라거나 돈을 빌려 달라거나 도와 달라고 부탁하지 못한 채 계속 기다리기만 한다면, 결국 그 사람은 당신이 어떤 매력을 지녔는지 알아낼 수도 없고, 함께하려는 생각도 할 수 없다. 더 이상 기다리지 말자. 사업이든, 인간관계든, 건강이든 우정이든, 혹은 기본적인 인간의 욕구와 관련된 것이든 아니든, 그저 부탁하자!

원하는 것을 부탁하는 일이 하나의 습관이 될 수 있다면, 자신감은 태양처럼 더욱 빛을 발하게 될 것이며, 부탁하지 않아서 생겨나던 몸과 마음의 무기력이 말끔히 사라지게 된다. 원하는 것을 부탁하는 일은 무례한 행동이 아니다. 만약 무언가를 원한다면, 누군가에게 부탁하자. 정중한 태도로 그들에게 부탁하자. 이때 그들이 어떤 사람이고, 그들이 무엇을 가지고 있는지, 그들의 출신지가 어디인지에 주의하자. 하지만 자신과 출신지가 다르다고 해서, 혹은 그들이 어떠하리라는 짐작만으로, 지레 부탁을 포기할 이유는 없다. 모든 길은 결국 어떤 지점에서 교차하기 마련이다.

상대에게 자신이 매력적이라고 생각하는 사람들을 계속 살펴보기만 하고 자신을 보여주려 하지 않는다면, 결국 그들과 얘기도 나누지 못할 것이다. 그렇게 된다면 그들에게 연락처를 묻지도 못할 것이고,

어쩌면 이름조차 알지 못할 수도 있다. 그렇게 자신을 알릴 기회는 영영 사라지고 마는 것이다. 만약 꿈을 실현하기 위한 투자가 필요하지만 부탁하는 데 두려움을 가지고 있다 해도, 일단 부탁부터 하자! 말 그대로, 그렇게 하지 못할 이유는 어디에도 없다. 살면서 하게 되는 대부분의 후회는 거절당한 데서 비롯되지 않는다. 원하는 것을 구하지 않아서, 스스로 부탁하기를 그만두었기 때문에 대부분의 후회가 생겨난다.

원하는 것을 부탁하자. 자신이 원하는 그곳에 다다르기 위해서는 어떻게 해야 할지 탐색하자. 꿈을 갖고 살아가자. 결코 후회하지 않을 것이다.

더 이상 기다리지 말자

인생이란 무엇일까?

물음은 참 단순하다. 이 짧고 단순한 물음은 수천 년 동안 숱한 철학자와 사상가들이 머리통을 감싸 쥐게 만들고, 시인과 소설가들을 고민에 빠뜨리고, 수도자들의 가슴을 갑갑하게 눌러놓았다. 그들은 저마다 답들을 내놓았지만, 그들이 내놓은 답은 참 길고 복잡하고 다양했다. 사람들은 어떤 답을 답으로 삼아야 할지 난감했다. 그리고 그래서, 누군가는 "답이 없다"는 것을 답으로 택했다. 그리고 그래서, 우리는 여전히, 묻는다. 인생이란, 정말, 무엇일까?

대학에서 경제학을 공부하던 제이크 듀시라는 미국 청년도 이 물음을 묻는다. 또래의 친구들보다 좀 더 일찍, 좀 더 진지하게. 그 물음에 답이 돌아오지 않은 어느 날 그는 학교가 아니라 배낭을 꾸리곤 무작정 비행기에 올랐다. 술과 마약에 찌든 혼란스러운 청소년기를 청산하고 마음잡고 들어간 대학, 하지만 미래는 희뿌연 안개에 가려 보이질 않고 즐거움은커녕 자신이 뭘 원하는지조차 알 수 없는 갑갑

한 하루하루를 보내던 그는, 얼마 뒤 쓰게 될 책의 제목처럼 '바람이 부는 방향Into the Wind'에 자신을 내맡긴 것이다.

과테말라를 시작으로 남미를 떠돌다 오세아니아로 건너가고, 인도네시아를 거쳐 타일랜드의 불교사원에서 막이 내려지는 6개월에 걸친 여정은 첫 책 『바람 속으로』에 고스란히 담긴 채 세상에 나왔다. 공교롭게도 'Into the Wind'는 '세상 속으로'라는 의미를 포함한다. 바람이 부는 대로 떠나 바람처럼 떠돌다 다시 세상으로 귀환한 청년의 첫 책을 2년 전 우리말로 옮기면서 "스무 살의 나이에 우리는 무엇을 할 수 있을까?"라는 질문으로 역자 후기를 시작했었다. 그리고 거기에 질문 하나를 더 얹었다.

만약 대학을 다니고 있는 스무 살의 청년이 "지금 하는 이 공부가 정말로 하고 싶은 일일까? 정말로 사랑하는 일이 이것이 아니라면 어떻게 해야 하는 거지?"라고 질문을 던진다면, 그러곤 대학을 뛰쳐나와 배낭을 꾸려 '바람 속으로' 떠난다면, 우리는 그에게 무슨 말을 하고 어떤 제스처를 보여줄까?

이 책 『오늘부터 다르게 살기로 했다』는 그의 첫 책 후기에서 물었던 물음들에 대한 참으로 진지하고 정연한, 성실하며 자신감 넘치는 답변에 값한다. 자신의 삶을 살겠다며 안온한 침실을 벗어나 광야로 나간 스무 살의 청년에게 해주어야 할 말을 그는 스스로 찾아내 우리에게 되돌려준 것이다. 그는 "너의 인생을 살라"고 말해주기를 기다리지 않았고, 스스로 그 길을 찾아내 자신이 듣고 싶었던 말을 자신에게 들려준 것이다. 남들이 살라고 요구하는 인생이 아니라 자신의 인생을 살아야 한다는, 당연하지만, 하는 것도 힘들고 해주는 것도 쉽지 않은 그 말은, 이 책의 네 번째 꼭지에 등장하는 '더 이상 기다리지 말자'라는 서늘하도록 아름다운 시편으로 전해진다.

더 이상 기다리지 말자.

완벽한 날이 오기를
모든 일이 해결되기를
상사가 연봉을 올려 주기를
소망을 써 본 적도 실행에 옮긴 적도 없으면서 그렇게 되기를
좋은 선생님을
자금이 마련되기를
원하는 것이 뭐냐고 물어오기를
잠을 좀 더 자라는 소리를
주머니가 두둑해지기를
남들이 먼저 고맙다고 인사하기를
남들이 먼저 미안하다고 사과하기를
항상 매력적이라는 소리를 듣기를
사랑한다는 말이 들려오기를
당신의 꿈이 이루어지기를
원하는 만큼 벌기를
경험하기를
당신을 구해 줄 누군가 혹은 뭔가를
있을 수도 있고 없을 수도 있는 실패에 대한 해결책을

당신을 도와줄 누군가를

당신을 위해 어떤 일을 해줄 사람을

기다리지 말자. 그만큼 늦어질 뿐이다.

*

"자신의 삶을 사세요."

제이크 듀시라는 젊은이가 내린 "인생이란 무엇인가?"에 대한 참 멋진 답이다. 그는 여기에 슬쩍 덧붙인다. "누구의 것도 아닌 자신의 삶을 살기 위해선 먼저, 무엇을 원하는지, 그것을 알아야 합니다"라고. 또한 자신이 무엇을 원하는지 정확히 알고 있는 이 청년은 원하는 것을 왜 알아야 하는지, 그걸 정확히 알고 있을 때 어떤 일이 일어날 수 있는지를, 친절하지만 단호하게 들려준다.

"자신이 되고 싶은 사람과 창조하고 싶은 것이 합일되어 있어야만 합니다. 지금 삶을 구성하는 사람들, 장소들, 패턴들과 관계된 모든 문제들은 깡그리 잊고, 되고 싶고 만들어내고 싶은 것들과 손을 잡아야 합니다. 이것은 쉽지 않은 도전이지만, 모든 개혁가들이 성취하려고 시도했던 바로 그 방법입니다."

다른 누구도 아닌 자신의 삶을 살아가는 젊은 현자의 다음 발길이, 궁금해진다.

하창수

하창수

소설가이자 번역가. 1987년 「문예중앙」 신인문학상에 중편소설 「청산유감」이 당선되어 등단했다. 1991년 장편소설 「돌아서지 않는 사람들」로 한국일보문학상, 2017년 단편 「철길 위의 소설가」로 현진건문학상을 수상했다. 소설집 「지금부터 시작인 이야기」 「수선화를 꺾다」 「서른 개의 문을 지나온 사람」 「달의 연대기」, 장편소설 「천국에서 돌아오다」 「그들의 나라」 「함정」 「1987」 「봄을 잃다」 「미로」, 작가 이외수와의 대담집 3부작 「먼지에서 우주까지」 「마음에서 마음으로」 「뚝」 등을 출간했다.

옮긴 책으로는 「허버트 조지 웰스」 「어니스트 헤밍웨이」 「윌리엄 포크너」 「프랜시스 스콧 피츠제럴드」 「킴」 「소원의 집」 「마술 가게」 「친구 중의 친구」 「당신에게 사랑할 용기가 있는가」 「어떤 행복」 「과학의 망상」 「답을 찾고 싶을 때 꺼내 보는 1000개의 지혜」 「바람 속으로」 「당신을 위해서라면 죽어도 좋아요」 「명상의 기쁨」 등이 있다.

오늘부터 다르게 살기로 했다

지은이_ 제이크 듀시
옮긴이_ 하창수

1판 1쇄 인쇄 _ 2021년 3월 22일
1판 1쇄 발행 _ 2021년 4월 1일

펴낸이_ 황재성 · 허혜순

교정교열 _ 하명란 · 이로운

디자인 _ color of dream

펴낸곳_ 도서출판 연금술사
(04030) 서울시 마포구 동교로 136
신고번호 제2012-000255호
신고일자 2012년 3월 20일
전화 02-323-1762   팩스 02-323-1715
이메일 alchemistpub@naver.com
www.facebook.com/alchemistbooks
ISBN 979-11-86686-54-6   03840